大
方
sight

101位失去童年的孩子
最后的见证者
Последние свидетели

[白俄罗斯] S.A.阿列克谢耶维奇 / 著
晴朗李寒 / 译

图书在版编目（CIP）数据

最后的见证者：101位在战争中失去童年的孩子 / （白俄罗斯）S.A. 阿列克谢耶维奇著；晴朗李寒译. -- 北京：中信出版社，2021.8（2023.6 重印）
ISBN 978-7-5217-1781-5

Ⅰ.①最… Ⅱ.①S…②晴… Ⅲ.①纪实文学 – 白俄罗斯 – 现代 Ⅳ.① I511.455

中国版本图书馆 CIP 数据核字（2020）第 062468 号

Последние свидетели
© 2013 by Svetlana Alexievich
Simplified Chinese translation copyright © 2021 by CITIC Press Corporation
ALL RIGHTS RESERVED
本书仅限中国大陆地区发行销售

最后的见证者：101位在战争中失去童年的孩子

著　者：[白俄罗斯] S.A. 阿列克谢耶维奇
译　者：晴朗李寒
出版发行：中信出版集团股份有限公司
　　　　　（北京市朝阳区东三环北路27号嘉铭中心　邮编 100020）
承　印　者：河北鹏润印刷有限公司

开　本：880mm×1230mm　1/32　　印　张：10.875　　字　数：230千字
版　次：2021年8月第1版　　印　次：2023年6月第2次印刷
京权图字：01-2020-2021
书　号：ISBN 978-7-5217-1781-5
定　价：59.00元

版权所有·侵权必究
如有印刷、装订问题，本公司负责调换。
服务热线：400-600-8099
投稿邮箱：author@citicpub.com

在伟大的卫国战争期间（1941—1945），有数百万苏联儿童死亡：他们中有俄罗斯人、白俄罗斯人、乌克兰人、犹太人、鞑靼人、拉脱维亚人、茨冈人、哥萨克人、乌兹别克人、亚美尼亚人、塔吉克人……

——《各民族友谊》杂志，1985年第五期

陀思妥耶夫斯基曾经提出过这样一个问题：如果为了和平、我们的幸福、永恒的和谐，为了它们基础的牢固，需要无辜的孩子流下哪怕仅仅一滴泪水，我们是否能为此找到一个充分的理由？

他自己回答道：这一滴泪水不能宣告任何进步、任何一场革命，甚至于一次战争的无罪。它们永远都抵不上一滴泪水。[1]

仅仅是一滴泪水……

---

[1] 陀思妥耶夫斯基的这句名言为：全世界的幸福都抵不上一个无辜孩子面颊上的一滴泪水。他曾写道："假如你自己建立一座人类命运的大厦，目的是最后使人们幸福，最终给他们和平与安宁，但是，为此必须和不可避免地要残害一个哪怕是小小的生灵，比如那个用拳头捶打自己前胸的小孩，在他那没有获得报偿的眼泪之上建立这座大厦，那么你是否同意在这些条件下成为建筑师？"他接着又问："你是否允许这样的思想，就是你为他们建立大厦的那些人，自己同意在一个被残害的小孩没有获得报偿的血的基础上，接受自己幸福，在接受了这个幸福后，他们将成为永远幸福的人？"——译者注（以下除特别标明外，均为译者注）

目录

001_ "他害怕回头看一眼……"

004_ "我的第一支,也是最后一支香烟……"

008_ "奶奶在祈祷……她祈祷我的灵魂能回来……"

009_ "他们全身粉红地躺在木炭上面……"

013_ "可我还是想妈妈……"

017_ "这么漂亮的德国玩具……"

023_ "一把盐,这是我们家留下来的全部……"

027_ "我吻过课本上所有的人像……"

030_ "我用双手收集起它们……它们雪白雪白的……"

032_ "我想活下去!我想活下去!"

034_ "我透过扣眼儿往外偷看……"

038_ "我只听到妈妈的喊叫声……"

042_ "我们在演奏,战士们却在哭泣……"

045_ "死去的人们躺在墓地……仿佛又被打死了一次……"

047_ "当我明白这个人是父亲……我的膝盖颤抖不停……"

050_ "闭上眼睛,儿子,不要看……"

054_ "弟弟哭了,因为爸爸在的时候,还没有他……"

056 _ "第一个来的就是这个小姑娘……"

059 _ "我——是你的妈妈……"

061 _ "可以舔舔吗？"

063 _ "还有半勺白糖。"

067 _ "房子，别着火！房子，别着火！"

070 _ "她穿着白大褂，就像妈妈……"

073 _ "阿姨，请您把我也抱到腿上吧……"

075 _ "她开始轻轻摇晃，像摇晃布娃娃……"

078 _ "已经给我买了识字课本……"

089 _ "既不是未婚夫，又不是士兵……"

091 _ "哪怕是留下一个儿子也好啊……"

094 _ "他在用袖子擦着眼泪……"

097 _ "它吊在绳子上，就像个小孩……"

100 _ "现在你们就是我的孩子……"

102 _ "我们亲吻了她们的手……"

105 _ "我用一双小女孩的眼睛看着他们……"

107 _ "我们的妈妈没有笑过……"

109 _ "我不习惯自己的名字……"

111 _ "他的军便服湿漉漉的……"

114 _ "好像是她为他救出了女儿……"

118 _ "他们轮流把我抱到手上……从头到脚地拍打我……"

122 _ "为什么我这么小？"

124 _ "人的气味会把它们吸引过来……"

126 _ "为什么他们朝脸上开枪？我的妈妈这么漂亮……"

132 _ "你求我,让我开枪打死你……"

137 _ "我头上连块三角巾都没有……"

141 _ "大街上没有可以玩耍的伙伴……"

144 _ "我深夜打开窗子……把纸条交给风……"

151 _ "挖掘一下这里吧……"

153 _ "人们把爷爷埋在了窗户下面……"

155 _ "他们还用铁锹拍打了一阵,好让它看起来漂亮一些。"

158 _ "我给自己买了条扎蝴蝶结的连衣裙……"

162 _ "他怎么会死呢,今天没开枪啊?"

169 _ "因为我们——是小女孩,而他——是小男孩……"

172 _ "如果和德国男孩子玩,你就不是我的哥们儿……"

178 _ "我们甚至都忘了这个词……"

185 _ "你们都该去前线,却在这儿爱我妈妈……"

192 _ "最后,他们大声叫喊着自己的名字……"

194 _ "我们四个人都套在这个小雪橇上……"

198 _ "这两个小男孩变得很轻,像麻雀一样……"

201 _ "我很害羞,因为我穿的是小女孩的皮鞋……"

207 _ "我喊啊,喊啊……不能停下来……"

210 _ "所有孩子都手拉着手……"

213 _ "我们甚至不知道怎么埋葬死人,而此刻不知怎么就想起来了……"

215 _ "他收集到篮子里……"

218 _ "他们把小猫从家里带了出来……"

221 _ "你要记住:马利乌波里市,帕尔科瓦亚街6号……"

223 _ "我听见,他的心脏停止了跳动……"

III

227 _ "我跟着姐姐——上士薇拉·列契金娜上了前线……"

229 _ "在那太阳升起的地方……"

234 _ "白衬衫在黑暗中远远地发着光……"

237 _ "妈妈倒在我刚刚擦洗过的干净地板上……"

240 _ "上帝是不是看到了这些？他是怎么想的……"

242 _ "这世间——让人百看不厌……"

247 _ "他们带回来又细又长的糖果，像铅笔一样……"

249 _ "箱子大小正好和他差不多……"

251 _ "我怕做这样的梦……"

252 _ "我希望妈妈就我一个孩子，只宠爱我……"

255 _ "他们没有沉下去，像皮球一样……"

260 _ "我记得蔚蓝蔚蓝的天空……我们的飞机在天上飞过……"

263 _ "像熟透的南瓜……"

266 _ "我们吃了……公园……"

270 _ "谁要哭，就开枪打死谁……"

272 _ "妈妈和爸爸——金子般的词语……"

275 _ "把她一块块地叼了回来……"

278 _ "我们家正好孵出一窝小鸡……我怕它们被弄死……"

279 _ "梅花国王，方块国王……"

284 _ "一张大全家福……"

286 _ "哪怕我往你们口袋里塞个小白面包也好啊……"

288 _ "妈妈清洗伤口……"

291 _ "他送给我一顶有红带子的平顶羊皮帽……"

296 _ "我冲着天空开枪……"

298 _ "是妈妈抱着我上了一年级……"

300 _ "小狗,可爱的小狗,请原谅……"

305 _ "她跑向一边,喊叫着:'这不是我的女儿!不是我的!'"

307 _ "难道我们是孩子?我们是男人和女人……"

309 _ "请别把爸爸的西服给陌生的叔叔穿……"

311 _ "我在深夜哭泣:我快乐的妈妈在哪里?"

313 _ "他不让我飞走……"

315 _ "大家都想亲吻一下'胜利'这个词……"

317 _ "我穿着父亲的军便装改成的衬衫……"

319 _ "我用红色的石竹花装饰它……"

323 _ "我永远等待着我们的爸爸……一生都在等……"

325 _ "在天之涯……在海之角……"

336 _ 权作结束语

"他害怕回头看一眼……"

热尼娅·别利克维奇,六岁[1]。

现在是一名工人。

那是 1941 年的 6 月……

我记住了。当时我年纪还非常小,但是我记住了一切……

我还记得和平的日子里最后一段时光——妈妈经常在晚上给我们读童话,读我最喜欢的童话——小金鱼的故事。我也总会向小金鱼随便提出些愿望:"小金鱼啊……可爱的小金鱼……"小妹妹也会说出自己的愿望。她用另外的方式请求:"奇迹出现,天遂我愿……"我们都希望能去奶奶家过夏天,希望爸爸也能和我们一起去。他是个开朗快活的人。

早晨,我被吓醒了,被某种陌生的声音吓醒了……

妈妈和爸爸以为我们都睡着了,可我躺在妹妹身边,在假装睡觉。我看见,爸爸久久地亲吻着妈妈,亲吻着她的脸庞、双手,这让我感到非常奇怪,以前爸爸从来没有这样亲吻过妈妈。他们手拉着手,走到院子里。我跳起来,跑到窗口——妈妈紧紧地搂着爸爸

---

[1] 这里的年龄都是指讲述者在事情发生时的年龄。

的脖子,不放他走。爸爸挣脱开她,就往外跑,妈妈追上去,不想让他走,还叫喊着什么。当时我也大声呼唤着:"爸爸!爸爸!"

妹妹和弟弟瓦夏都醒了,妹妹看见我在哭,她也喊叫起来:"爸爸!"我们都急忙冲出去,跑到台阶上,喊叫:"爸爸!"父亲看到了我们,我至今都清楚地记得,他双手抱住了头,转身走了,几乎是小跑着走的。他害怕回头再看一眼……

阳光照耀着我的脸,那么温暖……至今我都无法相信,我的父亲在那个早晨去打仗了。当时我还非常小,但是我觉得,我已经预感到了,这是我最后一次看见他。我以后再也见不到他了。当时我还非常……非常小……

在我的记忆里,它们就这样联系在了一起:战争——就是失去爸爸……

后来我记得:黑暗的天空和黑色的飞机。我们的妈妈伸着手臂,躺在公路的附近。我们哀求她起来,可是她不起来。她起不来了。战士们把妈妈裹进了遮雨的帐篷,埋到了沙土里,埋在了她倒下的那个地方。我们喊叫着,哀求着:"不要把我们的妈妈埋进坑里。她会醒来的,我们还要赶路。"有几只不知名的大甲虫在沙土上爬来爬去……我无法想象,妈妈怎么能和它们在泥土里一起生活呢。将来我们怎么找到她,我们怎么才能再见面?谁会给我们的爸爸写信?

有一位战士问我:"小姑娘,你叫什么名字?"而我忘记了自己叫什么名字。"小姑娘,你姓什么?你的妈妈叫什么名字?"我也想不起来了……直到深夜,我们都坐在妈妈的小土丘边,直到后来有人抱开了我们，让我们坐到了一辆四轮大马车上。满满一车都是孩子。运送我们的，是一位不知干什么的老头，他沿路收留了这些孩子。我们来到了一个陌生的村子，一些陌生人分头领养了我们，我们便各自住到了各家各户。

很长时间我都不会说话，只是呆呆地看着。

后来我记得，夏天到了。阳光明媚的夏天。一位陌生女人抚摸着我的头。我哭了起来。我开始说话……说到爸爸和妈妈。爸爸如何离开我们，如何跑走，他甚至都没有回头看我们一眼……还有躺在地上的妈妈……沙土上爬动的那些大甲虫……

女人抚摸着我的头。那一刻，我仿佛觉得：她就像我的妈妈一样……

"我的第一支,也是最后一支香烟……"

盖纳·尤什克维奇,十二岁。
现在是一名记者。

战争第一天的清晨……

阳光灿烂。非同寻常地安静。莫名其妙地寂静。

我们的女邻居,一位军人的妻子,泪流满面地走到院子里。她低声对妈妈说了些什么,但是又做了个手势,让妈妈别说话。大家都怕出声,怕提到发生的事情,甚至当所有人都已经知道发生了什么,本来早已有人通知大家了。但是,他们还是害怕,担心被当作奸细,担心成为危言惑众的人,而这比战争更加恐怖。他们都很害怕……到现在我还是这样以为……当然,任何人都无法相信会爆发战争。得了吧!我们的军队就驻守在边境上!我们的领袖们就在克里姆林宫里!国家受到安全可靠的保卫,对于敌人来说,它是难以攻克的!当时我就是这么想的……那时,我是一名少先队员。

人们转动着无线电收音机,期待着听到斯大林的讲话。人们需要听到他的声音,但是斯大林没有讲话。后来发表讲话的是莫洛托夫[1]……

---

[1] 维亚切斯拉夫·莫洛托夫(1890—1986):苏联领导人,第二次世界大战时期曾任苏联人民委员会第一副主席兼外交人民委员、苏联国防委员会副主席。

大家都收听了。莫洛托夫说:"战争爆发了。"可还是没有人相信。斯大林在哪里?

许多飞机飞临到城市上空……几十架陌生的飞机,机身上有十字,它们遮蔽了整个天空,遮住了太阳。简直恐怖极了!它们投掷下炸弹……传来连续不断的爆炸声、碎裂声。这一切都像是发生在睡梦里,那么不真实。我已经不是小孩子了,我清楚记得自己的感觉。自己的恐惧感,快速爬遍了全身,爬遍了所有话语,爬遍了所有念头。我们从家里冲出来,在街道上乱跑……我似乎觉得,整座城市已经不复存在,变成了一片废墟,浓烟滚滚,火光冲天。有人说:应该往墓地跑,因为他们不会轰炸坟场。为什么还要再轰炸死人呢?在我们地区有一个面积很大的犹太人墓地,长满了古老的大树。于是,所有人都奔向了那里,在那儿聚集了成千上万的人。他们搂抱着石头,隐藏在石板后面。

在墓地我和妈妈一直坐到了深夜。周围没有一个人说出"战争"这个词,我听见的是另外一个词——挑衅。大家都在重复这个词。人们都是这么交谈的:什么我们的军队马上就要还击了,什么斯大林已经下达命令了,大家对此都深信不疑。

但是,整个晚上明斯克郊区工厂的汽笛声都低沉地响个不停……

第一批死者……

第一个死的……我看到的是一匹被打死的马……紧接着……是一个被打死的女人……这让我很震惊。我一直以为,在战争中只有男人会被打死。

早晨,我醒了……想起床,然后才想起来——战争爆发了,我又闭上眼睛……不愿意相信这是真的。

街道上停止了射击，突然变得死寂，好几天都一片寂静。后来，突然有了动静……有人在走动，比方说，一个雪白的人，从皮鞋到头发，全身上下都是白色的，整个人都沾满了面粉。他肩膀上扛着一个白色口袋。另一个人在奔跑……从他的衣袋里掉下些罐头，他的怀里也抱着一堆罐头，还有糖果……几盒香烟……有人端着一帽子的白砂糖……有人抱着一饭锅的白砂糖……真是无法描述！一个人拖着一卷布料，另一个人全身缠满了蓝色印花布，还有一身红色的……非常可笑，但是没有一个人笑。这是产品仓库被轰炸了。一家大商店就离我们家不远……人们都跑去了，疯抢那些剩下来的东西。在糖厂，有几个人淹死在了盛满糖浆的大桶里。太可怕了！整座城市都在嗑瓜子，人们不知在哪里找到了一个存放瓜子的仓库。一个女人从我眼前跑过，冲向商店……她手里什么也没拿：没有口袋，也没有网兜——她脱下了自己的衬裙、紧身裤，用它们满满地装了荞麦米，拖走了。不知为什么大家都一言不发，没有人交谈……

当我把妈妈招呼来的时候，就只剩下芥末了，黄瓶子装的芥末。"什么也别拿。"——妈妈要求我。稍晚些时候，她承认，她感到很羞愧，因为她一生都是按另外的方式教育我的。甚至当我们忍饥挨饿时，都会回想起这些日子，不管怎么说，我们都不会为此感到惋惜。我的妈妈就是这样！

沿着整座城市……沿着我们的大街小巷，德国士兵们平静地散步。他们把一切都拍摄下来，他们大笑着。在战前，我们在学校里喜欢玩一个游戏，我们画德国大兵。画中的他们都长着巨大的牙齿，长着满嘴獠牙。而如今他们就在我们眼前走来走去……年轻、英俊……他们都带着好看的手雷，塞在结实的长筒靴的靴筒里。他们吹着口琴，甚至和我们的漂亮姑娘开着玩笑……

一个上了年纪的德国人拖着一只不知装了什么的箱子，箱子很沉重。他招呼我过去，示意我：请帮下忙。箱子上有两个把手，我和他一人抓住一个把手，抬着走。当我们抬到目的地时，德国人拍了拍我的肩膀，从衣袋里掏出一盒香烟。给你，他说，这是报酬。

我回到家。坐在厨房里，忍不住抽了起来。甚至都没有听到屋门开了，妈妈走了进来：

"你在抽烟？"

"嗯……嗯哼……"

"香烟是谁的？"

"德国人的。"

"你在抽烟，抽的还是敌人的烟。这是背叛祖国。"

这是我抽的第一支香烟，也是最后一支。

有一天晚上，妈妈坐到我的身边：

"他们就在这里，让我忍无可忍。你明白我的意思吗？"

她想和他们斗争，从战争最初的日子就想。我们决定寻找地下工作者，我们毫不怀疑，他们肯定存在。我们连一分钟都没有怀疑过。

"我爱你超过世界上的一切，"妈妈说，"但是你理解我吗？如果万一我们今后发生了什么事，你会原谅我吗？"

我爱上了自己的妈妈，至今都绝对遵从她的话。这影响了我整个一生……

"奶奶在祈祷……她祈祷我的灵魂能回来……"
娜塔莎·戈利克,五岁。
现在是一名校对员。

我学会了祈祷……我常常想起,我是在战争年代学会了祈祷……

人们都说——战争来了,显然,那时候只有五岁的我,对战争还没有一点概念,一点恐惧感也没有。但是由于害怕,也正是由于害怕,我睡着了,一下子睡了两天,像布娃娃一样,躺了两天。大家都以为,我死了。妈妈哭个不停,奶奶一直在祷告。她祈祷了两天两夜。

我睁开眼睛,第一件事,我记得的是——我看到了光,明晃晃的亮光,非同寻常的明亮。因为光线,我的眼睛都有些刺痛,我听见不知是谁的声音,后来才弄明白,这是我奶奶的声音。奶奶站在圣像前祷告。"奶奶……奶奶……"我呼唤她。她没有回头看我。她不相信这是我在叫她……我已经醒了……睁开了眼睛……

"奶奶,"后来我问她,"当我快要死的时候,你是怎么祷告的?"

"我请求,你的灵魂快些回来。"

过了一年,我们的奶奶去世了。我已经学会了祈祷。我祈祷,请求她的灵魂快些回来。

可是她没有回来。

"他们全身粉红地躺在木炭上面……"

卡佳·科罗塔耶娃,十三岁。
现在是一名水利工程师。

让我来告诉你那种气味……战争散发出的气味……

战争爆发前我六年级毕业。当时,学校里有这样的规定,从四年级开始,所有学生都要通过考试。于是,我们通过了最后一场考试。这是 6 月,而 1941 年的 5 月和 6 月天气还很冷。如果我们这里的丁香花往年会在 5 月盛开的话,那一年到了 6 月中旬它们才开放。就这样,战争的开始总让我与丁香花的芳香联系在一起。其间还混杂着稠李花的气息……对于我来说,这些树木散发出的芳香就是战争的气息……

我们生活在明斯克[1],我就出生在明斯克。父亲是军乐队的一名指挥,我跟着他参加过不少阅兵式。除了我,家中还有两个哥哥。当然,他们都非常喜欢我,非常宠爱我,我是家中最小的,何况还是个小妹妹。

---

[1] 明斯克:白俄罗斯首都,也是明斯克州首府。位于白俄罗斯的中部,斯维斯洛奇河畔,是白俄罗斯的政治、经济和文化中心。

夏天马上就要到了，很快就是暑假。这是让人非常快乐的日子。我喜欢锻炼身体，经常到"红军之家"的游泳馆去游泳。很多人都羡慕我，甚至班里的男孩们也都羡慕我。我也有些骄傲自大，因为我游得非常出色。6月22日，是星期天，要举办"共青湖"的开放庆祝仪式。这个湖挖了很久，建设了很长时间，甚至我们学校都去参加了义务劳动。我打算作为第一批游泳者去那里游泳。理所当然啊！

早晨，我们家都习惯去买新鲜的面包吃。这份差事，大家公认由我来承担。在路上，我遇到了一位女朋友，她对我说，战争开始了。我们的街道上有许多花园，房子都淹没在鲜花丛中。我想了想："什么战争啊？她在胡思乱想些什么？"

在家里，父亲摆好了茶炊……我都什么还没来得及说，邻居们就开始四散奔逃，所有人嘴里都重复着一个词："战争！战争！"第二天早晨七点，有人给我大哥送来了去兵役委员会报到的通知书。白天他跑去上班，单位给他发了钱，算清了工资。他拿着这些钱回到家，对妈妈说："我要去前线了，什么都不需要。你拿上这些钱吧，给卡佳买件新大衣。"我刚刚升入七年级，成了高年级学生，我曾经希望，能给我做一件蓝色波士顿呢子大衣，配着灰色的卡拉库尔羔羊毛领子。哥哥知道了这件事。

到现在我还记得，临去前线，哥哥给了我买大衣的钱。而当时我们过的日子很清贫，家庭收支都是窘窘，入不敷出。既然哥哥这样请求了，妈妈应该也想给我买件大衣的，但是她还没来得及……

明斯克开始遭到轰炸。我和妈妈搬到了邻居家的石头地窖里。

我有一只可爱的小花猫，脾气很古怪，除了院子，它哪里都不去，但是，当轰炸开始，我从院子跑向邻居家的时候，这只小猫也跟在我的身后追着跑。我驱赶它："回家去！"可它还是跟着我，它也害怕被独自留在家里。德国人的炸弹伴随着某种轰鸣声飞落下来，像是尖厉的嗥叫。我是一个受过音乐熏陶的小姑娘，这声音强烈地刺激了我。这些声音……如此可怕，以至于我的两个手掌心都被汗水浸透了。和我们一起蹲在地窖里的，还有邻居家一个四岁的小男孩，他没有哭，只是把眼睛瞪得大大的。

起初，是单独的一栋栋房子着火了，随后整座城市陷入了一片火海之中。我们喜欢看大火燃烧，喜欢看篝火，但是当整栋房子着起火来，那简直太恐怖了，大火从四面八方蔓延开来，天空和街道都弥漫着滚滚浓烟。一些地方发出耀眼的光芒……那是因为大火在燃烧……我记得在某栋木头房子上有三扇窗户，窗台上生长着茁壮的令箭荷花。这栋房子里已经没有人了，只有令箭荷花在怒放……当时我有一种感觉，这盛开的不是鲜红的花朵，而是火焰。鲜花在燃烧。

我们四处奔逃……

在通往乡间的道路上，人们送给我们面包和牛奶，别的什么食物都没有。而我们——也没有钱。从家里跑出来时，我蒙着头巾，而妈妈不知为什么穿着的是一件冬天的大衣，一双高跟皮鞋。人们给我们东西吃，都是白送的，谁也不提要钱。逃亡的人们像潮水般汹涌。

后来，有人第一次传过话来，说前面的道路被德国人的摩托化部队给截断了。我们赶紧往回跑，经过那些村庄，经过那些抱着牛奶罐子的大妈。我们跑回到自己城市的街道上……几天前，这里还是绿荫茂密，鲜花盛开，可如今一切都化为了灰烬，甚至那些古老的椴树也一棵没有留下。一切都焚烧成了黄色的沙尘。生长万物的黑色土壤不知到哪里去了，只剩下黄黄的尘土，一片沙土。就仿佛你站在了刚刚挖掘好的坟堆旁……

工厂的锅炉幸存了下来，它们本来是白色的，在剧烈的大火中它们被烧得通红。再也没有什么熟悉的东西了……整条街道都被烧毁了。烧死了许多老爷爷和老奶奶，还有许多小孩子，因为他们没有和大家一起逃跑，他们以为——敌人不会碰他们的。大火里任何人都活不了。你正走着——地上躺着一具发黑的尸体，这说明，烧死的是一位老人；而你远远地看见一个小小的、粉红色的东西，这说明，那死去的是一个孩子。他们全身粉红地躺在木炭上面……

妈妈摘下自己的头巾，蒙住了我的眼睛……我们就这样走到了自己家的房子前，到了那个几天前还坐落着我们家房子的地方。房子没了。奇迹般跑出来迎接我们的，是我们家那只瘦骨嶙峋的小花猫。它依偎到我的身边，便一动不动了。我们谁也不能说话……甚至小花猫也不叫唤，有好几天它都一声不出。我们大家都一言不发。

我看到了第一批法西斯敌人，甚至不是看见了，而是听见了——他们所有人都穿着钉有铁掌的皮靴，发出喀喀的巨响，咚咚地踏过我们的小桥。我甚至觉得，当他们经过时，就连大地都会疼痛。

那年，丁香花就这样盛开了……稠李花也这样盛开了……

"可我还是想妈妈……"

季娜·科夏克,八岁。
现在是一名理发师。

一年级……

1941年5月,我刚上完了一年级,父母把我送到了明斯克郊区的戈罗季谢少先队员夏令营去度夏。我到了那儿,才游了一次泳,过了两天——战争就爆发了。我们被带上火车,离开了那里。德国的飞机在空中盘旋,我们却高声叫喊:"乌拉!"至于这些飞机是不是别的国家的,我们搞不清楚。在它们还没有轰炸之前……可是一旦它们开始轰炸,所有的色彩都消失了。所有的颜色都消失了。第一次出现了"死亡"这个词,所有人都在说着这个莫名其妙的词,而妈妈和爸爸没有在身边……

当我们离开夏令营时,每个人的枕头套里都被塞进了些东西——有的塞了米,有的塞了白糖,甚至连最小的孩子都没有忽略。大家都随身带了些什么东西,人们都希望尽可能多地带些路上吃的。人们都特别珍惜这些食物。但是在火车上,我们看到了受伤的士兵。他们呻吟着,疼痛得厉害,我们想把所有的东西都给他们。这在我们那里被称作"去给爸爸吃",我们叫所有男军人"爸爸"。

有人告诉我们，明斯克被烧毁了，一切都被烧毁了，那里已经被德国人占领，我们要坐车去大后方。我们要去的，是没有战争的地方。

坐车走了一个多月。我们准备去某座城市，快到达的时候，因为德国人已经离得很近，人们不能抛下我们不管。于是，我们到了摩尔多瓦[1]。

这地方的风景非常美丽，周围耸立着不少教堂。房子都很低矮，而教堂很高大。没有睡觉的床和被褥，我们就睡在稻草上。冬季来临的时候，平均四个人才能拥有一双皮鞋。随之而来的是饥饿。挨饿的不仅仅是孩子，还有周围的人，因为所有的食物都供应给前线了。保育院里收养着两百五十个孩子。有一天——招呼大家去吃午饭，却没有任何吃的东西。女教导员和院长坐在食堂里，看着我们，眼睛里噙满了泪水。我们养着一匹马，叫玛伊卡……它已经很老了，性情很温顺，我们用它来运水。第二天，这匹马被杀死了。大人给我们水喝，还有一小块玛伊卡的肉……但是这件事隐瞒了我们很久。我们要是知道了，不可能吃它的肉……无论如何都不会！这是我们保育院中唯一的一匹马。另外，还有两只饥饿的小猫，瘦骨嶙峋！还好，我们后来想，真是万幸啊，幸亏两只猫这么瘦弱，不然也会让我们吃掉的。

我们都腆着个大肚子走来走去，譬如我，能喝下一小桶汤，因

---

[1] 摩尔多瓦共和国，位于东南欧北部的内陆国，与罗马尼亚和乌克兰接壤，面积为 3.38 万平方公里，属温带大陆性气候。首都基希讷乌。

为汤里什么东西也没有。给我盛多少，我就能喝下多少。是大自然拯救了我们，我们如同会吃草反刍的动物。春天，在方圆几公里的范围内……围绕着保育院……没有一棵树发芽长叶，因为我们吃光了所有的嫩芽，甚至剥光了嫩树皮。我们吃野菜，所有野菜都吃了个遍。保育院发给我们每人一件短呢子大衣，在大衣上缝了口袋，我们用来装野菜，我们穿着它，嘴里嚼着野菜。夏天拯救了我们，而冬天变得更加艰难。很小的孩子，我们有四十人，单独住在一起。每到深夜都会哭号不止，呼唤着爸爸和妈妈。教导员和老师尽量不在我们的面前提到"妈妈"这个词。她们给我们讲童话，都提前挑选好了图书，上面不能出现这个单词。如果突然有人说出"妈妈"这个词，孩子们会立刻号啕大哭。伤心的痛哭根本劝不住。

我又重新上了一次一年级。事情的经过是这样的：上完一年级时我获得了奖状，但是当我们到了保育院，被问到谁有补考时，我说，我有。因为我以为，补考就是奖状的意思。三年级的时候，我从保育院中逃了出来，我要去找妈妈。在森林里，博利沙科夫爷爷发现了饿得有气无力的我。当他知道了我是从保育院里跑出来时，就把我带到了自己家里，收留了我。家中只有他和老奶奶两个人生活。我的身体慢慢地康复了，开始帮助他们收拾些家务：挖野菜，给土豆除草，什么活儿都干。我们吃的是面包，但这算什么面包啊，里面根本没有多少粮食。它的味道苦苦的，面粉里掺杂了所有能磨成粉的东西：滨藜、胡桃花、土豆。我至今都无法平静地看着这些吃腻味的野菜，但能吃很多面包。不管怎么吃，我都吃不饱……在十来岁期间……

那么多的事我至今仍然记得。许多事我还记得清清楚楚……

我记得有一个疯疯癫癫的小女孩,她钻进了不知谁家的菜园里,发现了一个小洞,她在那里守候着老鼠出来。小女孩饿坏了。我记得她的面孔,甚至她身上穿的萨拉凡[1]。有一天,我走近她,她告诉了我老鼠的事儿……我们就坐在一起,守候着这只老鼠……

整个战争期间,我都在等待,等战争一结束,我就和爷爷套好马车,去寻找妈妈。被疏散到后方的人们路过我家,我就问他们:"你们看没看到我的妈妈?"被疏散的人很多,那么多,每家都摆放着一锅热乎乎的荨麻汤。如果有人进来,好让他们随便喝些热乎乎的东西。除此之外,再也没有可以给他们吃的了……但是每家都放着一锅荨麻汤……这些我都记得清清楚楚。我采集过这种荨麻。

战争结束了……我等着,一天、两天,没有一个人来找我。妈妈没来接我,而爸爸,我知道,他在军队里。我这样等了两个星期,再也没有耐心等待了。我爬上了一列火车,钻到一张座椅下,出发了……往哪儿去呢?我不知道。我想(这还是孩子的想法)所有的火车都应该去明斯克。而在明斯克,妈妈会等着我!然后,我们的爸爸也会回来……成了战斗英雄!身上挂满了勋章和奖章。

他们在某次轰炸中失踪了。邻居们后来告诉我——他们两个人去找我了。他们奔向了火车站……

我已经五十一岁了,有了自己的孩子。可我还是想妈妈。

---

[1] 萨拉凡:俄罗斯男人穿的一种长袍,或俄罗斯女人穿的一种无袖长衫。

"这么漂亮的德国玩具……"

泰萨·纳斯维特尼科娃，七岁。
现在是一名教师。

战争之前……

就像我记得的，一切都是那么美好：幼儿园、早晨的表演庆祝会、我们的院子、男孩和女孩。我读了很多书，害怕蚯蚓，喜欢狗。我们住在维捷布斯克[1]，爸爸在建筑企业工作。我记得童年最清楚的一件事，就是在德维纳河里爸爸教我游泳。

后来，我上了学。学校给我留下了这样的印象：非常宽阔的楼梯、透明的大玻璃窗，那么多的阳光，那么多的快乐。当时心中有一种这样的感觉——生活就是节日。

战争最初的日子，爸爸去了前线。我记得在火车站上为他送行……爸爸一直在对妈妈说，他们会赶跑德国人，但是他希望我们能够转移到后方。妈妈不明白，问为什么。如果我们留在家里的话，他很快就会找到我们的，立刻。而我一直在重复着一句话：

---

[1] 维捷布斯克：白俄罗斯东北部城市，维捷布斯克州首府，德维纳河港口。1021年见于史籍。1796年曾为白俄罗斯首府。有12世纪建筑古迹、历史博物馆和数所高等学校。

"好爸爸，亲爱的！求你快些回家吧。好爸爸，亲爱的……"

爸爸走了，过了几天我们也离开了。一路上我们都受到敌人的轰炸，轰炸我们简直太容易了，因为我们向后方转移的车队相隔五百米就有一辆。我们都是轻装出发：妈妈穿着的是一条有着白色斑点的纬面缎纹裙子，我穿着一件缀着小花的红色印花萨拉凡。所有大人都说，太鲜红的颜色从上面看得会很清楚，只要是飞机一飞过来，大家赶紧分散钻到灌木丛中。而我呢，人们不管逮住什么，就拿什么把我给蒙上，为了不让他们看见我的红色萨拉凡。不然的话，我就像是红色信号灯一样。

人们喝沼泽与水沟里的水。有人开始感染肠道疾病。我也病了，三天三夜昏迷不醒……后来妈妈告诉我，我是怎么得救的。当时我们停在布良斯克，在相邻的道路上遇到了一列军车。我的妈妈当时二十六岁，她长得非常漂亮。我们的队伍停了很长时间。她从车厢里钻出去，相邻车队有一位军官夸奖了她几句。妈妈请求他："请您离我远点，我不能看到您的微笑。我的女儿快要死了。"原来这位军官是一名军医。他跳进车厢，给我检查了一番，叫来自己的同志："快点倒杯茶，拿些面包圈和颠茄来。"就是这些士兵的面包圈、一瓶子一升装的浓茶，还有几片颠茄药片，救了我的命。

就在我们去阿克丘宾斯克的一路上，整个车队的人都接二连三地病倒了。大人们不允许我们这些小孩子到停放着病死的和被打死的人那里去，不让我们看到这些画面。我们只能听到些谈话：这里往坑里埋葬了多少人，那里往坑里埋葬了多少人……妈妈满脸煞白煞白地回来，她的双手在颤抖。而我还是在不停地问她："把这些人都弄到哪里去了？"

我不记得一点风景。这简直太让人吃惊了，因为我非常热爱大自然。我只记得那些灌木丛，我们曾经躲藏在那下面，还有那些沟壑。不知为什么，我觉得，到处都看不见树林，我们一直是在原野上前进，在陌生的荒漠里前进。有一次我感到了这样的恐惧，之后我再也不怕轰炸了。没有人提前通知我们，火车停了十到十五分钟，时间很短。火车又开动了，却把我给甩下了。我一个人……我不记得，是谁一把抱起了我……直接把我扔进了车厢里……但不是我们的车厢，而是倒数第二节车厢。那时候，我第一次感到了害怕，只剩下我一个人，妈妈走了。妈妈在身边的时候，我什么都不害怕，而这一刻我吓得说不出话来。在妈妈没有奔跑过来，一下把我抱在怀里之前，我成了哑巴，任何人不能从我嘴里掏出一句话。妈妈——就是我的整个世界，我的星球。如果我哪里疼痛了，只要抓住妈妈的手，疼痛就会立刻消失。晚上我经常是和妈妈睡在一起，挨得越紧，我就越不害怕。如果妈妈近在身边，我觉得，我们就跟从前在家里一样。闭上眼睛——什么战争都没有。只是妈妈不喜欢谈论死亡，而我总是不停地问这问那……

我们从阿克丘宾斯克到了马戈尼托戈尔斯克，那里住着爸爸的亲哥哥。战争前他有一个大家庭，有许多男人，当我们到了那里时，家里只剩下一群女人了。男人们都去参加战斗了。1941年年底，她们收到了两份死亡通知书——伯伯的两个儿子牺牲了……

那个冬天我还记得闹水痘，我们整个学校的学生都病了。还记得一条红裤子……妈妈用票证买到了一块深红色的绒布，她用这块布料给我缝制了一条裤子。孩子们都戏弄我，说我是"穿红裤子的和尚"，我很生气。稍晚，妈妈凭票证又弄到了一双胶皮套鞋，我套到脚上，到处乱跑。我的脚踝被磨破了，因此不得不时常往脚后跟处垫些东西，好让脚后跟高出一些，不至于再被磨破了。但是冬天简直冷极了，我的手和脚始终是冰凉的。学校里的取暖炉经常会坏，教室里的地板上都结了冰，我们在课桌间可以溜冰。我们裹着大衣坐在教室里，都戴着手套，只是为了握住笔，把前面的指头处剪掉，好露出手指。我记得，我们不能欺负和戏弄爸爸牺牲了的那些孩子。为此，会受到很严厉的处分。我们还读了很多书。从来没有读过那么多书……反复阅读儿童经典和青年读物，给我们发的是成年人读的书，别的女孩都有些害怕……甚至男孩们也不喜欢，都略过那些描写死亡的页码，而我都读了。

　　下了很多雪。所有孩子都跑到了大街上，堆起雪人。我却感到很困惑：在战争时期，怎么可以堆雪人、兴高采烈呢。

　　大人们一直在收听广播，没有广播简直活不下去。我们也是这样。为莫斯科的每次捷报礼炮而欢欣鼓舞，为每一个消息而提心吊胆：前线究竟怎么样了？从事地下工作的，那些游击队员们怎么样了？后来，播放了斯大林格勒和莫斯科保卫战的纪录片，我们十遍二十遍地反复观看。有时甚至一连放映三遍，我们就会跟着看三遍。电影在学校里放映，没有专门的电影放映厅，在走廊里放，我们就坐在地板上看，一坐就是两三个小时。我记住了死亡……妈妈为此骂过我。她去找医生咨询，我为什么会这样……为什么我会对这些不该小孩知道的事物感兴趣，比如死亡之类的问题？如何才能帮助我思考些儿童的事情……

我停止了阅读童话、儿童故事……我从中又发现了什么？我发现，那里面也有许多杀人的事，很多血腥。对于我这是一个重大发现……

1944年年末，我看见了第一批德国战俘，他们排着很宽的队伍走过街头。让我感到震惊的是，人们走近他们，送给他们面包吃。这件事让我非常震惊，我跑到上班的妈妈那里，问她："为什么我们的人给德国人面包？"妈妈什么也没说，只是哭了。当时，我还看见了第一个穿着德国军装的士兵死尸，他在队伍里走着走着，就倒下了。队伍停下了片刻，又继续向前移动，我们的战士在他身边停了下来。我跑到跟前，我很好奇，想凑近看看死去的人，想到旁边看看。当广播里播放敌人的死伤人数时，我们总是很高兴……可现在……我看见了……那个人就好像睡着了似的……他甚至不是躺着，而是坐着，半坐着，头歪在肩膀上。我不知道，是该憎恨他呢，还是该可怜他呢？这是敌人！我们的敌人！我不记得：他年轻还是年老呢？是很疲惫的样子。因此，我很难仇恨他。我也把这些告诉了妈妈。她听后，又哭了。

5月9日清晨，我们被吵醒了，因为楼道里有人大声地喊叫。离天亮还早着呢。妈妈出去打听，到底发生了什么事，然后惊慌失措地跑回来："胜利啦！难道真的胜利了？！"这让人有些不太习惯：战争结束了，这么久的战争。有人哭泣，有人大笑，有人叫喊……哭泣的都是那些失去亲人的人，高兴的是，不管怎么说，终于胜利了！谁家有一把燕麦，谁家有一个土豆，谁家有一根甜菜，都拿了出来,集中送往一家。我永远也不会忘记这一天,这个早晨……甚至是联欢晚会都不会这样……

在战争期间,大家不知为什么都悄声地说话,甚至我都觉得,是在低低地耳语,而此时此刻,突然大家都放开了嗓门说话。我们始终都跟在大人身边,他们请我们吃喝,抚摸我们,然后又轰走我们,说:"你们都到街上去吧。今天——可是节日啊。"然后,又把我们叫回家。大人从来没有像今天这样,给我们这么多的拥抱和亲吻。

但是我——真是个幸运的人,我的爸爸从前线回来了。爸爸给我带回来一个漂亮的儿童玩具,德国的玩具。我不明白,为什么德国的玩具能够这样漂亮……

我也尝试着和爸爸谈论死亡,谈论我和妈妈转移时的大轰炸……道路两旁躺着那么多我们牺牲了的战士的尸体。他们的面孔上覆盖着树枝,他们的身上飞满了苍蝇……一群群的苍蝇……谈起那个死去的德国人……说到我女朋友的爸爸,他从战场上回来,过了几天就死了,是由于心脏病死的。我无法明白:他怎么可以在战争结束后死去呢,当大家都沉浸在幸福的时刻?

爸爸一言不发。

"一把盐,这是我们家留下来的全部……"

米沙·马约罗夫,五岁。
现在是农业科学院副博士。

在战争年代,我喜欢做梦。我喜欢做那些和平年代的梦,那些战前我们生活的梦……

第一个梦。

奶奶做家务活儿……我等待着这一时刻。看着她把桌子挪动到窗户前,展开一块布料,在上面铺上棉絮,再盖上另一块布料,接着她就开始穿针引线,缝制被子。我也有自己的活儿:奶奶从一头钉进几根小钉子,按着顺序往它们上面缠绕细线,细线上涂了粉,而我从另一头拽着。"拽紧,米舍恩卡[1],再用力点。"奶奶说。我就扯紧细线——她拉起它们,再松开,"啪",粉笔线就印到了红色的或者是蓝色的缎面上。这些线条交叉,组成了一个个菱形,沿着这些粉笔印,奶奶再使用黑线缝被子。下一个步骤:奶奶展开纸样子(现在都把它叫作镂花模板),于是粗粗绷上的被面上就出现了图案,非常漂亮,非常有趣。我的奶奶是一名缝纫能手,她会用细密

---

[1] 米沙的爱称。

的针脚缝制衬衫，特别是衣领子，她做得特别好。她的"胜家"[1]手摇缝纫机直到我睡着了还在忙活。就连爷爷都睡着了。

第二个梦。

爷爷做皮鞋。在这里我也有自己的活儿——把木钉子削尖。如今所有的鞋掌都是用铁钉子，但是它们会生锈，鞋掌很快就会脱落。可能，当时人们已经在使用铁钉子了，但我记得是木头的。从笔直的、没有木节的老桦木上锯下一段，放在棚子里晾干，然后劈成厚度为三厘米、长度为十厘米的长条形，再晾干。把这些长条木再裁成厚度为两三毫米的薄片。鞋匠刀很锋利，用它能够非常轻易地从两头切削薄片的边缘：把它固定在木工台上"唰唰"两下，木片很薄，很快就做成木钉子了。爷爷用鞋匠针在鞋跟上扎出眼儿，插进木钉子，用鞋匠锤子敲击几下，钉子就揳进了鞋跟。要揳上两排钉子，这不仅美观，还很结实：干燥的桦木钉子受潮后只会膨胀，那就会把鞋跟钉得更牢固，不会脱落，直到鞋子穿烂为止。

爷爷还会缝制毡靴，确切点说，是为毡靴做第二层鞋掌，它们会很耐磨，穿上以后不用再穿胶皮套鞋。或者给毡靴缝上真皮后跟，以防穿上胶皮套鞋的时候把毡靴磨坏了。我的任务是捻亚麻绳子，浸上松焦油，往麻线绳上涂蜡，穿上针。鞋匠的织针很珍贵，因此爷爷时常用的是猪鬃，野猪脖梗子上的普通鬃毛，或者是家猪的，但是后者软一些。这样的猪鬃，爷爷有一小捆。还可以用它来

---

[1] 胜家缝纫机（Singer Sewing Co.）是一家世界知名的美国缝纫机品牌，最初创立于1851年，制品销售至世界各地。

缝鞋掌，在不方便的地方缝补丁：韧性好的猪鬃随便哪个地方都可以穿过去。

第三个梦。

大一些的孩子们在邻居家的大棚子里组织了剧团，他们表演的是边防战士和侦探的故事。票价是十戈比，可是我没有十戈比，不让我进去看，我就开始哭：我也想看"打仗"的。我悄悄地往棚子里偷看——"边防战士们"穿着真正的军便装。节目太吸引人了……

接下来，我的那些梦都猝然中断了……

很快，我就在自己的家里看到了战士的军便装。奶奶给满身疲惫、尘土满面的战士们做吃的，他们嘴里说着："德国人会完蛋的。"我贴近了奶奶问："德国人是干什么的？"

我们往马车上装运包袱，我坐在它们上面。不知是往哪里走，然后我们又返了回来……在我们的家里——是德国人！他们跟我们的战士一样，只是穿着另外样式的军装，很快活的样子。我和奶奶、妈妈住到了炕炉后面，而爷爷呢——住到了板棚子里。奶奶已经不再做被子了，爷爷也不再做皮鞋了。有一次，我撩起窗帘：在窗户角落里坐着一个德国人，戴着耳机，转动着无线电台的按钮，可以听到音乐，然后是清晰的俄语……另一个德国人此时正往面包上涂黄油，他看见了我，在我的鼻子尖上晃了晃刀子，我吓得赶紧躲藏到窗帘后，再也不敢从炕炉后面爬出来了。

一个人被押解着从我们家门前的街道上走过，他穿着烧烂的破军装，光着脚，双手被捆绑着。这个人全身都是黑色的……后来我看见，他被吊死在了村委会附近。听人们说，这是我们的飞行员。深夜我梦见了他。在梦里他吊死在了我们家的院子里……

记忆中的一切都是黑色的：黑色的坦克、黑色的摩托车，德国士兵一身黑色军装。我不相信实际上这一切都是黑色的，但我记住的一切就是这样的，像黑白电影胶片……

我不知被人们用什么包裹起来，我们躲藏到了沼泽地里。整个白天，整个夜晚。晚上很冷。不知名的野鸟发出可怕的鸣叫声。好像，月光出奇地明亮。太恐怖了！如果让德国狼狗看见或者听见我们怎么办呢？不时传来它们断断续续的吠叫声。到了早晨——想回家！我也想回家！所有人都想回家，暖和暖和！但是房子已经没了，只剩下一堆冒着烟还没有烧完的木头。烧焦的地方……在大火焚烧之后……在灰烬里我们找到了一堆盐，它永远放在我们炉口旁的小台子上。家人小心地收集起盐，收集起和盐混到一起的黏土，倒进了罐子里。这是我们家留下来的全部东西……

奶奶一言不发，沉默着，深夜的时候，她一边哭，一边念叨："唉，我的小房子啊！唉，我的小屋！我从小丫头起就在这儿住啊……媒人们上这儿来提的亲啊……孩子在这里生养了一大群啊……"她在我们家黑乎乎的院子里走来走去，像幽灵一样。

早晨我睁开眼睛——发现我们睡在地上，睡在我们家的院子里。

"我吻过课本上所有的人像……"

季娜·施曼斯卡娅，十一岁。
现在是一名收款员。

我会笑着回首往事……怀着惊讶的心情。难道这些事情都发生在自己身上？

在战争开始的那一天，我们去看马戏。全班同学都去了，看的是上午的早场演出。什么都没有预料到，什么都没想……所有大人都知道了，可是我们不知道，我们鼓掌喝彩，哈哈大笑。马戏团里有一头大象，还有几头小象！猴子们表演了跳舞……就是这样，我们快活地走到街上。人们号叫着："战争爆发了！"所有孩子都高呼："乌——拉！"兴高采烈。我们想象的战争是这样的：人们都戴着布琼尼式军帽[1]，骑在马上。现在是该我们表现一把的机会了，我们要帮助我们的战士们。我们要成为战斗英雄。我最喜欢看有关战争的图书了。有关战争的，有关战斗功绩的……那里有我们各种

---

[1] 在俄国国内战争期间，因骑兵英雄布琼尼元帅而得名的一种尖顶盔形呢绒帽——布琼尼帽。谢苗·布琼尼（1883—1973），人类历史上最后一个著名骑兵统帅，获得三次苏联英雄称号。有着七十年的戎马生涯，参加过包括两次世界大战在内的四次大战争。

各样的梦想……我钦佩那些受伤的士兵,那些从硝烟中、从战火中抢救出来的伤员。家里自己桌子上方的整面墙都贴满了从报纸上剪下来的军人照片,上面有伏罗希洛夫[1],还有布琼尼……

我和女伴们想偷偷跑去参加芬兰战争,而我们认识的男孩子都想去参加西班牙战争。战争在我们的想象中是一生最有意思的大事,被认为是最大的冒险。我们盼望着战争,我们是当代儿童,优秀的儿童!我的女友总是戴着布琼尼式军帽,她从哪里搞到的,我已经忘记了,但这是她最喜欢的帽子。我们是如何投入战斗的呢?我甚至都想不起来了,也许,我们是想去西班牙。现在我就来说说:她在我们家里过夜,当然,她是特意留下来的,黎明的时候,我们一起悄悄地从家里溜出来。踮着脚尖,"嘘——嘘——"顺手抓了点吃的东西。我哥哥呢,看得出,早就已经盯上我们了,发现了最近一段日子我们窃窃私语,匆匆忙忙地往口袋里塞东西。在院子里,他追上我们,把我们叫了回来。他骂我们,吓唬我们,把我的藏书中所有关于战争的图书都扔了出去。我整整哭了一天。当时我们就是这个样子。

可如今是真正的战争……

过了一周,德国军队就开进了明斯克市。德国人本身我不能立刻想得起来,只能想得起他们的技术装备:大型汽车、大型摩托车……我们没有这些东西,这样的东西我们从来都没有见到过。人

---

[1] 伏罗希洛夫(1881—1969):苏联国务、党务和军事活动家,苏联元帅,两次荣获苏联英雄称号。

们都傻了，变成了哑巴，瞪着恐惧的眼睛走来走去……在围墙和电线杆上出现了陌生的标语和宣传单、陌生的命令，恢复了"新秩序"。过了一段时间，学校又开始上课了。妈妈觉得，战争就战争吧，学习不应该中断，不管怎么说，我应该去上学。在地理课的第一节课上，战争前教过我们的女老师，竟然开始反对苏维埃政权的讲话，反对列宁。我对自己说：我再也不在这样的学校里上学了。决不！我不想去！回到家，我亲吻了课本上所有的人像，所有喜欢的我们领袖的照片……

德国人经常冲进人们家里，总是在搜查什么人，不是犹太人，就是游击队员……妈妈说："快把自己的红领巾藏起来。"白天我就把红领巾藏起来，晚上，当我躺下睡觉的时候，我又戴上。妈妈很害怕：万一德国人深夜来搜查呢？她劝说我，她哭着劝我。我等妈妈睡着了，等家里和外面变得一片安静。那时，我再从柜子里掏出红领巾，掏出苏联的课本。我的女友也是这样，她戴着布琼尼式军帽睡觉。

现在我都觉得欣慰，我们是这样的人……

"我用双手收集起它们……它们雪白雪白的……"

热尼亚·谢列尼亚,五岁。
现在是一名记者。

在那个星期天,1941年的6月22日……

我和哥哥去采蘑菇。已经到了采集肥厚的牛肝菌的季节。我们的小树林不大,我们熟悉那里的每一丛灌木、每一片空地,哪里生长什么样的蘑菇,哪里生长什么样的浆果,甚至哪里开着什么花,哪里有柳兰,哪里有黄色的金丝桃、蓝色的帚石南……当我们听到巨大的轰鸣声时,已经打算回家了。轰鸣声是从空中传来的……我们抬起头:头顶上空有十二到十五架飞机……它们飞得很高,很高,我想,以前我们的飞机从来没飞过这么高。我听到轰鸣声:嗡——嗡——嗡!

就在此时,我们看到了我们的妈妈,她朝我们跑来——哭着,惊慌失措的样子,嗓子都喊哑了。战争开始第一天的印象就是这样的——妈妈不是温柔地呼唤我们,像平常那样,而是喊叫:"孩子们!我的孩子们!"她的眼睛瞪得大大的,代替整个面孔的——只有一双大眼睛……

过了两天,大概是吧,一支红军部队来到了我们的村庄。他们满身尘土、汗水淋漓、嘴唇干裂,他们贪婪地喝了许多井水。他们是怎么幸存下来的……当天空中出现了我们的四架飞机时,他们的脸上露出了光彩。我们可以看到上面清晰的红星标志。"我们的飞机!我们的飞机!"我们和红军战士一起欢呼。但是,突然不知从哪里钻出来一些黑色的小飞机,它们围绕着我们的飞机飞行,不知什么东西从哪里发出嗒嗒嗒的响声,以及轰鸣声。可怕的声音从地面上就可以听到……这种声音就像是……知道吗……就像是有人把油布或是亚麻布撕裂的声音……但是声音要更大一些……我还不知道,这是机关枪在从远处或从高空进行扫射。我们的飞机坠落了下来,拖着一条红色的火光,冒着浓烟。咣咣!红军战士们呆立着,哭泣着,毫不掩饰自己的泪水。我第一次看见……第一次……看见红军战士哭了……在战争影片中,在我们村子里看到过的战斗影片中,他们是从来都不会哭的。

又过了几天……妈妈的妹妹——卡佳姨妈从卡巴卡村跑来了。她全身乌黑,样子很可怕。她说,德国鬼子进了她们的村子,逮捕了抗战积极分子,把他们押到栅栏旁边,在那里用机关枪把他们都打死了。被打死的人中,就有妈妈的哥哥,他是村委会代表,一位老共产党员。

至今我仍然记得卡佳姨妈说的话:"他们打中了他的脑袋,我用双手收集起了他的脑浆……它们雪白雪白的……"

她在我们家住了两天,整天都在说着这件事……不停地重复着……两天的时间,她的头发就都变白了。当时,妈妈就坐在卡佳姨妈的身边,拥抱着她,哭泣着,我抚摸着她的头。我很害怕。

我害怕,妈妈的头发也会突然变白了……

"我想活下去！我想活下去！"

瓦夏·哈列夫斯基，四岁。
现在是一名建筑师。

这些景象，这些战火，是我的财富。这些——简直好极了，我忍受的那些煎熬……

任何人都不相信我，甚至妈妈也不相信。战争结束后，当人们开始回忆往事时，她惊讶地说："你不应该记得这些，你当时还小。这是谁告诉你的吧……"

不，我本人清楚地记得……

炸弹轰响，我把头扎到哥哥的怀里说："我想活！我想活！"我怕死，尽管我当时对死亡是什么东西还一无所知。那又怎么样呢？

我自己清楚地记得……

妈妈给我和哥哥最后两块土豆，妈妈只是看着我们。我们知道，这是最后的土豆。我想留给她吃……一小块……但是没能够。哥哥也不能……我们感到很羞愧。可怕的羞愧。

不，是我自己记得……

我看见了我们的第一个士兵，依我看，这是位坦克手，但我不能肯定……我跑向他喊叫着："爸爸！"而他用双手把我往空中高高地举起来:"乖儿子!"

我记得这一切……

我记得,大人们说:"他——还小,不明白。"这让我感到很惊讶:"这些大人真可怕,为什么他们断定,我什么都不明白呢?我都懂。"我甚至觉得,我比大人们还要懂事,因为我不哭,他们却哭。

战争——这是我的历史课本。我的孤独……我错过了童年时代,它从我的生活中一闪而过。我是个没有童年的人,代替我童年的——是战争。

因此,在以后的生活中,让我快乐的只有爱。当我恋爱的时候……我懂得了爱情……

"我透过扣眼儿往外偷看……"

英娜·列夫凯维奇,十岁。
现在是一名建筑工程师。

在最初的那几天……从一大清早起……

我们的上空就投掷下来了炸弹……地上是横七竖八的电线杆和电线。惊慌失措的人们,全都从家里跑出来。人们从自己家里跑到街道上,相互提醒着:"小心——电线!小心——电线!"好让大家别绊到电线上,别摔倒。似乎这才是最可怕的一件事。

6月26日清晨,妈妈刚刚发了工资,她在一家工厂当会计,到了晚上,我们就已经成了难民。当我们逃离明斯克时,我们的学校着火了。每扇窗户里都喷吐着火焰,那样的明亮……那样的……那样的猛烈,直达天空……我们哭喊着,我们的学校着火啦。妈妈带着我们四个孩子,三个自己步行,最小的被妈妈抱在怀里。妈妈还担心,家里的钥匙随身带出来了,可是房门却忘记锁好了。她打算拦住汽车,叫喊着,哀求着:"请拉上我们的孩子,我们要去保卫我们的城市。"她不愿意相信,德国人已经进了城,城市已经沦陷了。

一切都变得非常可怕,变得非常莫名其妙,那些在我们眼前发生的事情，那些在我们身上发生的事情。特别是死亡……在死人身边乱七八糟地堆满了茶壶和饭锅。一切都被烧过了……让人觉得，我们好像是在火热的煤炭上奔跑……我总是跟男孩子们交朋友。我长得像个淘气鬼。我充满兴趣地看着眼前的一切：炸弹怎么飞，它们怎么呼啸，怎么落下来。当妈妈喊叫我："快趴到地上！"我就透过扣眼儿向外偷看……天上有什么？人们怎么奔跑……树上挂着的是什么东西啊……当我明白树上挂着的是一个人身体的什么东西时，我吓呆了。我闭上了眼睛……

妹妹伊尔玛当时七岁，她拎着个煤油炉子和妈妈的鞋，她很担心把这双鞋子弄丢了。鞋子还是全新的，浅粉色，带棱的高跟。妈妈把它们带出来不是偶然的，也许，因为这是她最漂亮的东西吧。

我们带着钥匙和鞋子，很快就返回了市里，这里的一切都被焚毁了。我们很快开始挨饿。我们采集滨藜，吃滨藜，还吃过一种晒干的不知叫什么的花！冬天临近了。德国人烧毁了郊区一个集体农庄的大果园，他们害怕游击队，大家都跑到那里，去砍大麻，想或多或少带回些柴火，烧热家里的炕炉。人们用酵母烤制饼干，在锅里熬煮酵母，里面就散发出饼干的味道。妈妈给了我钱，让我去市场上买面包。在那里，有一个上了年纪的妇女在卖小羊羔，我心想，我要是买下这只小羊羔，就能拯救我们一家人。小羊羔长大后，我们就会有羊奶喝了。我就把妈妈给我的所有钱都给了她，买下了这只小羊羔。我不记得妈妈是怎么骂我了，只记得，有好几天我们都饿着肚子坐着：没有钱。我们熬了些什么汤，喂小羊羔，我抱着它睡觉，好让它暖和些，但它还是冻坏了，很快就死了。简直太悲剧了。我们哭得很伤心,不允许把它从家里带出去。我比谁都哭得厉害,我认为这都是自己的罪过。妈妈深夜悄悄把它带了出去,告诉我们,老鼠把它吃掉了。

但是,即使在封锁中,我们也庆祝了所有五月和十月的节日。这是我们的节日!我们的!大家一定要唱歌,我们全家人都喜欢唱歌。哪怕只有一块带皮的熟土豆,有时甚至大家只有一块糖,但这一天我们仍会尽量做点什么稍好点的,即便明天又要饿肚子,但我们仍然一定要庆祝节日。小声唱起妈妈喜欢的歌曲:"清晨用温柔的鲜花装点了克里姆林宫的城墙……"这是一定的。

女邻居烤了馅饼卖,她建议我们:"从我这里批发些馅饼吧,你们去零卖。你们年轻,跑得快。"我决定做这个买卖,因为知道妈妈一个人拉扯我们很艰难。女邻居给我们送来馅饼,我和妹妹伊尔玛坐着,看着它们。

"伊尔玛,你不觉得,这个馅饼比别的大一些吗?"我说。

"我觉得也是……"

你们无法想象,我们多想尝一小块啊。

"让我们来切下一点点吧,然后我们再去卖。"

我们这样坐了两个小时,结果什么也没带到市场上去。后来,女邻居又开始自己熬制枕形的糖果,这种糖果,不知为什么,好久都没在商店里出现过了。她给了我们些这样的糖果,叫我们去卖。我和伊尔玛又坐着,看着它们。

"有一块糖挺大的,比别的都大一些。伊尔玛,让我们来舔一下吧。"

"好的……"

我们三口人穿一件大衣、一双毡靴。我们经常坐在家里。互相讲故事听……说自己读过的什么书……但这太无聊了。我们最感兴趣的，是幻想战争结束后，我们都能幸存下来。到那时，我们就只吃馅饼和糖果。

战争结束后，妈妈穿上了绉绸的上衣。她是怎么保存下来的这件上衣，我不记得了。所有好东西我们都换了食物。这件上衣是黑色的袖口，妈妈裁掉了它们，为了不留下任何不快乐的东西，只要鲜艳明快的。

我们立刻就去上学了，最初那些天，我们都在为即将举办的盛大阅兵活动排练歌曲。

"我只听到妈妈的喊叫声……"

丽达·波戈尔热里斯卡娅，八岁。
现在是一名生物学副博士。

我一辈子都在回忆这一天……爸爸不在的第一天……

我们想睡觉。妈妈大清早就招呼起了我们，她说："打仗了！"哪还敢睡觉啊？赶紧收拾东西上路。还没觉得害怕。大家都看着爸爸，我们的爸爸表现得很平静，像以往一样。他是一名党务工作者。妈妈说，每个人都要随身带些什么东西。我没有想到要拿什么，小妹妹抓起一个布娃娃，妈妈抱着我们的小弟弟，爸爸已经催促我们赶紧出发了。

我忘记说了，我们住在科布林市[1]，距离布列斯特[2]不远。这就是为什么战争开始第一天就打到了我们这里。人们都还没来得及明白过来。成年人几乎都不交谈，默默地走着，骑在马上一言不发。这让人感觉到了某种恐惧。人们向前走着，走着，好多好多人，可是

---

[1] 科布林市：白俄罗斯城市，由布列斯特州负责管辖，位于首府布列斯特以东52公里，始建于1494年，面积26平方公里。

[2] 布列斯特：白俄罗斯西南部城市，布列斯特州首府，邻近波兰边境。1918年苏俄同德国、奥匈帝国、保加利亚、土耳其在此缔结《布列斯特和约》。1919—1939年属波兰。1939年划入苏联。1941年苏军与德军曾在此激战。

都不说话。

当爸爸追赶上我们时,我们才稍稍平静了些。爸爸在我们家里是主心骨,因为妈妈很年轻,她十六岁就嫁给了爸爸。她甚至都不会做饭,而爸爸呢——是个孤儿,什么都会做。我记得,我们全家人都很喜欢爸爸有空儿的时候,给我们做些好吃的东西。这一天,对我们来说,简直就像过节一样。到现在我都觉得,没有什么东西比爸爸熬的碎麦粥更可口的了。他不在我们身边,我们走了多久,就等了他多久。打仗的时候,如果爸爸不在身边,我们想都不敢想。这就是我们一家人。

我们逃难的车队很庞大,走得非常缓慢。有时大家会停下来,望着天空。目光寻找着,看有没有我们的飞机……徒劳地寻找着……

中午,我们看见了一支不知从哪里来的军队。他们骑在马上,穿着崭新的红军军服。那些马都长得膘肥体壮,个头很大。谁也没有猜出来,这是化装潜入境内的敌军。大家都以为,这是咱们自己的队伍!人们都很高兴。爸爸迎着他们,走向前去,我听见妈妈的叫喊声……没有听到射击声……只有妈妈的叫喊声:"啊啊啊!……"是妈妈的声音,这还是不是妈妈的声音啊?妈妈的!我记得,这些军人甚至没有从自己的坐骑上下来……妈妈喊叫的时候,我跑走了。人们都四散奔逃,话也不说地跑开了。我只听见,我们的妈妈的叫喊声……我跑啊,跑啊,直到被绊倒在地,摔进高高的野草丛里……

到傍晚前我们的车队才停下来。人们都在等着。当天色黑下来时,我们大家都返回了这个地方。妈妈一个人坐在那里,等待着。

有人说:"你们看看,她的头发都白了。"我记得,大人们挖了一个坑……记得后来人们把我和妹妹推到前面,说:"去吧,去和父亲告别。"我迈了两步,就不能往前走了,我坐在了地上,妹妹也坐到了我的身边。弟弟睡着了,他还太小,什么也不懂。我们的妈妈晕厥过去,躺在马车上,人们不让我们靠近她。

就这样,我们的家人都没有能够看到死去的爸爸。谁也不记得他死去的样子。当我回想起他时,不知道为什么,总是记得他穿着一件白色的直领制服,年轻、英俊。甚至到了现在,我都已经比我们的爸爸当时的岁数大了。

我们被疏散到了斯大林格勒州,妈妈在集体农庄里工作。从前什么也不会的妈妈,不会在田里除草,分不清燕麦和小麦的妈妈,成了先进劳动者。我们没有了爸爸,别的人也有失去爸爸的,还有的失去了妈妈,或者兄弟,或者姐妹,或者是爷爷。但我们没有感觉到自己是孤儿。人们都疼爱我们,把我们抚养长大。我记得丹尼娅·莫洛佐娃阿姨,她的两个孩子都死了,她独自一人生活。她为我们付出了一切,就像我们的妈妈一样。本来都是非亲非故的陌生人,但在战争年代都成了亲人。弟弟长大后说,我们虽然没有爸爸,但是我们有两个妈妈:我们的妈妈和丹尼娅阿姨。我们就这样长大了……跟着两个、三个妈妈长大了……

我还记得,我们走在疏散的路上,被敌人的飞机轰炸,我们跑着躲藏。我们不是躲藏到妈妈身边,而是跑向士兵。轰炸停止后,妈妈骂我们,说离开她的身边,到处乱跑。但我们还是那样,一旦重新开始轰炸,我们就又跑向战士身边。

当明斯克解放后，我们决定回去，回家，返回到白俄罗斯。我们的妈妈——是土生土长的明斯克人，但是，当我们走出明斯克的火车站时，她都不知道，自己该往哪里去。这里完全变成了另外一座城市。整座城市成了一片废墟……碎石瓦砾遍地……

后来，我在戈列茨科耶农业学院上学……住在宿舍里，我们宿舍里有八个人。大家都是孤儿。没有人为我们单独办理落户手续，也没有人打算这样去做——因为像我们这样的人太多了，不是就我们这一个房间。我记得，深夜时我们哭喊……我会从单人床上跳起来，去拍打房门……四处躲藏……女伴们找回了我。我开始哭，她们也跟着哭，整个房间里一片号啕声。清晨我们又得去上课，去听讲。

有一天，我在大街上遇到一个男人，他长得像爸爸。我跟随在他的后面，走了很久。我没有见到爸爸死去的样子啊……

"我们在演奏,战士们却在哭泣……"

瓦洛佳·奇斯托克廖多夫,十岁。

现在是一名音乐人。

这是一个美好的早晨……

清晨的大海,蔚蓝而宁静。这是我来到黑海岸边的"苏维埃-克瓦泽"儿童疗养院最初的日子。人们听到了飞机的轰鸣声……我潜到了波浪下,但是在那里,在水下,也能听到这种轰鸣声。我们没有害怕,而是玩起了"打仗"的游戏,都没有怀疑,战争在哪里已经开始了。不是游戏,不是军事演习,而是真正的战争。

过了几天,我们就被打发回家了。我——回到了罗斯托夫。城市已遭受过第一次轰炸。大家都在准备街头巷战:挖好了战壕,构筑起了街垒。人们还学习了射击。而我们,这些孩子,看守着箱子,里面装满了易燃混合物的瓶子,哪里有了火情,我们就往哪里运送沙子和水。

所有的学校都变成了军队医院。在我们的第七十中学为受轻伤的士兵设置了军队野战医院。妈妈被派到了那里工作。为了不把我一个人扔在家里,领导允许她把我带在身边。撤退的时候——野战医院搬到哪里,我们就跟到哪里。

在敌机轮番轰炸之后，我想起碎石瓦砾下面有一堆书，我翻出来一本，这本书的名字叫《动物的生活》。很厚，有非常漂亮的插图。整个晚上我都没有睡觉，我读着这本书，无法停止下来……我记得，我没有拿军事题材的书，我已经不想读战争的书了，而是想读动物的，特别是小鸟的……

在1942年的11月……军队医院的领导下命令，给我发了一套军装，真的，人们不得不赶紧给我改做了一件。可适合我穿的皮靴整整一个月都没有找到。就这样，我成了医院培养的人，成了一名士兵。我做了些什么呢？光绷带就能让人发疯。它们从来都不够用，必须清洗，晒干，卷起来。你们试试一天要卷起一千条绷带！而我缠得比成年人还快。我轻易地学会了卷纸烟……在我十二岁生日的时候，比我年长的哥们儿微笑着送了我一包烟叶，就像对待享有了与大家同等权利的士兵一样。我开始抽烟，悄悄地背着妈妈抽。你想想看，当然得背着她。喏……太可怕了……我看到流血还是很难习惯。我害怕烧伤的病人，他们满脸乌黑……

当装载着食盐和石蜡的车厢被炸毁后，我的新活儿又来了。食盐是给厨师的，石蜡呢，是给我的。我不得不掌握这门专业技术，尽管士兵的任务清单中没有列入——我要制作蜡烛。这比处理绷带还要困难！我的任务就是——注意要让蜡烛能长时间燃烧，没电的时候，会使用它们。不论是在轰炸，还是机枪射击的时候，医生从来都没有中断过手术，深夜的时候只是要把窗子封闭严实。我们要用床单、被子把窗户封堵好。

尽管妈妈哭着劝说，我还是想跑到前线去。我不相信我会被打死。有一次，我被派去买粮食……快到了，开始了炮击，迫击炮的射击。中士被打死了，马车夫被打死了，我被震出了内伤。我成了哑巴，过了好一段时间，才又开始说话，但仍然会结结巴巴。到现在还是这样。大家都很吃惊，我竟然活了下来，我却有另外一种感觉——难道说我能被打死？我怎么可能会死掉？我跟随军队医院穿过了整个白俄罗斯、波兰……我学会了说波兰语……

在华沙……伤员中有一名布拉格剧院的捷克长号手。医院领导很喜欢他，当他恢复健康后，就请他到病房中巡回演奏，寻找懂音乐的人。很快他们就组建了一个不错的乐队。他们教会了我唱中音，后来我又自己学会了弹吉他。我们演奏的时候，战士们都哭了。我们演奏的都是些快乐的曲子……就这样，我们打到了德国……

在被轰炸过的德国村庄，我看到一辆童车扔在地上。我很高兴，骑上它，就离开了。这样骑行很方便！在战争年代，一件儿童玩具我也没有见到过。我忘了，它们应该在哪里有卖的。儿童玩具……

"死去的人们躺在墓地……仿佛又被打死了一次……"

瓦尼亚·季托夫,五岁。
现在是一名土壤改良师。

  黑色的天空……

  黑色的硕大的飞机……它们低低地轰鸣着,紧紧贴着地面。这是——战争。正像我记住的……我记住的都是这些单独的碎片……

  我们遭遇了轰炸,我们都躲藏到花园的老苹果树下。我们共有五个人。我还有四个兄弟,最大的十岁。他教会了我们怎样躲避飞机的轰炸——应该躲藏到大苹果树下,那里的枝叶茂密。妈妈召集起我们,把我们带到地窖里。地窖里很可怕,里面住着大老鼠,它们的一对小眼睛在黑暗中闪着光。那是黑暗中唯一的光亮。老鼠们在深夜里还吱吱乱叫,追逐玩耍。

  当德国士兵闯进村子里,我们躲藏在了壁炉上一堆破烂衣服的下面,闭着眼睛躺着,不是特别害怕。

  他们放火烧毁了我们的村庄,轮番轰炸了村里的墓地。人们都跑到那里去了:那些死者都躺在上面……他们躺着,就如同又被打死了一次……我们的爷爷躺在那里,不久前他刚刚死去。人们又把他埋葬了一次……

在战争期间和战争结束后，我们都喜欢玩"打仗"的游戏。当时我们都已经玩厌了"白军和红军""夏伯阳"等游戏，我们就玩"俄军和德军"的游戏。我们打仗，抓俘虏，射击。头上戴着士兵的钢盔，我们的和德国人的，当时钢盔丢弃得到处都是——森林里、田野上到处都是。谁也不想当德国人，为此我们甚至打起架来。我们在真正的避弹所和堑壕里玩游戏，用棍子打斗，展开肉搏。母亲们摇头叹息，她们不喜欢我们这样。她们哭了。

我们都很惊讶，为什么从前……战争之前她们没有因为这个骂过我们呢……

"当我明白这个人是父亲……我的膝盖颤抖不停……"

廖尼亚·霍谢涅维奇,五岁。
现在是一名设计师。

在我的记忆里留下了一些色彩……

当时我才六岁,但我记得非常清楚……我爷爷的房子——黄色的,木头房子,栅栏后的草地上堆放着原木。白色的沙土,我们在那里玩耍——就像被清洗干净的、洁白洁白的。我还记得,妈妈带着我和妹妹到市里去照相,艾洛奇卡哭了起来,我就安抚她。这张照片保存了下来,唯一一张战前的照片……不知为什么它让我想到的是绿色。

后来,所有的回忆都陷入了一片黑色之中……如果这些事物,最初的时候,是明亮的色调——碧绿碧绿的小草、鲜亮的水彩画、洁白洁白的沙土、金黄金黄的栅栏……后来这一切都染上了一层黑色的颜料:在呛人的浓烟中快要窒息的我,被人们不知带到了哪里,街道上——都是我们的东西,包袱,不知怎么还放着一把椅子……人们都在哭泣。我和妈妈沿着大街走了很久很久,我用手提着裙子。妈妈对所有遇到的人都在重复一句话:"我们家的房子给烧没了。"

我们在一个楼道里过夜。我非常冷,把双手伸到妈妈的上衣口袋中取暖。我的手在里面摸到了一件冰凉的东西，这是我们家的钥匙。

突然——妈妈没了。妈妈消失了，只剩下外婆和外公。我有了一位朋友，他比我大两岁——热尼亚·萨沃奇金。他七岁，我五岁。他用格林兄弟童话教会了我识字。外婆按照自己的方式教我，她会往我的额头上弹个令人不快的脑奔儿："哎呀，你啊！"热尼亚却教我学习。他指着字母教我读书。我最喜欢听童话故事，特别是外婆给我讲的。她的嗓音特别像妈妈。有天晚上，来了一位漂亮的女士，她给我们带来了好吃的东西。我从她的话里听出来，妈妈还活着，和爸爸一样，在进行战斗。我幸福地喊叫起来："妈妈就快回来喽！"我想跑到院子里，把这个好消息和自己的朋友分享，结果吃了外婆一皮带。外公替我说情。他们躺下睡着后，我把所有的皮带都收集起来，塞进了柜子里。

总是想吃东西。我和热尼亚经常去黑麦地，就在我们的房子后面。我们搓了麦穗，咀嚼麦粒吃，而这片田野已经被德国人占领了……麦穗也是德国人的……看见来了小汽车，我们想赶紧悄悄溜走。一个德国军官，身着绿军装，肩章闪闪发光，直接从我们家的栅栏里把我揪了出去，不知是用马鞭还是用皮带抽打着我。因为恐怖，我吓傻了——感觉不到疼痛。突然我看见外婆："长官，尊敬的长官，求你放了我的孙子吧。看在上帝的分上，放了他吧！"外婆双膝跪在了军官面前。军官离开了，我躺在沙土地上。外婆把我抱回了家，我艰难地嚅动着嘴唇。这之后我病了很长一段时间。

我还记得，大街上驶过大车，许多大车。外公和外婆打开大门。我们家里住进了许多难民。过了一段时间，他们都得了伤寒。

他们都被弄走了，就像人们对我解释的，他们被送到了医院。又过了一段时间，我的外公也病了。我跟着他睡觉。外婆变得很瘦弱，勉强在房间里走来走去。白天我跑出去和小伙伴们玩耍。晚上回到家——家里没有外公，也没见到外婆。邻居们说，他们也被送到了医院里。我很害怕——就剩下我一个人了。我已经猜到，接收难民的那家医院，如今外公外婆也被送到那里去了，他们再也不会回来了。一个人住在家里很害怕，晚上房子很大，又不熟悉，甚至在白天都很害怕。外公的兄弟把我带到了自己家里，我有了新外公。

明斯克遭到了轰炸。我们都躲藏到了地窖里。当我从里面出来的时候，眼睛被阳光刺痛，我的耳朵被马达的轰鸣震聋了。街道上行进着许多坦克。我躲到电线杆后面。突然，我看见——坦克的上面有红星标志。这是我们的部队！我立刻跑到我们家房子前：既然是我们的部队来了，也就是说，妈妈也快回来了！我走近房子——台阶前站着一些拿步枪的女人，她们抱起我，询问我。其中有一个女人的某些地方我觉得很熟悉，她让我想起了谁，她走近我，拥抱着我。其余的女人开始哭。我立刻大叫一声："妈妈！"不知从哪里涌出来的泪水……

很快，妈妈从保育院领回了妹妹，她不认得我了——完全忘记了。一场战争让她全忘记了。我真是高兴，重新有了妹妹。

有一天放学回到家，我看到从前线归来的父亲躺在沙发上睡觉。他睡着了，我从他的背包里掏出证件，看了又看。我明白了——这个人就是父亲。我坐在旁边，看着他，直到他醒来。

我的膝盖一直在颤抖……

"闭上眼睛,儿子,不要看……"

瓦洛佳·帕拉博科维奇,十二岁。

现在是一名退休人员。

我早就没了妈妈……

永远都想不起来自己小时候的模样……我的妈妈死了,当时我才七岁,我住在姨妈家。我放过牛,劈过柴,夜里去放过马,菜园里的活儿也很多。不过,冬天的时候,我们滑木雪橇,用自己制作的冰鞋滑冰,也是木头的,嵌进铁片,用绳子绑到脚上。我们穿着用板子或是破木桶的桶板做成的滑雪板,都是我给自己做的。

到现在我都记得,我穿上了第一双属于自己的鞋子,是父亲给我买的。当穿着它们在森林里被树枝刮破时,我是多么伤心啊。我很心疼,想:还不如割破我的脚呢——最好让鞋子能完好无损。我就是穿着这双鞋子,跟父亲从奥尔沙出发的,当时德国人的飞机正轰炸城市。

在郊外,他们用疯狂的炮火向我们射击。人们倒在地上……倒在沙土中、草丛里……

"闭上眼睛,儿子,不要看……"父亲要求我。我害怕地望着天空——天空因为飞机变成了黑色,而地上——到处躺满了被打死的头，里面塞的是草，它们下面铺的是松针。我们身上盖的是桌布。我们都是自己洗衣服，用漂着冰块的冷水……我们都哭过——双手冻得生疼。

1942年……我们举行了军校宣誓仪式。给我们发了印着"海军少年水兵训练学校"字样的无檐帽，但是，令我们遗憾的是，肩膀上没有长长的肩章，只在右边缀了个花结。还给我们发了步枪。1943年年初……我有幸参加了"机智"号近卫军驱逐舰的任务。对我来说，一切都是第一次：狂风巨浪，淹没了军舰的船头，螺旋桨搅起的波光粼粼的水路……让人窒息……

"害怕吗，孩子？"指挥官问我。

"不，"我不假思索地回答，"太美了！"

"如果不是打仗，当然美了。"指挥官说完，不知为什么转过了身去。

当时我才十四岁……

"弟弟哭了,因为爸爸在的时候,还没有他……"

拉丽萨·利索夫斯卡娅,六岁。
现在是一名图书馆工作人员。

我想起了自己的爸爸……想起了自己的弟弟……

爸爸参加了游击队。法西斯分子逮捕了他,枪杀了他。女人们偷偷告诉了妈妈,他们是在哪里被处决的,爸爸和另外几个人。她跑到他们躺着的地方……她一辈子都记得,那一天的天气非常寒冷,水洼儿上结了一层薄冰。可他们只穿着袜子躺在地上……

妈妈当时正身怀有孕,怀着我的弟弟。

我们要到处躲藏。游击队员的家属都遭到逮捕,连孩子一起抓……投进有帆布篷的汽车里被拉走……

我们在邻居家的地窖里躲藏了很长时间。春天已经来临了……我们躺在土豆上,土豆发了芽……你睡着了,土豆芽在深夜里钻出来,在你的鼻子旁边弄得痒痒的,就像有只小虫子。小甲虫们住在我的衣袋里、袜子里。我不怕它们——无论白天,还是夜晚。

我们从地窖里钻出来,妈妈生下了弟弟。等他长大了一些,学会了说话,我们一起回忆爸爸:

"爸爸个头高高的……"

"爸爸很有劲儿……他把我举在手上!"

这是我和妹妹在谈论爸爸,弟弟问:

"我在哪儿呢?"

"那时候还没你呢……"

他哭了起来,因为爸爸在的时候,还没有他……

"第一个来的就是这个小姑娘……"

妮娜·雅罗舍维奇,九岁。
现在是一名体育老师。

家里所有人都为这件大事激动不安……

傍晚,大姐的未婚夫来向大姐求亲。大家讨论到深夜,什么时候举办婚礼,新婚夫妇去哪里登记结婚,邀请多少客人。而一大清早,父亲就被叫到了兵役委员会。一个消息传遍了整个村子——战争爆发了!妈妈惊慌失措:怎么办啊?我只想着一件事:忍过这一天就行了。还没有一个人跟我解释,战争不是一天两天的事,也许会延续很长时间。

正是夏天,天气炎热。我想到小河里洗澡,可妈妈把我们叫到一起,准备上路。我还有一个哥哥,刚把他从医院里接回来,他的一条腿做了手术,他回来时拄着双拐。妈妈说:"大家应该一起走。"往哪里走?谁也不知道。走了大约五公里,哥哥一瘸一拐,哭了。能拿他怎么办呢?我们又返了回来。父亲在家里等着我们。那些去了兵役委员会的男人都回来了,德国人已经占领了我们的地区中心——斯卢茨克市。

敌机飞来进行了第一次轰炸——我站着,注视着炸弹,直到它们落到地上。有人提醒说，应该张开嘴巴，要不然耳朵会被震聋。于是，我就张着嘴，捂住耳朵，但仍然听到那些炸弹飞落的声音、呼啸的声音。这简直太可怕了，不仅脸上的肌肉，就连全身的肌肉都绷紧了。我家院子里挂着一只水桶。当一切安静下来，摘下它，数了数上面，一共有五十八个窟窿眼儿。水桶是白色的，他们从高处以为这是一个蒙着白色头巾的人，于是他们就开枪扫射……水桶吸引了他们的视线……

第一批德国人是坐着大汽车来到村子的，汽车上装饰着白桦树枝。我们这里举办婚礼的时候，也会这样装饰。折来好多桦树枝扎花车……我们透过篱笆悄悄偷看他们，那时候没有院墙，只有篱笆。从柳茅子后面窥探……看起来，他们和普通人没什么两样……我想看看，他们长着什么样的脑袋？为什么我有这样的预感，他们都长着不是人类的脑袋……已经有传言，说他们会杀人，会放火。可他们坐在汽车上，说笑着，心满意足的样子，皮肤晒得黝黑黝黑的。

清晨，他们在学校的院子里做早操，冲冷水澡。他们卷起袖子，坐上摩托车——就出发了。

几天之内，在村后的牛奶厂附近挖了一个大坑，每天早晨五六点钟从那里都传来射击声。那里的射击一开始，连公鸡都不啼叫了，吓得躲藏起来。傍晚的时候，我和父亲赶着大车从那里经过，在离大坑不远的地方，他拉住了马的缰绳。"我过去一下，"他说，"我去看看。"他的堂姐在那里被枪杀了。他走过去，我跟在他的后面。

突然父亲转过身，挡住我，不让我看到那个大坑："你回去，你不能再往前走了。"我只看到，我迈过的一条水沟，里面流的水是红色的……一群乌鸦腾空飞起。那么多的乌鸦,我尖叫了起来……这之后的几天里,父亲不能吃东西。他看见一只乌鸦,就跑进屋子,浑身发抖……像发疟子一样……

在斯卢茨克的公园里吊死了两位游击队员的家人。天寒地冻,吊死的人都被冻得硬邦邦的,每当刮风时,他们就被吹得摇摇晃晃,嘎吱嘎吱作响。嘎吱嘎吱的,就像森林中冻僵的树木……这种声音……

当我们被解放后,父亲去了前线,他跟着队伍出发了。他不在家的战争期间,妈妈给我做了第一条裙子。裙子是妈妈用包脚布给我缝制的,包脚布本来是白色的,她用墨水染了染,一条袖子染得颜色不太好。我很想把自己的新裙子给女伴们看看。于是,我就侧身站在栅栏边,袖子染得好的一边朝外,把染得不好的一边藏在里面。我觉得,自己打扮得是这么漂亮,这么美丽!

学校里,坐在我前面的小女孩叫阿妮娅。她的父亲和母亲都去世了,她和奶奶住在一起。她们是难民,是从斯摩棱斯克逃难来的。学校给她买了大衣、毡靴和锃亮的胶皮套鞋。女老师拿来,把所有东西都给她放到了课桌上。我们悄无声息地坐着、看着,因为我们中间任何人都没有这样的毡靴、这样的大衣。我们都很嫉妒她。有一个小男孩撞了阿妮娅一下,说:"瞧你多幸运啊!"她倒在地上,哭了起来,抽抽噎噎地哭了四节课。

父亲从前线回来了,大家都赶来看望我的爸爸,也看望我们,因为爸爸回到了我们的身边。

第一个前来的就是这个小姑娘……

"我——是你的妈妈……"

塔玛拉·帕尔西莫维奇,七岁。
现在是一名打字记录员。

整个战争期间我都在想妈妈。在战争开始的日子我就失去了妈妈……

我们正在睡觉,我们的少先队员夏令营就遭到了轰炸。我们从帐篷里飞快地钻出来,奔跑着,叫喊着:"妈妈!妈妈!"教养员抚摸着我的肩膀,想安抚我平静下来,可我还是哭喊着:"妈妈!我的妈妈在哪里?"直到她把我搂在自己的怀里,说:"我——就是你的妈妈。"

在我的床头挂着一条裙子、白色的短上衣和红领巾。我穿戴好,和伙伴们徒步向着明斯克的方向出发了。沿途有许多孩子被父母接走了,可是没有见到我的妈妈。突然听到人们说:"德国人进了城……"我们赶紧往回跑。有个人对我说,他看见了我的妈妈——她被打死了。

当时我立刻失去了记忆……

我们是怎么到达奔萨[1]的——我不记得,我是怎么被送到保育

---

[1] 奔萨:俄罗斯欧洲部分中南部城市,奔萨州的首府。跨伏尔加河支流苏拉河两岸。为俄罗斯民族古老文化中心之一,有化工设备及纺织机械制造研究所、建筑工程学院等五所高校和大型博物馆。

院的——我不记得。记忆中这一切都是一片空白……我只记得,有许多孩子,只能两个人挤到一张床上睡觉。如果一个哭,另一个也跟着哭:"妈妈!我的妈妈在哪里?"我还很小,一位保育员阿姨想认我做干女儿。可是,我只想要自己的妈妈……

我从食堂里走出来,所有的孩子们都冲着我喊:"你的妈妈来了!"我的耳朵里充满了这种声音:"你的妈妈……你的妈妈……"每天晚上我都梦见妈妈,我真正的妈妈。突然——她真的出现在了面前,可是我觉得,这是在做梦。我看着——妈妈!但不相信这是真的。有好几天人们都劝慰我,我还是害怕走到妈妈身边。万一这是梦呢?是我在做梦呢?妈妈哭着,而我喊叫:"别过来!我的妈妈死了。"我害怕……我害怕相信自己能拥有幸福……

直到现在我还是这样……整个一生中在自己生活的幸福时刻我都会哭,一生都是这样……我的丈夫……我和他相亲相爱生活许多年了。当他向我求婚的时候:"我爱你。我们结婚吧……"我——瞬间泪流满面……他吓坏了:"我让你生气了?""不!不是!我——觉得太幸福了!"但我总是不能一直做一个幸福的人,一个完全幸福的人。我得不到幸福,我害怕幸福。我总是觉得,它很快就要结束了。我的心中永远是这种"很快、很快……"的感觉。这是童年给我留下的恐惧记忆……

"可以舔舔吗?"

维拉·塔什金娜,十岁。
现在是一名勤杂工。

　　战争爆发以前我经常哭……

　　父亲去世了。妈妈需要照管七个孩子。我们生活得非常贫困,非常艰难。但是后来,在战争年代里,却感觉到那是一种幸福的、快乐的生活。

　　大人们都在哭——这是战争啊,可我们没有害怕。我们经常玩"打仗"的游戏,这个词对我们来说非常熟悉。我很惊讶,为什么妈妈整晚整晚地哭。她总是红肿着一双眼睛,走来走去。只是到了后来我才明白……

　　我们吃的是……水……午饭时间到了,妈妈把饭锅放到桌子上,锅里盛的是热水。我们把水倒在一个一个的小碗里。傍晚,晚饭,桌子上还是盛着热水的饭锅。白开水,大冬天的没有什么可以煮,甚至连野菜都没有。

　　因为饥饿,弟弟把炉子的一个角啃掉了。每天他都啃啊,啃啊,等我们发现的时候,炉子上留下一个坑。妈妈收拾了些最后的东西,去了市场,换回来一些土豆,一些玉米。她给我们熬了玉米粥，分给孩子们，我们都盯着粥锅，请求她：可以舔舔吗？我们一个接一个地舔。我们舔完了，又让猫舔了一遍，它也饿坏了。我不知道，我们给它在锅里还剩下了点什么。我们舔过之后，里面已经一点粥渣儿都不剩了，甚至食物的气味都没有了，连气味都让我们舔干净了。

一直在期盼着我们的部队……

当我们的飞机开始轰炸的时候，我没有跑着躲藏起来，而是冲出去看我们的飞机轰炸。我找到了一块碎弹片……

"你这是要把它弄到哪儿去？"在院子里，我正好碰到惊慌失措的母亲，"你在藏什么啊？"

"我不是藏。我带回了一块弹片。"

"看把你炸死，就知道厉害了！"

"你说什么啊，妈妈！这是我们炸弹的弹片。难道说它能把我炸死？"

我把它收藏了很久……

"还有半勺白糖。"

艾玛·列维娜，十三岁。
现在是一名印刷厂工人。

    在那一天，距离我的十四岁生日还剩下整整一个月的时间……
    "不！我们哪儿也不去，哪儿也不去。这全都是你们给我瞎编出来的——战争爆发了！我们还没来得及撤离城市，战争就会结束的。我们不走！不——走！"我的爸爸这样说。他是1905年入党的老党员，不止一次蹲过沙皇的牢房，还参加了十月革命。

    但是，不管怎么说，必须得撤离。给窗台上的花好好地浇了一遍水，我们家养的花很多，遮掩住了窗子和门口，只留下通风的小窗洞，方便小猫能够自由地进出。随身带上了生活必需品。爸爸向大家保证：过几天我们就会回来的。可是，明斯克被烧毁了。

    没有跟我们一起走的只有二姐，她比我大三岁。很长时间我们都没有她的任何音信，非常挂念她。这时我们已经被疏散了……到了乌克兰……我们收到了二姐从前线寄来的一封信，后来，接二连三地都能收到她的信。稍晚些时候，我们还收到了部队指挥部寄来的感谢信，对她的卫生指导员工作进行了表扬。这封感谢信妈妈谁没有给看过啊！她为女儿骄傲。集体农庄主席为此奖励给我们一公斤做饲料的面粉。妈妈烙了好吃的小饼请大家一起分享。

我们干过各种各样的农活儿，尽管我们都是城里人，还饿着肚子，但是我们干得很好。大姐在战前是一名法官，她学会了开拖拉机。但是哈尔科夫很快也遭到了轰炸，我们又继续撤离。

在路上，我们已经知道了，要把我们运送到哈萨克斯坦。和我们坐在同一节车厢里的有十个家庭，有一家有一位怀孕的女儿。火车遭到轰炸，飞机飞掠过来，谁也来不及跑出车厢。突然，我们听到叫喊声："孕妇的腿被炸断了。"这种恐惧直到今天还残留在我的记忆里。女儿开始生产……她的父亲为她接生。这一切就在众目睽睽之下进行，轰隆声、血迹、脏东西，孩子生了下来……

我们从哈尔科夫出发的时候还是夏天，但到了我们的终点站却已经是冬天了。我们到达了哈萨克斯坦草原。没有了敌人对我们的轰炸，没有了扫射，我有很长一段时间都不习惯。不过，我们还有一个敌人——虱子！大个儿的、中不溜的、小个儿的！黑色的、灰色的！各种颜色应有尽有。但都一样贪婪，白天黑夜地不让人平静。不对，我说错了！当火车开动的时候，它们咬得不是那么厉害，它们表现得稍微平和一些。但是我们刚刚进了家门……我的天啊，它们就开始胡闹了……我的天啊！我的后背和手臂上都被咬破了，起满了脓疮。等我脱下上衣，我才感觉轻松些，可我再没有别的衣服穿了。不得不把上衣烧毁了，它已经爬满了虱子，我用报纸把自己包起来，我穿着报纸走来走去，我的上衣是用报纸做成的。女主人用那么滚烫的热水给我们洗澡，如果是现在，用这样的热水洗澡，我非烫掉一层皮不可。可在当时……真是觉得幸福啊——热

"房子,别着火!房子,别着火!"

妮娜·拉奇茨卡娅,七岁。

现在是一名工人。

有时候……非常清晰……一切都回到了眼前……

德国人是怎么坐着摩托车来到这里的……每个人都有一只水桶,他们像这些水桶发出的声音一样叽里咕噜地说话。我们都躲藏了起来……我还有两个弟弟——一个四岁,一个两岁。我和他们都藏到了床下,一整天都待在那里。

我很吃惊,一个年轻的法西斯军官住到了我们家里,他戴着眼镜。而当时我的感觉是,只有老师才戴着眼镜。他和一个勤务兵占据了我们家的一半,而我们住在另一半。我们最小的弟弟感冒了,咳嗽得很厉害。他发起了高烧,全身通红,整晚都在啼哭。早晨,军官走到我们住的一边,对妈妈说,如果小孩子再哭,晚上让他睡不好觉,那么他就把弟弟"啪——啪"——他指了指自己的手枪。深夜,只要弟弟一开始咳嗽,或者想哭,母亲就把他裹到被子里,跑到街上去,在那里摇晃着他,直到把他哄睡或者安静下来。啪——啪……

我们家的所有东西都被抢走了,我们全家人都在饿肚子。他们不让我们进厨房,只给自己做饭。弟弟很小,他闻到味道,就顺着这个味道从地板上爬过去。他们每天都煮豌豆汤,味道很大,很香。过了五分钟,我的弟弟喊叫起来,发出可怕的哭号声。在厨房里,他们把开水浇到了他身上,因为弟弟向他们要吃的。他是那么饥饿,甚至哀求妈妈:"请把我的小鸭子煮了吧。"小鸭子是他最喜欢的玩具,从前他谁都不给玩,他和它一起睡觉。

我们小孩子之间说话……

我们坐在一起商量:如果逮住老鼠(战争期间这些老鼠遍地都是——房子里,田野间),是不是可以吃?山雀能不能吃?喜鹊能不能吃?为什么妈妈不给我们用肥肥的金龟子熬汤喝呢?

土豆还没等长好,我们就用双手刨开泥土,认真查看:它长得是大还是小?为什么所有的东西都生长得这么慢呢:那些玉米啊,那些向日葵啊……

在最后一天……德国人在撤退前,点着了我们的房子。妈妈呆立着,望着大火,她的脸上一滴泪水也没有。而我们三个孩子奔跑着,叫喊着:"房子,别着火!房子,别着火!"从房子里没来得及抢出什么东西,我只抓了一册自己的识字课本。整个战争期间我都保护着它,珍爱着它,和它一起睡觉,把它压在枕头底下。我非常想学习。后来,当我们在1944年上一年级的时候,这成了我们十三个学生和整个年级拥有的唯一的识字课本。

留下比较深刻印象的,还有战争结束后学校的音乐会。人们又是唱,又是跳……我拍疼了手掌。鼓掌啊,鼓掌。我太高兴了,直到一个小男孩走到台上,朗诵了一首诗。他读得声音很大,诗很长，但我听见了一个单词——战争。我回头看了一下：所有人都很平静。我却被吓坏了——战争刚刚结束，又要来一场战争？我不能听这个词。我跳起来，跑回了家。我冲进家门，看到妈妈正在厨房里煮着什么：就是说，没有什么战争。我赶紧又跑回了学校。继续看音乐会，继续鼓掌。

我们的爸爸没有从战争中回来，妈妈收到了一份文件，说他失踪了，杳无音信。妈妈要去上班，我们三个孩子聚在一起，哭，因为爸爸没了。我们把家翻遍了，寻找那张关于爸爸消息的纸。我们认为：那上面没有写明，爸爸已经死了，那上面写的是——爸爸没了音信。我们撕掉这张纸，就会有爸爸在哪里的消息了，但是那张纸我们没有找到。等妈妈下班回来，她搞不清楚，为什么家里乱七八糟的。她问我："你们这是干什么了？"最小的弟弟代替我回答：

"我们找爸爸了……"

战争前，我喜欢听爸爸讲童话，他知道许多故事，讲得绘声绘色。战争结束后，我已经不再想读童话了……

"她穿着白大褂,就像妈妈……"

萨沙·苏耶金,四岁。
现在是一名钳工。

我只记得妈妈……

第一个画面……

妈妈总是穿着一身白大褂……父亲是一名军官,妈妈在军队医院工作。这是后来哥哥告诉我的。我只记得妈妈的白大褂,甚至想不起她的容貌,只记得白大褂……还有一顶白色的帽子,经常立在一张小桌子上,说是立着,而不是放着,是因为它被浆洗得很硬朗。

第二个画面……

妈妈没有回家……在那之前,爸爸经常不回家,我都已经习惯了,而从前妈妈是经常回家的。就我和哥哥两个人在房间里待上好几天,哪里也不去,万一要是妈妈回来呢?有几个陌生人来敲门,给我们穿上衣服,不知要带我们去哪里。我哭着说:"妈妈!我的妈妈在哪里?"

"别哭,妈妈会找到我们的。"哥哥安慰我,他比我大三岁。

我们有时住在不知是什么建筑的长长的房子里,有时是在地窖里,睡在床板上。我总是觉得肚子饿,就吮吸衬衫上的纽扣,它们很像水果糖，是父亲出差时给我买回来的。我盼望着妈妈。

第三个画面……

有一个陌生的男人把我和哥哥塞到床板的角落里，蒙上被子，又扔过来些乱七八糟的衣服。我开始哭，他就抚摸着我的头。我渐渐平静了下来。

就这样每天重复。但是有一天，我实在厌倦了这样长时间地蒙在被子下面。起初是小声地，后来就放声地哭起来。有人从我和哥哥身上把破烂衣服扯开，拽走了被子。我睁开眼一看——我们的面前站着一个穿白大褂的女人。

"妈妈！"我向她爬过去。

她也抚摸着我。先是脑袋……然后是胳膊……最后从一个金属盒里拿出一件什么东西。但是我都没去注意，我只看见白大褂和白帽子。

突然！胳膊上一阵刺痛，我的皮肤上插着一根针管。我还没来得及叫喊，瞬间就失去了知觉。当我醒过来——我面前坐着的还是那个男人，那个把我们藏起来的男人。哥哥躺在我的旁边。

"别害怕，"他说，"他没死，他在睡觉。"

"这人不是妈妈？"

"不是……"

"她穿着白大褂，就像妈妈一样……"我嘴里不停地念叨着，不停地念叨着。

"我给你做了一个玩具。"男人扔给我一个用碎布头做的球。

我拿着玩具，不哭了。

往后的事就再也想不起来了：是谁把我们从德国人的集中营救出来的呢？在那里，他们抽孩子们的血为自己的伤员治病。所有的孩子都死了。我和哥哥是怎么来到的保育院？战争结束后是怎么样得到了父母牺牲的消息？我的记忆不知出了什么问题，记不得那些人，记不得那些话了……

战争结束了。我上了一年级，别的孩子一首诗读上两三遍就能记住，可是我读上十遍也记不住。但是不知为什么老师们从来没有给过我二分，给过别的孩子，就是没有给过我。

这就是我的经历……

"阿姨，请您把我也抱到腿上吧……"

玛丽娜·卡利亚诺娃，四岁。
现在是一名电影工作者。

我不喜欢回忆往事……不喜欢。一句话——我不喜欢……

你向所有人打听一下：什么是童年？每个人都会说出自己的一点什么事。可是，对于我来说，童年就是妈妈、爸爸和糖果。整个童年我都在想念妈妈、爸爸和糖果。战争期间，我连一块糖果都没有尝过是什么味道的，甚至都没有看到过糖果是什么样的。战争结束后，过了好几年，我才吃到了第一块糖……过了三年……我已经是个大姑娘了，都十岁了。

无论如何我都不明白，有的人会不想吃巧克力糖果。哦，怎么会这样？这是不可能的。

我没有找到妈妈和爸爸，甚至连自己真正姓什么都不知道。人们是在莫斯科火车北站捡到我的。

"你叫什么名字？"在保育院有人问我。

"玛丽娜契卡[1]。"

---

[1] 玛丽娜的爱称。

"姓什么?"

"我不记得姓什么了……"

他们就这样登记下了:玛丽娜·谢维耶尔纳亚[1]。

一直觉得肚子饿,想吃东西。但是最希望的,还是有人能拥抱一下,说一些温柔安抚的话。然而,温情太少了,正在作战,所有人都很痛苦。我走在街上……看到前面有一位妈妈,带着自己的两个孩子。一个孩子抱在怀里,另一个孩子领着。他们坐在长椅上,她把小的孩子放在自己的双膝上。我站着,站着,看啊,看。走上前去,对她说:"阿姨,请您把我也抱到大腿上吧。"她吓呆了。

我再一次请求她:"阿姨,求您了……"

---

[1] 玛丽娜是在莫斯科北站被捡到的,俄语北方的 северный(阴性-ая)音译为"谢维耶尔纳亚",故以此作为她的姓。

"她开始轻轻摇晃,像摇晃布娃娃……"

季玛·苏夫朗科夫,五岁。
现在是一名机械工程师。

在此之前我只怕老鼠。可当时一下子出现了那么多可怕的东西!成千上万种恐惧……

在我童年的意识里,"战争"这个词远不如"飞机"这个词对我们打击更大。"飞机!"——于是,妈妈赶紧把我们从炕炉上抱起来。可是,我们害怕从炕炉上下来,害怕走出屋去,她刚把一个孩子抱下来,另一个又爬了回去。我们——一共有五个孩子。还有一只可爱的小猫。

飞机朝我们开枪扫射……

小点的弟弟们……妈妈用围巾把他们拴在自己身上,而我们,稍大些的兄弟,就自己跑。在你很小的时候……你是生活在另一个世界上,你不是从高处向下看,而是生活在接近地面的地方。在这里,飞机更加可怕,炮弹更加可怕。我记得,我羡慕过甲虫:它们个头那么小,总是能够找个地方躲藏起来,钻到地底下……我曾想象,等我快死的时候,我就变成某种野兽,我要跑进森林里。

飞机朝我们开枪扫射……

我的堂姐，当时才十岁，抱着我三岁的弟弟。跑着，跑着，没劲儿了，摔倒在地上。他们在雪地里趴了一个晚上，弟弟冻死了，她活了下来。人们挖了一个坑，埋葬弟弟，她不让："米舍恩卡，你不要死！为什么你要死啊？"

我们逃离了德国人，住在沼泽地里……住在一个小岛上……人们给自己搭起了窝棚，就住在里面。窝棚——就是一种简陋的棚子，用光溜溜的原木搭成，顶上有个窟窿，用来往外冒烟。下面就是泥，是水。冬天，夏天，我们都住在里面，睡在松树枝上。我和妈妈从森林里出来，回过一次村子，想从自己家里拿些什么东西。但是，有德国人。那些回去的人，被敌人赶到了学校里，让他们跪在地上，用机枪扫射。就是这样，我们这些孩子，都是伴着机枪扫射长大的。

我们听见森林里有射击声。德国人叫喊："游击队员！游击队员！"赶紧往汽车那里跑，飞快地逃窜了；而我们——都往森林里跑。

战争结束后，我害怕铁。地上有块炮弹皮，我就害怕它会再次爆炸。邻居家有一个小姑娘——三岁两个月大……我记得……妈妈在她的棺材前重复说着这一句话：三岁两个月……三岁两个月……小姑娘捡了一个"柠檬形手榴弹"。摇晃着玩，就像摇晃布娃娃。她用破布片把它裹起来，摇晃它……手榴弹很小，像玩具一样，只是重一些。母亲没有来得及跑过去……

战争结束后的两年里，在我们彼得利科夫斯基地区的老戈罗夫契采村，还在埋葬孩子。战争遗留下来的废铁到处都是。报废的黑坦克，装甲运输车，地雷，炸弹碎片……我们当时又没有玩具可玩……后来，这些废铁都被收集起来，送到了不知哪里的工厂。妈妈解释说，这些废铁熔化后可以制造拖拉机，还能造机床和缝纫机。如果看到一辆新拖拉机，我不敢走近它，害怕它爆炸。它会变成黑色的，就像坦克一样……

我知道，它是用什么样的铁制造的……

"已经给我买了识字课本……"

莉莉娅·梅利尼科娃,七岁。
现在是一名教师。

我该上一年级了……

大人已经给我买了识字课本和书包。我是家里的老大。妹妹拉娅五岁,我们的小妹托玛奇卡三岁。我们住在罗索纳,我们的父亲是林场的经理,但战争前一年,他就去世了。我们和妈妈一起生活。

当战争打到我们这里的那一天,我们三个孩子都在上幼儿园,最小的也是。所有的孩子都被接走了,只剩下了我们,没有人来接我们。我们都很害怕。妈妈是最后一个跑来的,她在林场工作,他们焚烧了一些文件,掩埋了,因此她耽搁了。

妈妈说,我们要被疏散,分配给了我们大马车。应该随身带上生活必需品。我记得,走廊里放着一个筐子,我们把这个筐子放到了马车上,小妹妹拿了自己的布娃娃。妈妈想把布娃娃留下……布娃娃太大了……妹妹哭起来:"我不想留下她!"我们走到罗索纳郊外,我们的马车翻了,筐子撒了,从里面掉出一双鞋来。这才发现,我们竟然随身什么东西也没有带,没有吃的,没有换洗的衣物。妈妈惊慌失措,她把筐子弄混了,拿的是那只装了皮鞋打算去清洗的筐子。

我们还没来得及收拾起这双鞋子，敌机就飞来轰炸了，用机枪扫射。我们的布娃娃被子弹打穿了许多洞，而小妹妹却安然无恙，甚至没擦破一点皮。她哭着说："我反正不会丢下她的。"

等我们回到家后，已经是生活在德国人的控制之下了。妈妈拿了父亲的东西去卖，我记得，第一次她是用爸爸的西服换的豌豆，整整一个月我们喝的是豌豆汤。汤喝完了，我们家还有一床老被子，棉布的。妈妈用它改做了平底细毡靴，如果有人要，多少给点钱，她就给做。当时，我们就是喝些寡汤稀粥，一家人分吃一个鸡蛋……可常常是什么吃的也没有。妈妈只能抱着我们，抚摸着我们……

妈妈没有说，她在帮助游击队，但我猜到了。她经常出去，却不说去哪里。当她去换东西的时候，我们知道，可如果她是这样出去，我们就什么都不知道了。我为母亲感到骄傲，对自己的妹妹们说："很快我们的军队就要来了。万尼亚叔叔（他是爸爸的弟弟）就要来了。"他参加了游击队。

在那一天，妈妈给我们往瓶子里倒上牛奶，亲吻了我们，就走了，门被反锁上了。我们三个人爬到了桌子下面，桌子上垂下来一块大大的桌布，它的下面很暖和，我们玩起了"女儿，妈妈"的过家家游戏。突然听到了摩托车的马达声，随后是可怕的敲门声，传来一个男人的声音，妈妈的姓名都被叫错了。我有一种不祥之感。我们家通向后院的窗户下竖着一把梯子，我们悄悄地顺着梯子爬了出去，动作敏捷。我把一个妹妹抱在怀里，第二个骑到我的脖子

079

上,我们把这个叫作"骑大马",我们逃到了外面。

那里聚集了很多人,还有许多孩子。那些来找妈妈的人,没有认出我们,也没有找到我们。他们撞坏了门……妈妈出现在了路上,她是那么矮小,那么瘦弱。德国人看见了她,他们跑向小山丘,抓住了妈妈,扭住她的胳膊,打她。我们三个孩子奔跑着,叫喊着,竭尽全力地呼唤:"妈妈!妈妈!"敌人把她推到摩托车上,她冲着邻居喊叫了一句:"亲爱的菲妮娅,请帮忙照管一下我的孩子。"邻居把我们从路上拉走,但每个人都害怕把我们领到自己家里:万一敌人再来逮我们呢?我们就躲到沟里去哭。不能回家,我们听说,邻村逮捕了一对父母,孩子们被烧死了,关在房子里,放火烧死了。我们害怕回到自己家里……就这样,大约持续了三天。我们不是蹲在鸡窝里,就是藏到我们的菜园子里。我们很饿,菜园子里的东西我们什么都不碰,因为我们早先拔过胡萝卜,摘过豌豆,它们都还没有长好,妈妈骂过我们。我们什么都不动,互相劝告,我们的妈妈不在,她会担心我们把菜园子给糟蹋了。当然,她会这么想。她并不知道,我们什么也没动。我们都很听话。大人和孩子们给我们送来些吃的——有人给的是煮大头菜,有人送的是一个土豆,有人给拿来了一个红甜菜……

后来,阿丽娜阿姨收留了我们。她身边就剩下了一个小男孩,另外两个孩子在逃难的时候失散了。我们时刻想念着妈妈,阿丽娜阿姨领着我们找到监狱的头儿,请求见一下母亲。监狱的头儿说,唯一的条件是,不能和妈妈说话,他允许我们看看——从她的牢房窗口走过去。

我们走过小窗口,我看到了妈妈……他们催赶得我们走得很快,就我一个人看到了妈妈,妹妹们都没来得及看到。妈妈的脸庞是通红的,我明白——她被狠狠地打过。她也看到了我们,只是喊了一句:"孩子们!我的女儿们!"再也从窗口看不到了。后来,有人告诉我们说,她看到我们,就昏迷了过去……

过了几天,我们知道——妈妈被枪杀了。我和妹妹拉娅明白,我们的妈妈已经不在人世了,而最小的妹妹——托玛奇卡,还在念叨着,妈妈这就要回来了,如果我们让她生气了,没有抱她,就告诉妈妈。等人们给送来吃的时候,我就把最好的一块给她吃。就这样,我懂事了,我当起了妈妈……

妈妈被枪杀之后……第二天,一辆汽车开到了我们家门口……往车上装运东西……邻居招呼我们:"快去吧,孩子们,请求他们把自己的毡靴留下,把自己的厚大衣留下。很快就要过冬了,你们还穿着夏天的衣服呢。"我们三个孩子站在那里,最小的托玛奇卡骑在我的脖子上,我说:"叔叔,请把毡靴给她吧。"这时候,正好一个警察提着那双毡靴,要拿走。我还没来得及对他说,他就踹了我一脚,妹妹摔了下来……脑袋撞在了一块石头上。早晨我们看见她的额头被撞的地方起了个大包,还在不断肿大。阿丽娜阿姨有一块厚手巾,她给妹妹包在了头上,可是还能看得见那个大包。晚上我抱着妹妹,她的头肿得大大的。我很害怕,担心她会死了。

游击队员们知道了这个情况,就把我们接了去。在游击队里,人们尽其所能关爱我们。有一段时间,我们甚至忘记了爸爸和妈妈已经不在人世了。谁的衬衫破了,他们就挽起袖子给我们缝补上,

081

给我们画眼睛,画鼻子——还送给我们玩具娃娃。教我们读书,甚至还把我写进了一首诗里,写的是我不喜欢用凉水洗脸。森林里的条件——那是什么样的啊?冬天大家都用雪洗脸……

> 莉莉娅坐在浴盆里,
> 莉莉娅唉声又叹气:
> "哎呀,倒霉,倒霉,真倒霉,
> 好凉好冷好湿的水。"

当局势变得非常危险的时候,我们被送回到了阿丽娜阿姨身边。指挥官——游击队的指挥官就是传奇式的人物彼得·米罗诺维奇·马舍罗夫,他问:"你们需要什么?你们想要什么东西?"我们想要的东西太多了,排在第一位的,就是军便服,绿色的那种裙子,裁掉了衣袋的。游击队员给我们仨都穿上了毡靴,都缝制了皮大衣,织了手套。我记得,把我们送到阿丽娜阿姨家时,大车上还装着一个大口袋,口袋里是面粉和米,甚至还给了一块皮子,让她给我们做皮鞋用。

当有人来阿丽娜阿姨家进行调查时,她就说我们是她自己的孩子。那些人对她盘查了很久,为什么我们长得这么白,而她的儿子那么黑。他们嗅出了些什么……把我们和阿丽娜阿姨与她的儿子都押上了车,带到了伊戈里茨基集中营。这时已经是冬天,大家都睡在地上,睡在只铺了麦秸的木板上。我们是这样躺着的:我,然后是小托玛、拉娅,接着是阿丽娜阿姨和她的男孩子。我靠近最边缘，睡在我身边的人时常变换。半夜的时候，我碰到了一条冰凉的胳膊，我明白，这个人已经死了。早晨起来我一看——他就像活的一样，只是身子冰凉了。有一次，把我吓坏了……我看见，几只老鼠咬破了一个死人的嘴唇和脸颊。老鼠长得肥大而狡猾。我最害怕它们了……我们的小妹妹在游击队时头上的大包已经好了，可在集中营里，又重新长了出来。阿丽娜阿姨一直在遮掩这个脓包，因为她知道：要是让敌人发现，小姑娘病了，就会被枪杀。她用厚厚的手巾把妹妹的头包起来。深夜，我听见她在祈祷："上帝啊，如果你带走了她们的妈妈，就保佑这些孩子吧。"我也祈祷……我请求上帝：哪怕让我们最小的托玛奇卡一个人留下来也好啊，她还那么小，她还不能死。

敌人把我们从集中营不知运送到了哪里……是用装运牲畜的车厢，地板上——是干牛粪。我记得，我们只是到了拉脱维亚，当地的居民就把我们分头领到了家里。人们第一个领走的就是托玛奇卡。阿丽娜阿姨抱着她，交给了一位拉脱维亚老人，她跪在地上哀求："求求您救救她吧，求求您救救她吧。"老人说："如果我把她带回家里，她就能活下来。可我要走两公里的路，要渡过一条河，然后——是墓地……"我们大家都被不同的人家收留了。阿丽娜阿姨也被人领走了……

我们听见了……有人告诉我们——胜利了。我去了一户人家，妹妹拉娅就留在他们家。

"妈妈没了……我们去接我们的托玛吧。我们应该找到阿丽娜阿姨。"

083

我们这样说了，就去找阿丽娜阿姨。我们还真的把她找到了——简直是奇迹。能够这么快就找到她，幸亏她的裁缝手艺很出色。我们走进一户人家找水喝。人们问："你们去哪里？"我们回答："在寻找阿丽娜阿姨。"女主人的小女儿立刻招呼我们："走吧，我告诉你们，她在哪里住。"当阿丽娜阿姨看到我们时，她惊叫了起来。我们瘦弱得都像肉干儿。正是六月末，一年中最沉重的时刻：旧粮吃完了，新粮还没有下来。我们吃麦穗儿，还绿乎乎的，来不及搓干净，就吞咽下去，甚至来不及咀嚼，简直是饿坏了。

离我们住的地方不远，是克拉斯诺夫市。阿丽娜阿姨说，我们应该到这座城市去，找家保育院。她已经病得很厉害，求人把我们带过去。我们到达那里的时候，是个大清早，大门还关闭着，送我们的人让我们坐在保育院的小窗口下，就走了。太阳升起来了……从房子里跑出来许多孩子，他们都穿着红色的鞋子、短裤，没有穿背心，手里拿着毛巾。他们跑向河边，欢笑着。我们坐在那里看着……无法相信，世界上还有这样的生活。那些孩子发现了我们，我们坐在那里衣衫褴褛，浑身脏兮兮的。他们喊叫起来："来新人啦！"他们叫来了教导员。谁也没有向我们要任何文件，立刻给我们送来了一块面包和罐头。我们不吃，很害怕——怕幸福会顷刻消失。这是不可能有的幸福……她们安抚我们说："姑娘们，你们先在这里坐一会儿，我们去往浴盆里加满水。给你们洗洗澡，然后告诉你们住在哪里。"

傍晚的时候，院长来了，她看见了我们，说，他们这里已经超员了，需要把我们送到明斯克的儿童收容所，在那里将决定把我们分配到哪家保育院里。我们听说，又要把我们不知弄到哪里去，立刻大哭起来，请求收留我们。院长说："孩子们，别哭了。我不能再看到你们流泪了。"——她不知往哪里打了个电话，就把我们留在了这家保育院里。这是一座非常美丽、环境非常好的保育院，保育员阿姨都非常善良，也许，现在都没有像她们那样的人了。心地那么善良！经历了战争后，她们的善良是如何保留下来的呢？

我们受到特别关爱，教我们和其他孩子之间应该如何相处。发生过这样一件事。他们告诉我们，如果你给谁东西吃，那就不要从一袋糖果中拿出一块，而是递上整袋；而被请吃东西的人，应该只拿一块糖果，而不是拿去整袋糖果。就是这样，当教导员给我们讲的时候，恰好一个小男孩没在，一个小女孩的姐姐来看她，带来了一盒糖果。这个小女孩把一盒糖果递到小男孩面前，他把一盒糖果都接了过去。我们都笑了起来。他很不好意思，问："那我该怎么做呢？"人们告诉他，应该只拿一块糖果。于是，他清楚了："现在我明白了——应该永远和大家一起分享。不然的话，我自己一个人觉得好，你们都觉得不太好。"是的，我们受到这样的教育，大家都要好，而不是一个人好。教育我们很容易，因为我们都曾经饱受磨难。

年龄大一些的女孩给大家缝制书包，用破旧的裙子改做。过节的时候，保育院院长一定要给我们用生面团擀制一张像床单一般大小的面皮。每个人给自己切下一块，做成甜馅饺子，谁想做成什么样的，就做成什么样：小的、大的、圆的、三角的……

当时，我们有许多孩子，大家都在一起，很少想起爸爸和妈妈。可是，当我们生病，躺在隔离室的时候，没什么可做，就只说他们，或者讲谁是怎样来到保育院的。一个小男孩告诉我，他的家人全都被烧死了，而他当时正好骑马去了邻村。他说，他很心疼妈妈，也很心疼爸爸，但是最让他心疼的还是小妹妹娜金卡，小娜金卡躺在白色的襁褓里，被烧死了。有时，当我们聚在空地上，紧紧地围成一个圆圈，我们就彼此讲述家里的事，讲战争前我们是怎么生活的。

保育院里送来了一名小姑娘。人们问她："你姓什么？"

"玛丽娅·伊万诺夫娜。"

"你叫什么名字？"

"玛丽娅·伊万诺夫娜。"

"你的妈妈叫什么名字？"

"玛丽娅·伊万诺夫娜。"

她只会说"玛丽娅·伊万诺夫娜"。我们有位女老师，叫玛丽娅·伊万诺夫娜，这个小女孩也叫玛丽娅·伊万诺夫娜。

新年晚会的时候，她给大家读马尔夏克的一首诗《我家有只美丽的母鸡》。于是，孩子们都给她起了个绰号——母鸡。孩子毕竟是孩子，厌倦了都叫她玛丽娅·伊万诺夫娜。后来，我们这里的一个小男孩去技工学校看望自己的朋友，技工学校的老师也教给我们做手工。他和朋友争吵了起来，原来，他称呼另一个小男孩"母鸡"。那个男孩生气了："为什么你叫我母鸡？难道我像一只母鸡吗？"我们的小男孩说，保育院里有一个小姑娘，你让我想起了她。她也长着像你一样的鼻子，像你一样的眼睛，我们大家都叫她

"母鸡"。他于是讲了这样叫她的原因。

原来，这个小姑娘就是那个男孩的亲妹妹。当他们重逢的时候，都回想起了怎么坐着马车逃难……奶奶用罐头盒给他们热了什么东西吃，大轰炸的时候奶奶是怎么被炸死的……他们回想起一位老邻居，奶奶的好朋友，呼唤着死去的奶奶："玛丽娅·伊万诺夫娜，快起来吧，你怎么能抛下了孙子孙女不管呢……你怎么能死啊，玛丽娅·伊万诺夫娜？为什么你要死啊？玛丽娅·伊万诺夫娜！"原来，这个小姑娘记住了一切，但不相信是自己记下的，这就是发生在自己身上的事。她的耳朵里只回响着两个单词：玛丽娅·伊万诺夫娜。

我们都非常高兴，她找到了自己的哥哥，因为我们大家都还有个亲人，可她什么人也没有。譬如，我有两个妹妹，有的人有兄弟或者叔伯兄弟或姐妹。有的人什么亲人也没有，就自己认亲，你就当我的兄弟，或者，你就当我的姐妹吧。于是，他们便互相关怀，互相爱护。在我们的保育院里聚集了十一个塔玛拉……她们的姓名分别是：塔玛拉·涅伊斯维耶斯特纳娅、塔玛拉·涅兹纳果玛娅、塔玛拉·别兹米亚纳娅、塔玛拉·巴里沙娅、塔玛拉·马列尼卡娅……[1]

还记得什么呢？我记得，在保育院里我们很少挨骂，从来没有

---

[1] 塔玛拉是女孩常用名，因为孩子们没有姓，于是，为了区别她们，称呼她们为涅伊斯维耶斯特纳娅，俄语意为"无名的"；涅兹纳果玛娅，意为"陌生的"；别兹米亚纳娅，意为"无名的"；巴里沙娅，意为"大的"；马列尼卡娅，意为"小的"。

人骂过我们。我们和有家的孩子一起滑雪橇。我看到过母亲骂自己的孩子，甚至打自己的孩子，就因为他光着脚穿毡靴。当我们光着脚跑到外面的时候，谁也不骂我们。我还专门这样穿过毡靴，希望有人骂我。我非常希望，能有家人那样骂我。

我学习很用功，老师告诉我，我需要给一个小男孩补补数学课。他是村子里来的。我们在一起学习——在保育院、村庄和当地学校上课。我需要去他家里补课，去他住的房子里。我非常害怕。我心想：他家有些什么东西呢，它们是怎么摆放的，摆放在哪里，我到了他家应该怎么做？家——对于我们是某种不可企及的东西，却是最希望拥有的东西。

我敲了敲他家的门，我的心脏都几乎要停止跳动了……

"既不是未婚夫，又不是士兵……"

薇拉·诺维科娃，十三岁。
现在是一名有轨电车站调度员。

多少年过去了……可我仍然害怕……

我记得阳光灿烂的一天，微风吹动着蜘蛛网。我们的村子着火了，我们的房子着火了。

我们从森林里出来。年幼的孩子们叫喊着："篝火！篝火！真漂亮！"可其他的人都哭了，妈妈也在哭。她画着十字，祈祷着。

房子烧了……我们在灰烬里翻捡，但什么也没有找到。只有些烧弯的叉子，火炉还在，保留了下来，但是里面的食物——摊的软饼都烧烂了，土豆都烧煳了。妈妈用双手把一只煎锅刨了出来，她说："吃吧，孩子们。"摊软饼难以下咽，散发着烟味，但我们都吃了，因为什么吃的也没有，除了草，什么也没有。只剩下了草和泥土。

多少年过去了……可是我仍然害怕……

我的堂姐姐被吊死了……她的丈夫是游击队队长，而她已经怀孕了。有人给德国人告密，他们就来了，把所有人赶到了一个广场上，命令谁也不许哭。在农庄委员会附近长着一棵高大的树，他们驱赶着一匹马,姐姐就站在雪橇上……她的辫子很长很长……敌人把绞索抛到上边,她从绳套里把自己的辫子抽出来。马拉着雪橇猛然一拽,她的身子旋转着被吊了起来。女人都喊叫起来……没有泪水地喊叫,用同一个声音喊叫。但是不能哭——不能心疼。谁哭,敌人会走上前来,把他打死。那些十六七岁的小伙子,被枪杀了。他们都哭了。

都那么年轻……他们既不是未婚夫,又不是士兵……

为什么我给您讲这些呢?现在比起当时来,我还要害怕。所以,我不愿回忆……

"哪怕是留下一个儿子也好啊……"

萨沙·卡夫鲁斯,十岁。
现在是语文学院副博士。

当时我已经上学了……

我们跑到街上,正在玩耍,像平常一样。这时法西斯的飞机飞来了,往我们的村子投下炸弹。之前有人告诉过我们西班牙发生的战争,西班牙儿童的不幸遭遇。如今炸弹落到了我们头上。上了岁数的妇女趴在地上,祈祷着……就是这样,我一辈子都记得列维坦的声音,他宣布战争开始了……我不记得斯大林的声音。人们一天天地站在集体农庄的扬声器附近,等待着什么,我站在父亲的身边……

第一批进入我们米亚杰里斯基区波鲁斯村的是宪兵执法队。他们开枪打死了所有的狗和猫,然后刺探消息,积极分子住在哪里。战争前,在我们家设过村委会,但没有一个人指认父亲。就是说……没有人出卖他……晚上我做了一个梦。敌人开枪打死了我,我躺着,心想,为什么我死不了呢……

我记得一个场景,德国人追赶母鸡。抓住后,把它举起来,旋转着甩动,直到在手里甩没了鸡脑袋。他们哈哈大笑。我好像觉得,我们的鸡在叫喊……像人一样……人一样的嗓音……还有那些猫,那些狗,敌人开枪射击它们的时候……这之前,我没有看见过死亡。既没见过人的死亡,也没有见过其他动物的死亡。只有一次在森林里看到过死去的小鸟,这就是全部。我再也没有看到过死亡……

我们村子是在1943年被烧毁的……这一天我们正在挖土豆。邻居瓦西里,他曾经参加过第一次世界大战,会许多德语,他说:"我去找德国人,向他们求求情,别烧咱们的村子。那里——住的都是些孩子啊。"他去了,结果被敌人烧死了。学校也被烧毁了,所有的课本都被烧了。我们的菜园也被烧了,还有果园。

我们该往哪儿去呢?父亲领着我们去找科津斯基森林中的游击队。我们走着走着,遇到了另外一个村子里的人,他们村也被烧毁了,他们说,德国人就在附近……我们爬进了一个大坑里:我、弟弟瓦洛佳、妈妈和小妹妹,还有父亲。父亲拿着手榴弹,我们商量好,万一德国人发现我们,他就拉开导火索。我们相互道别。我和弟弟抽掉皮带,打了个结,套在脖子上,想要上吊。妈妈亲吻了我们大家。我听见她对父亲说:"哪怕给我留下一个儿子也好啊……"父亲当时就说:"让他们逃跑吧。年轻,也许会得救。"我非常舍不得妈妈,我不走。就是这样……我没走……

我们听见——狗在叫,听见——陌生的口令声,听见——射击的声音。而我们的森林——生长得这么茂密,松树一棵挨一棵,密密麻麻,十米之外就什么都看不见了。即便是一切都离得很近,可是听起来,就像离得很远。当四周寂静下来,妈妈都不能站起来了，她的双腿不听使唤了。爸爸把她扶了起来。

　　过了几天，我们遇到了游击队，他们认识父亲。我们勉强能够迈步，非常饥饿。双脚都磨破了。我们走着，一位游击队员问我："你想在松树下面找到什么，是糖果，还是饼干？还是一块面包？"我回答："一把子弹。"后来，游击队员们很长时间都会想起我的这句回答。我是如此憎恨德国鬼子，因为一切……因为妈妈……

　　我们经过被烧毁的村庄……庄稼没有烧完，土豆还在生长，苹果落了一地，还有梨……却一个人影都不见。猫和狗四处乱跑，无家可归。就是这样……没有人了，没有一个人。饥饿的猫们……

　　我记得，战争结束后我们村就剩下一册识字课本，而我找到并且读完的第一本书，是一册算术习题集。

　　我像读诗一样读这本习题集……就是这样……

"他在用袖子擦着眼泪……"

奥列格·波尔德列夫,八岁。
现在是一名工匠。

这是个问题……怎么样更好一些呢——是回忆,还是忘记?也许,最好是沉默?许多年我都忘记了……

到塔什干我们用了一个月的时间,一个月!这是大后方。父亲作为专家被派遣到了那里。重工业工厂、轻工业工厂,都往那里搬迁。整个国家都转移到了后方。祖国的腹地。真好,国家这么大。

到了那里我才知道,哥哥在斯大林格勒保卫战中牺牲了。我急切地想上前线,可是他们甚至不想让我进工厂上班,因为我还小。"你还差半年才十岁,"母亲摇着头说,"把这种幼稚的念头从脑子里扔出去吧。"父亲也皱着眉头说:"工厂不是幼儿园,要连续工作十二个小时。你怎么干得了?!"

工厂生产地雷、炮弹、空投炸弹。少年们被允许从事磨光的工作……金属铸件需要手工进行磨光……工艺很简单——在高压下,矿砂从水龙带里流出来,温度高达一百五十摄氏度,砂粒很轻,从金属上飞溅起来,打在脸上,打在眼睛上,生疼生疼的。没有几个人能坚持超过一周的。这需要有坚强的性格。

但是在1943年……我刚满了十岁,父亲就把我带到了自己的身边。领到自己的第三车间,在这里焊接炸弹的导火管。

我们三个人一起工作:我、奥列格和瓦纽什卡,他们都比我大两岁。我们收集导火管,而亚可夫·米洛诺维奇·萨波日尼科夫(他的姓名深深刻在我的记忆里),是一位出色的师傅,他的焊接技术非常棒。为了够到老虎钳,我们要爬到箱子上面,把导火管的接线盒夹住,用绞盘和丝锥把导火管内部的螺丝按要求分类。这活儿我们干得很熟练……也很快……接下来就更简单了:把保险丝装进箱子里。等装满了——再搬回原来的位置。箱子装得很满。分量很重,真的,大约有五十公斤,不过我们两个人就能搬动。我们尽量不去打扰亚可夫·米洛诺维奇,他干的是最精细的活儿,是责任最重大的工作——焊接!

最令人不舒服的——是电焊的弧光。你似乎尽量不去看那蓝色的电焊光,可是在十二个小时内你总会不由自主地瞄一眼,眼睛被这亮光刺痛得就像进了沙子。你怎么揉也不管用。不知是因为这个,还是由于为电焊供电的发电机单调的轰鸣,或者单纯就是因为疲惫,有时候我们困得特别厉害。尤其是在深夜,想睡觉!真想睡觉啊!

如果亚可夫·米洛诺维奇看到,只要稍微有点可能,他就让我们去休息片刻,他命令道:

"齐步走,到电焊条车间去!"

其实不用他劝:整个工厂里再没有比那个角落更舒服、更温暖的地方了，在那里我们用热风来烘干电焊条。我们倒在温暖的木地板上，瞬间就睡死过去了。过十五分钟，亚可夫·米洛诺维奇就会走进电焊条车间，把我们叫醒。

有一次，我醒了，比他叫我们要醒得早一些。我看见：亚沙叔叔看着我们，拖延着时间。他在用袖子擦眼泪。

"它吊在绳子上,就像个小孩……"

柳芭·亚历山德罗维奇,十一岁。

现在是一名工人。

我不想……我不想再重复"战争"这个词……

战火很快就烧到了我们这里。7月9日,才过了几个星期,我记得,为争夺我们的地区中心塞诺市就展开了激战。出现了许多难民,那么多啊,人们都没有地方安置,房子不够用。比如说,我们家,就安置了六个带着孩子的家庭。每一家都是这样。

首先拥来的是人潮,然后转移的是牲畜。这我记得清清楚楚,因为简直太可怕了。恐怖的画面。离我们最近的车站——博格丹车站,现在还有这个车站,位于奥尔沙和列佩里之间。往这里,往这个方向转移的牛羊,不仅是来自我们的农委,而是来自整个维捷布斯克州。夏天的天气炎热,大群的牲畜:奶牛、山羊、猪、小牛,马群是分开来驱赶的。那些驱赶牲口的人,简直累极了,对他们来说,牲畜怎么样都无所谓了……那些饥饿的奶牛,冲进院子,要是不驱赶它们,会一直拥到台阶上。路上给它们挤奶,挤到地上……特别是猪,它们忍受不了炎热和漫长的道路,走着走着,就倒在了地上。因为天气炎热,这些死尸在膨胀,简直太吓人了,我甚至晚上都不敢走出家门。到处躺着死去的马……羊……牛……人们来不及掩埋它们的尸体,每天都因为炎热而腐烂膨胀……不断胀大……像被吹得鼓鼓的……

那些农民,他们知道养大一头牛需要付出多少劳动,需要多长时间。他们看着,哭,就像死去的是亲人。这不是草木,倒下了,不出声,这是活物,它们叫唤着,呻吟着,痛苦地死去。

我记得爷爷说过的话:"唉,这些无辜的牲畜,它们为什么要死?它们甚至都不会说些什么。"爷爷在我们家是最有学问的,他经常在晚上读书。

我的大姐战前在区党委工作,她被留下来做地下工作。她从地区党委图书馆带回来许多书、画像、红五星。我们把这些东西都埋藏在园子里的苹果树下。还有她的党证。我们是在深夜挖坑掩埋的,可我有一种感觉,红色,鲜红的颜色,埋在地下也会看得见。

德国人是怎么到来的,不知为什么,我记不清了……我只记得,他们早就在这里了,驱赶着我们整个村子的人。用机枪在前面押解着,讯问:游击队员在哪里,去过谁家?大家都不说话。于是,他们就找出三分之一的人,带走枪杀了。枪杀了六个人:两个男人、两个妇女和两个少年。然后,他们就走了。这天晚上下了大雪……新年快到了……在这场新雪下面躺着打死的人。没有人给他们下葬,没有人给他们打棺材。男人藏到了森林里。老年妇女点起木头,想让上冻的土地化开些,好挖掘坟墓。她们用铁锹在封冻的土地上敲打了很久……

很快德国人就又回来了……才过了几天……他们召集起所有的

孩子，一共有十三个人，让孩子们站在他们队伍的前面——他们害怕游击队的地雷。我们走在前面，他们跟在我们后面。如果需要的话，譬如，他们安营或打水的时候，会首先把我们下到井里去。就这样我们走了十五公里。男孩子们不是太害怕，女孩们边走边哭。敌人跟在我们后面，坐在车上……你不能跑……我记得，我们是光着脚走路，而那时春天刚刚来临。战争最初的那些日子……

我想忘记……想忘记这些……

德国鬼子一家一家地搜查……把那些有孩子参加游击队的家庭集合起来……在村子中间砍掉了他们的脑袋……我们被命令：你们看着。有一家一个人也没找到，他们就逮住了他家的猫，吊死了。它吊在绳子上，就像个小孩……

我想忘记这一切……

"现在你们就是我的孩子……"

尼娜·舒恩托,六岁。

现在是一名厨师。

哎呀呀!心立刻就疼起来了……

战争前我们跟爸爸一起生活……妈妈死了。爸爸上前线后,我们就跟着姨妈。我们的姨妈住在列别里斯基地区的扎多雷村。爸爸刚把我们送到她家不久——她的眼睛就不小心碰到了树枝上,眼睛被刺穿了,她的血液受了感染,不久就去世了,我们唯一的姨妈。只剩下了我和弟弟,而弟弟还很年幼。我和他一起去寻找游击队,不知为什么,我们觉得爸爸就在那里。必须得找个地方过夜。我记得,有一次狂风暴雨,我们在一个草垛里过夜,我们扒开干草,挖了一个坑,就藏到了里面。像我们这样的孩子,当时有很多。大家都在寻找自己的父母,即便他们知道,自己的父母已经被打死了,仍然告诉我们,他们在寻找爸爸和妈妈。或者是在寻找自己的亲人。

走啊,走啊……我们到了一个村子……有一户人家开着窗户。透过窗子可以看见,有烙好的土豆馅饼。我们走上前,弟弟闻到了馅饼的香味,就昏迷了过去。我走进这户人家,想给弟弟要一块馅饼吃,因为他饿得都站不起来了。我也不能拉起他,力气不够。我在房子里一个人也没有找到，还是忍不住，撕了一块饼。我们坐着，等待主人回来，好让人家知道，我们不是偷吃的。主人回来了，她一个人住。她没放我们走，她说："现在你们就是我的孩子……"她刚刚说完这句话，我和弟弟就在桌子边睡着了。我们住得很好。我们有了家。

很快这个村子就被烧毁了。所有人都被烧死了，包括我们的新阿姨。而我们幸存了下来，因为大清早我们就去采果子了……坐在小山丘上，我们看到了大火……一切都明白了……我们不知道该往哪里去，不知道怎么才能再找到一个阿姨。我们只喜欢这个阿姨。我们甚至已经商量好，要叫这个新阿姨妈妈。她这么善良，她总是在晚上亲吻我们。

游击队员收留了我们。我们从游击队坐上飞机抵达了前线……

战争给我留下了什么？我不知道什么是陌生人，因为我和弟弟就是在陌生人中间成长的，陌生人救了我们。对我们来说，他们怎么能算是陌生人呢？所有人都是自己的亲人。虽然经常失望，但我还是怀着这样的感情生活。和平年代的生活是另外一码事……

"我们亲吻了她们的手……"

大卫·戈里德贝格,十四岁。

现在是一名音乐人。

我们正在准备迎接节日……

这一天,我们要庆祝我们的少先队夏令营"塔里卡"的隆重开营仪式。我们等待边防战士来做客,一大清早我们就去了森林,去采集野花。我们还出了节日板报,入口的拱门装饰得非常漂亮。选择的地点非常好,天气也非常棒。我们正在过暑假!以至于飞机的引擎声都没有让我们多加小心,它们从早晨就开始响起,我们依然快乐地走来走去。

突然,我们被命令集合,排成一字横队,然后听到宣布,早晨,当我们还在睡觉的时候,希特勒入侵了我们的国家。在我的印象里,战争是与哈勒欣河[1]发生的事件相连的,这事发生在距离我们很远的地方,并且很快就结束了。我从来都不怀疑,我们的军队是不可战胜的,坚不可摧的,我们拥有最好的坦克和飞机,这些都

---

[1] 哈勒欣河战役是 1939 年 5 月—9 月,苏蒙军队在哈勒欣河(哈拉哈河)下游与侵入蒙境的日军进行的一次战争,最终以日军惨败求和收场。

是人们在学校里对我们讲过的,还有家里。男孩子都很自信,而许多女孩子都哭得很厉害,吓坏了。那些大点的,就去安抚她们,特别是那些小孩。晚上,给十四五岁的孩子发了小口径步枪。真是棒极了!我们觉得非常自豪。束紧腰带,挺直了腰板。夏令营里有四支步枪,我们三个人一组站岗,守护着夏令营。这事让我非常喜欢。我背着这支步枪走进森林,想考验一下自己——我是不是会害怕?我不想表现得像个胆小鬼。

我们等了好几天,等家人来接我们,可是谁也没有等到。我们就自己走到了布霍维奇车站,在车站上等了很久。值班员说,从明斯克再也不会有火车来了,联络中断了。突然,有一个孩子跑来,叫喊着,来了一列拉着非常重要物资的货车。我们站到铁轨上……先是挥动手臂,后来摘下了红领巾……挥动着红领巾,好让火车停下来。列车员看到了我们,向我们打手势,意思是他不能停下火车——不然就开不走了。"如果可以的话,让孩子们到站台上去!"他喊着。站台上坐着一些人,他们也叫喊着:"救救孩子们!救救孩子们!"

火车这才放慢了速度。从站台上伸出受伤的手臂,抓住孩子。这列火车把所有人都拉上了。这是从明斯克发来的最后一列火车……

走了很久很久,火车走得很慢。可以清楚地看见路基上躺满了死尸,排列得很整齐,就像枕木一样。留在记忆里的……是我们如何遭遇轰炸,我们如何发出刺耳的尖叫,弹片也在尖叫。妇女们在车站上给我们吃的,她们不知从哪里听说了,火车上载着的都是孩子,我们亲吻了她们的手。有一个小男孩和我们坐在一起,他的母亲被打死了。车站上一位女士看到了他,从头上摘下头巾,给了他当包布……

不说了！够了！太激动了……我不能太激动。心脏疼得厉害。如果您不知道，我跟您说：那些在战争期间还是孩子，那些最早失去了父亲的人，都去了前线打仗。比那些从前当过兵的还早，还要早一些……

我已经安葬了多少自己的朋友啊……

"我用一双小女孩的眼睛看着他们……"

济娜·古尔斯卡娅,七岁。
现在是一名研磨工人。

我用一双小女孩的眼睛看着他们,一个农村小女孩的眼睛,睁得大大的眼睛……

那么近距离地看见了第一个德国人——高高的个头、蓝色的眼睛。我非常吃惊:"这么漂亮的一个人,却在杀人。"也许,这是我印象最深刻的。我对战争最初的印象。

我们一起生活,有妈妈、两个姐妹、弟弟和一只母鸡。我们家就剩下了一只母鸡,它和我们住在屋子里,和我们一起睡觉,还和我们一起躲避轰炸。它习惯了跟在我们后面,就像条小狗。我们不管多么饥饿,还是保住了这只母鸡。大家都饿坏了,过冬的时候,母亲把羊皮袍子和所有皮鞭子都煮着吃了,在我们闻起来,它们都散发着肉香。弟弟还在吃奶……给他用开水煮鸡蛋,把鸡蛋汤当牛奶给他喝。于是,他才不再哭闹,也没有死掉。

周围都在屠杀,屠杀,屠杀……杀死人,杀死马,杀死狗……整个战争期间,我们那里所有的马都被杀光了,所有的狗也被杀光了。真的,只有猫幸免于难。

白天德国人来了："大妈，给个鸡蛋。大妈，给点腌肉。"不给，他们就开枪。深夜，游击队员来了……游击队员要在森林里活下去，尤其是冬天。他们深夜敲打着窗户。有时是友善地拿走，有时会动用武力……他们把我们家的奶牛牵走了……妈妈大哭。游击队员们也哭……不说话，什么也不说，亲爱的。不行！不行！

妈妈和奶奶一起去耕地：先是妈妈戴上牛轭，而奶奶扶着犁走在后面。然后，她们两个交换位置，另一个人又变成了牛。我希望快些长大。我很可怜妈妈和奶奶。

战争结束后，整个村子就只剩下了一条狗（从别处跑来的）和一只母鸡。我们没有吃过鸡蛋。我们想攒起来，孵小鸡。

我上学了。我从墙上撕下一块壁纸——这就是我的练习本。用瓶子的软木塞代替橡皮。秋天的时候，红甜菜成熟了，我们非常高兴，因为我们可以通过煮甜菜得到墨水。这种汤放上一两天，就变成黑色的。终于有了可以写字的墨水了。

我还记得，妈妈和我都喜欢平针刺绣，并且一定要绣成鲜艳的颜色。我不喜欢黑线。

到现在我也不喜欢黑色……

"我们的妈妈没有笑过……"

济玛·穆尔济奇,十二岁。
现在是无线电设备调节员。

    我们的家……

    我们家有三姐妹——列玛、玛雅和济玛。列玛——意思是"电气化与和平";玛雅——意思是"五一国际劳动节";济玛——意思是"青年共产国际主义者"。父亲给我们取了这样的名字。他是一名共产主义者,很早就入了党,他也这样教育我们。我们家里有许多藏书,还有不少列宁和斯大林的肖像。战争开始最初的日子我们把它们都埋到了地窖里,我只给自己留下了一本儒勒·凡尔纳的《格兰特船长的儿女》,我最喜欢的一本书。整个战争期间我都在读,翻来覆去地读。

    妈妈时常到明斯克郊外的村子里去,用头巾去换些食品。她有两双很好的鞋子。她甚至把自己唯一一条中国绉绸裙子也拿去换吃的了。我和玛雅坐在家里,等着妈妈:回来还是不回来呢?我们尽量想一些快乐的事来吸引对方,比如说,在战争之前我们会跑到湖边去玩耍,游泳,晒太阳,还有,在学校组织的娱乐晚会上跳舞。那条通向学校的林荫道多么长啊。妈妈在院子里的石头上生火煮樱桃果酱，散发出那种香甜的味道……一切都是那么美好，这一切都变得那么遥远。有人告诉了我们列玛的事，她是我们的大姐。整个战争期间，我们都以为她牺牲了。自从 6 月 23 日她去工厂上班后，就再也没有回家……

战争接近尾声时，妈妈到处寄信查询，寻找列玛。在一张通信处的桌子旁，永远都挤满了人，大家都在寻找亲人。我一次次地往那里带去妈妈的信。可是，一封给我们的回信也没有。每逢休息日，妈妈就坐在窗口，等着邮递员来送信。可是，他总是越过我们家，从来没有停下过。

有一天，妈妈下班回家。一位女邻居来到我们家，她对妈妈说："我们跳舞庆祝一下吧。"她把手藏在背后，拿着什么东西。妈妈猜到了，这是一封信。她没有跳舞，她一下子坐到了凳子上，不能站起来，连一句话也说不出来。

就这样，姐姐找到了。她被转移到了后方。妈妈开始会笑了。整个战争期间，在没有找到姐姐之前，我们的妈妈没有笑过……

"我不习惯自己的名字……"

列娜·克拉夫琴科,七岁。
现在是一名会计。

我,当然,对死亡一无所知……没有人来得及向我解释,我立刻就看到了它……

当机关枪从飞机上向下扫射,我觉得,所有的子弹都会向你飞来,向你的方向扫射过来。我请求:"妈咪,躺到我的身上吧……"她就用自己的身体把我盖住,那样的话,我就什么也看不到,什么也听不到了。

最可怕的事情是失去妈妈……我看见一个被打死的年轻女人,小孩还吸吮着她的乳房,一分钟前她被打死了。孩子甚至都没有哭泣。而我就坐在旁边……

千万不要让我失去妈妈……妈妈总是把我抱在怀里,抚摸着我的头,说:"一切都会好的。一切都会好的。"

我们坐上了一辆不知干什么的汽车,所有孩子的头上都被套上了水桶。我不听妈妈的话……

然后,我记得——我们被驱赶着排成一列纵队……他们从我身边抓走妈妈……我拉住她的手,扯着她的马尔基塞裙,这条裙子本来是不应该在战争期间穿的。这是她最漂亮的裙子,最漂亮的。我不放……哭叫……法西斯分子先是用步枪打我,当我倒在地上时,他们就用皮靴踢我。一个陌生的女人把我拉开了,我和她坐到了一个车厢里,坐在车上走。去哪里呢?她叫我的名字"阿涅奇卡"……可是我心想,我有另外的名字……好像我记得,我有另外一个名字,但是叫什么,我忘记了,因为恐惧,因为害怕,因为他们拉走了我的妈妈……我们这是去哪儿?我好像从成年人的谈话中听明白了,这是要把我们运到德国去。我记得自己的想法:为什么德国人需要我这样的小姑娘呢?我到他们那里能干什么?天黑下来时,妇女们把我叫到门口,从车厢里直接把我推了下去:"快跑!说不定,你会得救的。"

我滚落到了一条沟里,在那里睡着了。天气很冷,我做了一个梦,梦见妈妈把我抱到一个温暖的地方,说着温柔的话。我一辈子都在做这样的梦……

战争结束后,过了二十五年,我只找到了我的一个姨妈。她叫出了我的真实姓名,我很久都不能习惯。

我没有答应……

"他的军便服湿漉漉的……"

瓦丽娅·马丘什科娃，五岁。
现在是一名工程师。

您会感到惊讶的！我本来想回忆些可笑的事儿、快活的事儿。我喜欢笑，我不想哭。唉……我已经哭开了……

爸爸领着我去产房看望妈妈，他对我说，我们很快就要有一个小男孩了。我便想象，将来会有一个什么样的小弟弟。我问爸爸："他是什么样的呢？"他回答："小小的。"

突然，我和爸爸站在一个高高的不知什么地方，窗子里冒出了浓烟。爸爸抱着我，我请求他，返回去取我的儿童包。我很任性。爸爸一句话不说，紧紧地抱着我，抱得这么紧，我感觉呼吸都困难了。很快爸爸就不在了，我和一个陌生妇女走在街上。我们沿着一条绳子往前走，绳子上拴着的全是战俘。天气炎热，他们想喝水。我的口袋里只有两块糖。我把糖扔到绳子那边。它们是从哪里来的，这些糖块？我已经不记得了。有人扔面包……黄瓜……护卫队开枪，我们就跑……

太令人惊讶了，但是这一切我都记得……清楚地记得那些细节……

然后，我记得我到了儿童收容所，它被铁丝网围着。德国士兵和德国狼狗看守着我们。那里有的孩子还不会走路，在地上爬。他们饿极了，就舔地面……吃泥土……他们很快就死掉了。伙食非常差，给我们的面包，吃了舌头会发麻，我们甚至都不会说话了。只想吃东西。刚刚吃了早饭，就想：午饭会有什么呢？吃着午饭，会想：晚饭会给点什么呢？从铁丝网下钻出去，溜到城市里。目的地只有一个：泔水池。如果你找到一点鲱鱼皮或者是土豆皮，就会说不出地高兴。我们都是生着吞下去的。

我记得，在泔水池边被一个叔叔抓住了。我非常害怕："好叔叔，我再也不敢了。"

他问："你是谁家的孩子？"

"谁家的也不是。我是从儿童收容所出来的。"

他把我领回家，给我吃东西。他家里只有土豆。煮好了，我吃了整整一锅土豆。

我们被从儿童收容所转运到了保育院，保育院坐落在医学院的对过，那里曾经是德国军队医院。我记得有低低的窗口，沉重的护窗板，过夜的时候要关严实了。

那里的伙食好一些，我长胖了。一位妇女很喜欢我，她在那里打扫房间。她可怜所有的孩子，特别是对我。当有人来给我们抽血时，所有孩子都藏起来。"医生来了……"她会把我按在一个角落里。她一直重复着一句话，说我像她的女儿。别的孩子藏到了床下，被从下面拉了出来。他们哄骗那些孩子，有时给一块面包，或者给一个儿童玩具。我记得有一只红色的皮球……

"医生"走了，我回到房间……我记得：一个小男孩躺在床上，他的手从床上垂下来，血顺着他的手流下来。别的孩子都在哭……过了两三天，就换了另外一批孩子。其中的一些不知运到了哪里，他们已经全身苍白、虚弱，又运来了另外的一些，养胖了的。

德国医生认为，不满五岁的儿童的血能帮助伤员迅速恢复健康，具有恢复健康的神奇疗效。这是我后来知道的，当然，是后来才知道的……

可在当时……我想得到漂亮的玩具，红色的皮球。

德国人逃离明斯克的时候——他们撤退了——这位救过我的女士，把我们带到门口，说："谁有亲人的，你们就去找吧。家里没有亲人的，就随便到一个村子，那里的人会救你们的。"

我也走了。住在一个老奶奶家里……我不记得她姓什么，也忘记了村名。我只记得，她的女儿被抓走了，只剩下我们两个人——一老一小。我们一星期就只有一块面包。

我们的战士到了村里，我是最后一个知道的。我生病了。当我听到这个消息时，赶忙爬起来，跑到学校。我看到了第一个士兵，一下扑到他的身上。我记得，他的军便装湿漉漉的。

人们拥抱他，亲吻他，都哭了。

"好像是她为他救出了女儿……"

盖妮娅·扎沃伊涅尔,七岁。
现在是一名无线电设备调节工。

在我的记忆里保留得最多的是什么?在那些日子里……

是父亲被人抓走了……他穿着棉坎肩,他的面孔我不记得了,它已经完全从我的记忆中消失了。我记得他的双手……他们用绳子把他的双手捆了起来。爸爸的双手……但是我太恐惧了,以至于是什么样的人抓走了他,我也不记得了。他们有好几个人……

妈妈没有哭。她一整天都站在窗子旁。

父亲被抓走了,我们被赶到了隔离区居住,生活在铁丝网里。我们的房子坐落在路边,每天我们的院子里都会飞落下一些棍子。在我们的栅栏门口,我看见一个法西斯分子,一队人被押着去枪毙的时候,他用这些棍子抽打人们。棍子断了,他就扔到他们的背上,飞到我们的院子里。我想把他看得清楚些,不光是背影。有一次我看清了:他个头矮小,秃顶。他累得哼哼着,大声地喘气。我童年的猜想有些失落,他竟然是这么一个普通的人……

我们在房间里找到了被打死的奶奶……我们自己把她埋葬了……埋葬了我们开朗而智慧的奶奶,热爱德国音乐、热爱德国文学的奶奶。

妈妈拿了东西去换食品,而隔离区里开始了大洗劫。我们通常会躲藏到地窖里,而这次我们爬到了顶层阁楼。阁楼的一面已经完全损坏了,没想到却拯救了我们。德国人走进我们家,用枪托敲打着天花板。没有爬到顶层的阁楼上,因为它已经破烂不堪了。他们往地窖里投下了几颗手榴弹。

大洗劫持续了三天时间,我们三天都躲藏在阁楼里,妈妈却没和我们在一起。我们只惦记着她。大洗劫结束了,我们站在大门口,等着。妈妈是不是活着?突然从大门旁边看见了我们以前的邻居,他走了过去,没有停下脚步,但我们听见他说:"你们的妈妈还活着。"妈妈回来时,我们三个站着,看着她,谁也没有哭,眼泪都没了,出现了某种少有的平静,甚至我们都没有感觉到饥饿。

我们和妈妈站在铁丝网附近,一位漂亮的女人从旁边走过。她在铁丝网的另一边,在我们旁边停下,她对妈妈说:"我真可怜你们啊。"妈妈回答她:"如果您觉得孩子可怜,请带走我的一个女儿吧。""好啊。"女人想了想说。其他事情她们小声地商量好了。

第二天,妈妈把我带到隔离区的大门口:"盖涅奇卡[1],你用童车推着布娃娃去找玛露霞姨妈吧(她是我们的邻居)。"

我记得,当时我穿的什么衣服:蓝色短上衣、点缀着白色绒球的高领绒线衫。一切都很漂亮,像过节似的。

妈妈拉着我走向隔离区的大门口,而我紧紧贴着她。她边推

---

[1] 盖妮娅的爱称。

我，眼泪边止不住地流。我记得，我是怎么走出去的……我记得，大门在哪里，哪里有守门的岗哨……

我推着童车，到了妈妈命令我去的地方，人们给我换上了皮大衣，让我坐到马车上。我们坐车走了多久，我就哭了多久，边哭边说着："妈妈，你在哪里，我就跟你到哪里。妈妈，你在哪里……"

我被带到了一个村子里，放到一条长长的凳子上。在我来到的这个家庭里，有四个孩子。他们又领养了我。我想，所有人都应该记住这位女士的名字，是她拯救了我——她叫奥林匹娅·波日阿里夫斯卡娅，住在沃罗任斯基地区盖涅维奇村。在这个家中住了多长时间，恐惧就持续了多长时间。他们随时可能会被打死……全家人被打死……包括那四个孩子……只是因为他们收留掩藏了一个犹太孩子，从隔离区出来的犹太孩子。我是他们的死神……这得需要一颗多么伟大的心灵啊！这是一颗超越了人类的心灵……德国人一出现，他们就把我打发到别处去。森林就在附近，森林救了我们。这位女士特别疼爱我，她对我和对待自己的孩子一样。如果她给一个孩子什么东西，就给所有的孩子，如果她亲吻一个孩子，就亲吻所有的孩子，爱抚孩子也是一样的。我叫她"妈姆"。我的妈妈不知在什么地方，这里有妈姆……

坦克开到村子里的时候，我去放牛了，看到坦克后，我就藏了起来。我不相信，那是我们自己人的坦克，但当看清了上面的红星，我就走到了路上。从第一辆坦克上下来一名军人，把我抱起，高高地举起来。这时女主人跑了过来，她是如此幸福，如此美丽，真想与她一起分享这些美好的事物，想说，她们也为战争的胜利做出了贡献。她告诉人们,她是如何救出了我,一个犹太小姑娘……这个军人把我抱紧,我是那么瘦小,扎到了他的胳膊下,他也拥抱了这位女士,他拥抱她的神情,就仿佛她救的是自己的女儿。他说,他的家人都死了,战争就要结束了,等他回家,会带我去莫斯科。而我说什么也不同意,尽管我当时还不知道,我的妈妈是不是还活着。

别人也都跑过来,他们也都拥抱了我。所有人承认,他们早猜到了谁被藏在了农庄里。

后来妈妈来接我。她走进院子,双膝跪在了这位女士和孩子们面前……

"他们轮流把我抱到手上……从头到脚地拍打我……"

瓦洛佳·阿姆皮罗果夫,十岁。

现在是一名钳工。

我十岁,正好十岁……战争爆发了。这可恶的战争!

我和男孩们正在院子里玩"救命棒"的游戏。开来了一辆大汽车,从里面跳出几个德国士兵,他们抓住我们,把我们扔到粗帆布篷的车厢里,把我们运到火车站,汽车屁股朝后倒到火车车厢前,他们像扔口袋一样,把我们扔到了车厢里,丢到了麦秸上。

车厢里挤满了人,起初我们只能站着。没有成年人,清一色的儿童和少年。紧闭着车门,我们走了两天两夜,什么也看不到,只听到车轮撞击铁轨的声音。白天的时候,还有光线从车厢的缝隙里透进来,晚上非常可怕,所有孩子都哭了:这是要把我们拉到遥远的地方,而我们的父母都还不知道我们在哪里。第三天,车厢的门打开了,一个士兵往车厢里投进来一些黑面包。离车门近的,来得及抢到面包,瞬间就吞吃下去。我在离门最远的一头,没看到面包,只是我好像觉得,那一刻我闻到了面包的香味,当时我还听到有人喊叫:"面包!"我只闻到了面包味。

我已经不记得我们在路上走了多少个昼夜……但是已经没法呼

吸了，因为我们在这个车厢里又是大便，又是小便……开始轰炸列车……我们车厢的车顶被炸飞了。我不是一个人，还有我的伙伴格利什卡，他和我一样，也是十岁，战争前我们在同一个班里上学。从轰炸开始的第一分钟，我们就互相拉着手，为了不至于失散。当车顶炸飞后，我们决定从车厢上面逃跑，逃跑！我们已经清楚了——这是要把我们运到西方，运到德国去。

森林里漆黑一片，我们观察着——我们的列车着火了，它燃烧起了熊熊大火。火苗烧得很高。我们走了整整一个晚上，快早晨时，我们好像是到了一个村子的前面，但是村子已经没了，在原来房子的地方……这是我第一次看到这样的景象：都是黑色的炉子。雾气弥漫……

我们走着，像是在墓地里……走在黑色的墓碑中间……我们想寻找些吃的东西，炉灶都空空的，冰冷。我们继续往前走。到傍晚的时候，我们又到了一片烧毁的地方，空空荡荡的火炉子……走啊，走啊……格利沙突然倒在了地上，死了，他的心脏停止了跳动。整个晚上我坐在他的身边，等待黎明的到来。早晨，我用手刨了一个沙坑，把格利沙掩埋了。我想记住这个地方，但是怎么能记得住呢，周围的一切都是这么陌生。

我走着，饿得头晕目眩。突然，我听到一声叫喊："站住！小男孩，往哪儿去？"我问："你们是什么人？"他们回答："我们——是自己人，游击队员。"我从他们的口中得知，我已经到了维捷布斯克州，遇到了阿列克谢耶夫斯基游击队……

等我稍稍恢复体力，就请求让我参加战斗。大家都用打趣来回答我,他们让我到炊事班帮忙打杂。但是后来发生了一件这样的事……这样的一次意外……我们三次派侦察员去车站,他们都没有回来。这三次之后,队长集合起大家,他说:"我不能再第四次派人去侦察了。让志愿者去吧……"

我站在第二排,听见有人问:"谁自愿?"像在学校一样,我把手举起来。可是,我的棉袄太长了,袖子耷拉到地上。我举起手,人们都看不到,袖子举着,可是手却不能从里面伸出来。

指挥官命令:"志愿者,请向前一步走。"

我向前跨出一步。

"你小子啊……"指挥官对我说,"你小子……"

给了我一个小袋子、一顶破旧的护耳皮帽,其中一边护耳已经断了。

我刚刚走到大道上……我总觉得,后面有人在跟踪我。我回下头——一个人也没有。这时,我注意到路口有三棵茂密的松树。小心翼翼地望了一眼,我发现上面坐着德国狙击手。从森林里走出的任何一个人,都逃脱不了他们的视线。而从林子边冒出的这个小男孩,背着个袋子,他们就没有理会。

等我返回队伍,立刻向指挥官报告,说松树上坐着德国狙击手。深夜的时候,我们没费一枪一弹就活捉了他们,押了回来。这是我的第一次侦察任务……

1943年年末……在别申科维奇地区的老切尔内什金村,我被党卫军抓住了……他们用步枪的通条抽打我,用钉了马掌的皮靴踢我。皮鞋硬如铁石……刑讯之后,他们又把我拖到街上,向我全身浇下冷水。这可是大冬天,我被包裹在一层鲜血淋漓的冰壳子里。没想到的是,我听得见外面的敲击声。他们树起了绞刑架。当他们把我抬起来,把我绑到木头上,我看到了绞刑架。最后的情景是什么,我记住了什么?新鲜的树木的气息……活生生的气息……

皮带绷紧了,但很快被人割断了……游击队员们早已埋伏在附近。当我恢复了知觉,我认出了我们的医生。"如果再晚两秒钟——你就完蛋了,我都来不及救你了,"他说,"你真走运,小子,你还活着。"

人们把我抱在怀里送回部队,大家从头到脚地拍打我。我浑身疼得厉害,心想:我还能不能长大了?

"为什么我这么小？"

萨沙·斯特列里措夫，四岁。
现在是一名飞行员。

父亲甚至都没有看到我……

我出生时，他已经不在人世了。他经历过两次战争：和芬兰的战争结束后，刚回到家，又开始了卫国战争。他第二次离开了家。

印象中还留下些对妈妈的记忆，我们一起步行去森林里，她教我："你不要走得太急，听，树叶在掉落，森林在喧哗……"我和她坐在路边，她用根小树枝在沙土地上给我画小鸟。

我还记得，我想长成大个子，就问妈妈："爸爸是高个子吗？"

妈妈回答："他个子非常高大，模样很英俊，但他从来不显摆。"

"那为什么我这么小啊？"

我刚刚发育……我们家里没有留下一张父亲的照片，我需要证明，我长得像他。

"你长得像爸爸，非常像。"母亲安慰我说。

1945 年……我们听说，父亲牺牲了。妈妈太爱他了，疯了……她谁都不认得了，甚至连我也不认得了。后来，我只记得，是姥姥一个人陪伴着我。姥姥名字叫舒拉，为了不让人们弄混了我们，我和她商量好：我叫——舒利克，她叫——萨沙外婆。

　　萨沙外婆没有讲过童话，她从清早忙碌到深夜，洗衣服，扫地，煮饭，漂白，她还放牛。过节的时候，她喜欢回忆我出生时的样子。我跟您说，现在我的耳边还经常回响着外婆的声音："那是一个暖和的日子。伊戈纳特爷爷家的母牛生小牛了，人们都溜进了老雅基姆舒克家的花园里。于是，你就来到了人世……"

　　农舍的上空一直盘旋着飞机……我们的飞机。上二年级的时候，我下定决心要成为一名飞行员。

　　外婆去了兵役委员会。人们向她要证明，她没有我的证明，但是她随身带去了父亲的阵亡通知书。回到家后，她说："我们刨些土豆，然后坐车去明斯克苏沃罗夫学校。"

　　上路前，她不知从谁家借了些面粉，烙了些馅饼。政委让我坐到他的汽车上，说："你受到这样的待遇，都是因为你的父亲获得的荣誉。"

　　我长这么大第一次坐汽车。

　　过了几个月，外婆来到了学校，给我还带来了礼物——一个苹果。她对我说："吃吧。"

　　可我不想立刻就和她给我的礼物告别……

"人的气味会把它们吸引过来……"

娜佳·萨维茨卡娅,十二岁。

现在是一名工人。

我们等着哥哥从军队回来。他给我们写了信,说六月会回家……

我们都想:等哥哥回来,我们要给他盖一座新房子。父亲已经用马车拉回了木头,傍晚的时候,我们就坐在那堆木头上,我记得,妈妈对父亲说,房子要盖得大大的。他们会有许多孙子。

战争开始了,当然,哥哥不能从军队回来了。我们家总共有五姐妹、一个男孩,这就是我的哥哥,孩子中最年长的。整个战争期间,妈妈都在哭泣;整个战争期间,我们都在等着哥哥回来。我清清楚楚地记得,我们每天都在等着他。

我们要是听见哪里有押送我们的战俘的消息——就赶快跑到那里去看。妈妈烙好十张饼——就往那里赶去了。有一次,我们实在没什么可带,看到田野里长着成熟的黑麦,我们就揪下麦穗,在手里搓出麦粒。结果,被德国人逮住了,他们在巡逻,看守庄稼。他们弄撒了我们的麦粒,教训我们:"站住,我们要开枪了!"我们都哭了,妈妈亲吻着他们的皮靴。他们骑在马上,很高,她抓住他们的皮靴,亲吻着,哀求着:"老爷!求你们了……老爷,这都是我的孩子。你们看看，她们都是女孩啊。"他们没有朝我们开枪，走了。

等他们刚一离开，我就开始大笑。我笑啊，笑啊，过了十分钟，我还在笑。二十分钟过去了，我还在笑……我笑得倒在地上。妈妈骂我——不管用，妈妈请求我——也不管用。我们走了多远，我就笑了多久。大家都觉得我……嗯，你们懂的……大家都很害怕……都很担心我精神出了问题。我疯了。

直到如今，我落下了这个毛病：如果受到惊吓，我就开始大声地笑，声音很大很大。

1944 年……我们被解放了，当时我们收到了一封信，信上说，哥哥牺牲了。妈妈哭啊，哭啊，哭瞎了眼睛。我们住在村外的掩蔽部里，因为整个村子都被烧毁了，我们的老房子和建新房的木头都被烧了。我们家里一件完好的东西也没有留下，我们在森林里捡到了一个钢盔，用它煮饭。德国人的头盔很大，就像铁铸的一样结实。我们在森林里生活，采野果和蘑菇时非常危险。德国人留下了很多狼狗，它们见了人就扑上来，咬死过小孩。它们都是通过人肉、人血训练出来的。只要一闻到新鲜的气味，它们就……如果我们去森林里，我们会凑一群人。二十来个人……母亲教给我们，在森林里要边走边喊叫，把狗吓跑。一篮子浆果没有采满之前，我们就这样叫喊，嗓子都失声了，哑了，咽喉都肿了。而那些大狗，像狼一样。

人的气味会把它们吸引过来……

"为什么他们朝脸上开枪？我的妈妈这么漂亮……"

瓦洛佳·科尔舒克，七岁。
现在是一名教授，历史科学院博士。

那时候我们住在布列斯特市[1]。在最靠近边境的地方……

晚上我们三个人去看电影：妈妈、爸爸和我。我们三个人很少有一起外出的机会，因为父亲总是忙碌个不停。他在州国民教育局工作，经常出差。

战争来临前的最后一个黄昏……最后一个夜晚……

凌晨，妈妈就把我叫醒了，只听见四周一片轰鸣声、撞击声、汽笛声。天色还很早，我记得，窗外还是漆黑一团。父母一通忙乱，收拾皮箱，不知为什么，什么东西也没找到。

我们有自己的房子，一个大花园。父亲不知去了哪里，我和妈妈看着窗外：花园里站满了不明身份的军人，用断断续续的俄语交谈着，他们穿的是我们的军服。妈妈说，这是搞破坏活动的敌人特工。我无论如何也想不通，在我们的花园里，小桌上还放着昨晚喝

---

[1] 布列斯特市：白俄罗斯西南部城市，布列斯特州首府。在西布格河同穆哈维茨河汇流处，邻近波兰边境。

茶的茶炊，突然——眼前就冒出了敌人的特工！我们的边防战士去哪里了？

我们步行离开了城市。我眼看着前面有一座石头房子顷刻间散了架，从窗子里飞出一部电话机。街道中间扔着一张床，上面躺着一个死去的女孩，用被子盖着。好像这张床是从哪里搬来的，摆放到了这里，一切都是完好的，仅仅是被子稍微烧毁了一些。到了郊外就是黑麦田，飞机用机枪扫射我们，所有人都不敢沿着道路走，都跑到了麦田里。

我们进了森林，变得不那么害怕。我看到一辆辆大汽车从森林里开出来。这是德国士兵，他们大声说笑着，陌生的语言传过来，语音里包含许多近似俄语的颤音……

父母一直在互相问：我们的军人在哪儿？我们的军队在哪儿？我自己在心中想象：布琼尼骑在军马上突然出现，吓得德国敌人屁滚尿流地逃跑了。全世界都没有和我们的骑兵军旗鼓相当的——前不久父亲还对我这样说。

我们走了很久。深夜的时候到了一个村子，人们给了我们些吃的，让我们烤火暖暖身子。许多人都认识父亲，父亲也认识许多人。我们走进了一户人家，至今我还记得住在这座房子里的老师的姓名——帕乌克[1]。他们有两处房子——新的和旧的并排着。他们建议我们留下来，给我们一间房子住，但是父亲拒绝了。主人把我们送到一条大道上，妈妈打算给他些钱，但他摇着头，说，在这么艰

---

[1] "蜘蛛"的意思。

难的时刻友谊是无法用金钱购买的。我记住了他的话。

就这样，我们到达了乌兹德市，我的父亲从小出生在这个地方。我们住到了姆罗奇基村的爷爷家。

在我们的家里第一次看到了游击队员，从那时起，他们给我留下的印象就是身穿白色伪装衣的人。父亲很快就跟随他们去了森林里，剩下我和妈妈住在爷爷家里。

妈妈不知在缝制什么……不对……她坐在一张大桌子前，用绣花架子绣着什么，而我坐在火炕上。德国人带着村长进了我们屋子，村长指了指我的妈妈："就是她。"他们命令妈妈起身。当时我吓傻了。他们把妈妈带到院子里，她招呼我，想和我告别，而我缩在条凳下，他们没有把我拽出来。

他们把妈妈和另外两个女人押到一起，她们两个人的丈夫也都参加了游击队，就这样被带走了。把她们带到哪里去了？往哪个方向走的？谁也不清楚。第二天，在离村子不远的地方，她们被人发现了，她们躺在雪地上……大雪下了整整一夜……我还记得些什么呢？人们把妈妈拉回来。怎么会这样，为什么他们要朝着脸开枪？妈妈的面颊上有几个黑色的枪眼儿。我一直问爷爷："为什么他们要朝脸开枪？我的妈妈长得这么漂亮……"人们把妈妈掩埋了……爷爷、奶奶和我跟在棺材后面。人们很害怕。他们都是晚上来送别妈妈的……整个晚上我们家的门都没有关上，而到了白天，就只剩下我们一家三口。我不明白，他们为什么要杀死我的妈妈，她什么坏事都没有做。她就坐在那里，绣着花……

有一天深夜，爸爸回来了，他说，要把我带在自己身边。我很板前,叫我写字母"y"。我站在那里,害怕地想,字母"y"应该怎么写呢。可当时我已经会射击了,我的射击水平很不错。

有一天,我没有找到父亲的手枪,翻遍了整个柜子——还是没有。

"怎么回事?现在你做什么工作?"我问爸爸,他刚刚下班回到家。

"我要教育孩子们。"他回答。

我觉得非常失望……我心想,工作——只能是战斗……

"你求我，让我开枪打死你……"

瓦夏·巴依卡乔夫，十二岁。
现在是一名生产培训技师。

我常常会回想起这些事……这是童年最后的时光……

放寒假的时候，我们整个学校都参加了军事竞赛。在此之前，我们学习了列队，使用木制的步枪操练，缝制了白色伪装衣和卫生员穿的白大褂。从军营派来的教官是坐着"玉米机"[1]来的。这让我们感到非常惊喜！

6月，德国人的飞机已经在我们的头顶上盘旋，空降下来一些密探。这是些年轻小伙子，他们穿着灰格子上衣，戴着鸭舌帽。我们和大人一起抓住了不少这样的人，交给了村委会。我们为自己能参加军事行动而自豪，它让我们联想到寒假的军事竞赛。但是很快就发生了一些另外的事情……见到的德国人不再是穿着灰格子上衣，戴着鸭舌帽，而是一身绿军装，卷着袖口，脚穿长筒皮靴，钉着铁掌，脊背上是沉甸甸的背囊，腰间是长长的防毒罐，斜挎着步枪。他们一个个长得肥壮，强大。他们唱着，喊着："茨瓦依马拿

---

[1] 苏联卫国战争期间使用的一种轻型夜袭低飞的教练机。

特——莫斯科完蛋。"父亲给我解释说:"茨瓦依马拿特,就是'两个月'的意思。"总共用两个月?总共?这种战争完全不像我们不久前玩过的,我非常喜欢那种军事竞赛。

起初,德国人没有驻扎在我们马列维奇村,他们去了日罗宾车站。我的父亲在那里工作。但他已经不再去车站上班了,他在等待着我们的战士打回来,把德国人赶回到边境去。我们都相信父亲,也在等待我们的部队,等了一天又一天。可是……我们的士兵们……他们躺下了,躺得到处都是:道路上,森林里,水沟中,田野间……在郊外……泥炭坑中……躺满了他们的尸体,和自己的步枪并排躺着,和自己的手榴弹。天气炎热,他们的尸体因高温而膨胀,他们好像变得一天比一天胖大。整个军队。没有人去埋葬他们……

父亲套好马车,我们去了田野。我们收集那些死尸。挖掘好坟坑……一个坑里放进去十个人十二个人……我的书包里装满了他们的证件。我记住了地址,他们都是来自古比雪夫州,乌里扬诺夫斯克市。

过了几天,我在村子外面找到了死去的父亲和我最要好的朋友——十四岁的瓦夏·舍夫佐夫。我是和爷爷一起去的那个地方……轰炸开始了……把瓦夏埋葬了,没有来得及掩埋父亲。轰炸过后,我们已经什么也找不到了。没有一点痕迹。我们在那块地方插上了一个十字架,只能这样了。一个十字架。下面埋的是一件父亲过节时穿过的西服……

过了一周,已经无法再收集士兵的尸体了……他们已经不能抬起来了……从军便服中向外淌水……我们把他们的步枪收集起来，还有士兵的证件。

在一次轰炸中，爷爷也被炸死了……

往后该怎么生活？没有了父亲该怎么活？没有了爷爷该怎么活？妈妈一直哭啊，一直哭。这些武器怎么办？我们把收集来的武器都埋在了一个可靠的地方。把它们交给谁呢？没有人可以商量。妈妈一直在哭。

冬天，我们跟地下工作者取得了联系。他们为我们的礼物而高兴，武器转交给了游击队……

过了一段时间，有多长——我记不清了……也许，大约四个月吧。我记得，在那一天，我在去年的土豆地里刨冻了的土豆。回到家，全身湿淋淋的，非常饥饿，我拎回了满满一桶土豆。我刚刚脱下鞋子，脱下湿乎乎的树皮鞋，就听到地窖顶上有声音，当时我们都住在地窖里。有人问："波依卡乔夫在这里吗？"我刚刚探出地窖口，一队人就围了上来。因为匆忙我没来得及戴护耳帽，戴的是布琼尼式军帽，因此立刻遭到了一顿皮鞭抽打。

地窖旁边站着三匹马，骑在上面的是德国人和伪警察。一名伪警察下马，用绳子套在我的脖子上，拴到了马鞍子上。母亲急忙求情："让我再给他吃点东西吧。"她爬回地窖，去拿冻土豆做成的土豆饼，可他们催动马匹，小跑着就走了。拉着我就这样跑了五公里，到了微笑雷村[1]。

---

[1] 微笑雷村：俄语 Весёлый 的音译，高兴、快乐的意思。

在第一次审问时,法西斯军官只提了些普通的问题:"你姓什么,叫什么名字,生日……父亲和母亲是谁?"翻译是一个年轻的伪警察。在审问结束时,他说:"现在你去收拾一下刑讯房,小心看好那里的凳子……"他们给了我一桶水、一把桦树枝、一块抹布,命令我过去……

到了那里,我看到的是一幅恐怖的画面:房间中央摆着一张宽宽的条凳,上面绑着皮带。三道皮带——用来捆绑人的脖子、腰部和腿脚。角落里是一堆粗粗的桦木棍子和盛满了水的小桶,水都是红色的。地上淌满了血洼儿……还有尿……粪便……

我一趟一趟提水进来。那块抹布,尽管反复冲洗,但仍然是红色的。

早晨,军官叫我过去:"武器在哪里?跟哪个地下工作者保持联系?接受了什么任务?"问题一个接着一个抛过来。

我只是反复回答,我什么也不知道,我还小,我在田野里收集的不是武器,是刨的上冻的土豆。

"把他押到地窖去。"军官命令一个士兵。

他们把我投进了灌了冷水的地窖里。在此之前,他们还指给我看一个游击队员,刚刚把他从里面拖出来。他忍受不住严刑拷打……沉到了水底……现在他躺在了外面……

水没到了喉咙……我能感觉出,我的心脏剧烈跳动,血在脉管里流动,血液把我身体周围的水都变温暖了。我很担心:千万别失去知觉,千万不要打盹,千万不要沉到水底淹死……

下一次提审:军官用枪管对着我的耳朵,开了一枪——一块地板噼啪折断了。他们是朝地上开的枪！他们用棍子敲击我的颈椎，我倒下了……在我面前站着一个身材高大、壮实的家伙，从他身上散发出火腿的气味和熏人的酒气。我感到恶心，却什么也吐不出来。我听见他在叫嚷："立刻用舌头舔干净，吐到地板上的东西……用舌头，明白吗……明白吗，小赤佬？！"

我躺在牢房里不能入睡，疼痛令我失去了知觉。我恍惚觉得，我站在学生的队列里，女老师柳波芙·伊万诺夫娜·拉什凯维奇说："秋天你们就要升入五年级，现在和大家先说声再见，孩子们。一个夏天你们就会长大。瓦夏·波依卡乔夫是最小的，到时会长成最大的。"柳波芙·伊万诺夫娜微笑着说……

我又仿佛看到，和父亲走在田野里，寻找着我们牺牲的战士。父亲走到前面去了，而我在一棵松树下发现了一个人……不是一个人，而是人体残余的部分。没有了手，没有了脚……他还活着，请求我："打死我吧，孩子……"

牢房里，有一位老人躺在我的旁边，他把我叫醒了："不要喊叫，孩子。"

"我喊叫什么了？"

"你求我，让我开枪打死你……"

几个十年过去了，我还在吃惊：我还活着吗？！

"我头上连块三角巾都没有……"

娜佳·戈尔巴乔娃，七岁。
现在是一名电视工作者。

在战争期间让我感兴趣的是一些莫名其妙的事情……直到现在我还会时常想起……

可父亲怎么去的前线，我却不记得了……

谁也没有告诉我们，我们受到大人的保护。早晨，爸爸把我和妹妹送到幼儿园。一切都如往常一样。傍晚，我们当然要问父亲怎么不见了，但是妈妈安慰我们说："他很快就会回来的，再过几天。"

我记得一条大道……有一辆辆的汽车从上面开过，车厢里装满了牛，挤满了猪，在一辆汽车上——有一个小男孩抱着一盆仙人掌，由于汽车的颠簸，他从车厢的一边被颠到另一边……我和妹妹觉得他非常可笑，在车厢里颠来颠去的。我们还都是小孩子……我们看到了田野，我们看到了蝴蝶。我们喜欢乘车出行。妈妈很疼爱我们，我们都躲在妈妈的"翅膀"下。如果在哪里发生了不幸，只要是和妈妈在一起，不管到哪里，我们都会感觉很好。她让我们躲避炸弹，远离人们惊吓的交谈，躲开所有不好的事情。如果我们能够阅读妈妈的表情，那我们会从上面读到一切。但是我不记得她的面庞了,我只记得一只大蜻蜓,飞落到了妹妹的肩膀上,我大声喊叫了起来:"飞机!"大人们不知怎么回事,都从马车上站了起来,开始抬头仰望天空。

我们坐车到了谢涅恩斯基地区戈罗杰茨村的爷爷家。他有一个大家庭,我们住在了夏季使用的厨房里。人们称呼我们是"避暑人",就这样一直到战争结束,才算不这么叫了。我不记得我们玩耍过,退一步说,战争开始的第一年,我们确实没有玩过夏天的游戏。最小的弟弟长大了一点,我们要抱着他,因为妈妈要翻地,播种,缝缝补补。我们被留在家里:需要洗勺子、盘子,擦地板,烧坑炉,为明天准备木柴。要往水缸里储备水,我们提不动满满一桶水,就提半桶。傍晚的时候妈妈就给我们派好活儿:你——负责收拾厨房,你——负责照看弟弟。每个人都有自己承担的活计。

我们都在饿肚子,但是我们收养了一只猫,然后是一条狗。它们也都是家庭成员,我们有什么吃的,都和它们均分。如果有一次不够猫和狗吃的,我们每个人就悄悄从自己的那一份里尽量给它们藏下一小块。这只猫后来被弹片炸死时,我们都非常痛心,甚至觉得没有力气挪动它。我们哭了两天,我们为它出了殡,流着泪水,把它安葬了。竖起了一个十字架,在墓地上种了花,浇了水。

直到现在,当我一想起我们流下了多少泪水时,我就不能养猫。女儿还小的时候,求我给她买一条小狗,我没敢答应她。

后来,在我们身上发生了一些事。我们不再害怕死亡。

一辆辆德国的大汽车开来,把人们都从家里赶了出来。让大家站好,点数:"一,二,三……"妈妈是第九个,而第十个被枪毙了，我们的邻居……妈妈怀里抱着小弟弟，他从妈妈的手里掉到了地上。

我记住了那种气味……如今当我看到电影中的法西斯分子，我立刻就会闻到士兵的气味。皮革的、优质呢料的、汗水的气味……

妹妹在那一天照看弟弟，而我在园子里除草。我在土豆地里弯着腰，外面都看不到我，您知道，童年的孩子眼睛里一切都显得那么大，那么高。当我发现飞机后，它已经在我的头顶上盘旋，我清清楚楚地看见了飞行员年轻的面孔。

短促的自动步枪射击声——啪啪！啪啪！飞机第二次转圈回来……他不想立刻打死我，他在拿我取乐。当时，连我这个小孩子都明白怎么回事了，可我头上连块三角头巾也没有，没什么可以遮蔽……

唉，这叫什么事？该怎么解释？很有趣吧：这个飞行员不知现在是不是活着？他会回想起什么来？

到了这样的时刻，你应该决定：是被子弹打死，还是被吓死，也有个中间地带——刚躲过了一个不幸，下一个不幸暂时还不知道——也有许多可笑的事。人们相互打趣，相互开玩笑：谁在哪里藏起来了，怎么逃跑，子弹怎么飞，但没有被打中。这些我都记得清清楚楚。甚至我们这些小孩子，聚在一块时，也相互取笑——谁被吓坏了，而谁没有。笑与哭是同时的。

我现在回忆战争年代，是想弄明白……不然的话——为什么要回忆呢？

我们家养了两只母鸡。当对它们说："安静——德国人！"它们立刻不叫了。它们一声不吭地和我们躲藏在床底下，没有一只叫唤。因此，后来再看马戏时，看到那些驯养的母鸡，不管它们多听话，我都不会感到吃惊。我们家的母鸡雷打不动地在床下的箱子里下蛋——每天两个。我们当时觉得自己是那么富足！

不管怎么样，新年的时候我们都要摆放一棵圣诞树。当然，是妈妈记得，我们还都是孩子。我们从书上剪下彩图，用纸做成小球：这一个是白色的，那一个是黑色的，用旧毛线编成花带。在这一天大家都特别高兴，彼此微笑相对，代替礼物的（当时根本没有）是我们放在新年枞树下的纸条。

在自己的纸条上，我给妈妈写道："亲爱的妈妈，我非常爱你，非常！非常！"我们互相赠送祝福的话语。

一年一年过去了……我读了那么多的书。对于战争的了解，却并不比当时多，当时我还是个孩子。

"大街上没有可以玩耍的伙伴……"

瓦丽娅·尼基坚科,四岁。
现在是一名工程师。

所有一切都铭刻在童年的记忆里,就如同影集一般,像一张张独立的相片……

妈妈对我说:"跑,跑啊!快跑,快跑啊!"她的双手都占着。可是我却耍着性子:"我的脚好疼。"

三岁的弟弟推着我说:"快'饱'啊(他口齿发音还不清楚),要不德国人就追上来了!"于是,我就不吭声地跟着一起"饱"。

轰炸的时候,我把头和布娃娃藏起来,可是这只布娃娃的手和腿没有了。我哭叫着,让妈妈给她包扎好……

有个人给妈妈带来一张纸。我已经知道,这是什么……这是从莫斯科来的信。他们告诉外婆,我听明白了,我们的舅舅参加了游击队。我们的邻居住的是伪警察一家。众所周知,孩子们都会这样:到了外面,都会夸耀自己的爸爸。他们家的男孩子就说:"我爸爸有枪……"

我也想夸耀一番:"舅舅给我们来了封信……"

伪警察家的那位母亲听到了这些,就找到了妈妈,警告说:如果她的儿子再听到我的话，或者别人家的孩子转告我的话，那我们家可就要倒大霉了。

妈妈把我从街上叫回家，劝我："女儿，别再说了好吗？"

"我要说！"

"不能再说。"

"他可以，为什么我不可以？"

于是，她从扫帚上抽出一根枝条，可她舍不得打我。她让我站在墙角："不要说了好吗？不然他们会打死妈妈。"

"我们的舅舅会坐着飞机从森林里飞出来救你。"

我在角落里睡着了……

我们的房子着火了，人们把熟睡的我从里面抱了出来。大衣和鞋子都烧坏了。我就穿着妈妈的上衣，它长得直垂到地上。

我们住在地窖里。有次我从地窖里钻出来，闻到了加了黄油的米粥的清香。直到如今，对我来说，没有什么比加了黄油的米粥更美味的了。有人喊叫："我们的军队来啦！"在瓦西丽萨大婶——妈妈这样叫她，孩子们称呼她是"瓦霞奶奶"——家的院落里，搭起了行军厨房。战士给我们往饭盒里打粥，我清楚记得，用的是饭盒。我们是怎么喝的粥，我不知道了，我们没有勺子……

他们还给了我一杯牛奶，在战争期间，我都快忘记它的味道了。牛奶倒在碗里，碗掉到了地上，打碎了。我立刻大哭起来。大家都以为，我是因为打碎了碗才哭的，而我哭是因为弄洒了牛奶。它的味道这么好，我担心他们再也不会给我了。

战争结束后，疾病开始流行。所有人，所有孩子都生病了。生病的人比战争期间还要多。我不明白：这是不是真的？

　　白喉症流行……许多孩子死了。我从锁着的家里跑出来，去参加邻居一对双胞胎男孩的葬礼，我和他们是好朋友。我穿着妈妈的上衣，光着脚丫，站在他们的小棺材旁边。妈妈拽着我的手，把我扯出来。她和外婆担心我会传染上白喉。我没有，我只是咳嗽。

　　乡村里一个孩子也没剩下。大街上没有可以玩耍的伙伴……

"我深夜打开窗子……把纸条交给风……"

卓娅·玛日阿罗娃,十二岁。

现在是一名邮局工作人员。

  我看见了天使……

  他显现了……他来到了我的梦境中,当时我们正被运送到德国去。我们坐在车厢里。里面什么也看不见,甚至一小块天空也看不见。此时,他来了……

  您不怕我吗?不怕我说的这些话吗?我时而听见某种声音,时而看到天使……我现在就开始说吧,不是每个人都想听这么久。人们很少请我去做客,很少请我坐到节日的宴席上,甚至邻居们。我说啊,说啊……可能是上了岁数吧?我不能停下来……

  我从最开始讲起吧……战争的第一年,我和爸爸妈妈生活在一起。我收过庄稼,耕过地,割过草,也打过场。所有的都上缴给了德国人:粮食、土豆、豌豆。秋天他们骑着马来了。挨家挨户搜查,把人们召集到一起……这叫什么来着?我已经忘记这个词了——收租子。我们的伪警察也跟在他们后面晃来晃去,大家都认识他们,是邻村的。我们就是这样生活的。可以说,都已经习惯了。他们对我们说,希特勒已经进攻到了莫斯科,进攻到了斯大林格勒。

深更半夜的时候,游击队员们来了……他们说的一切都正好相反:斯大林无论如何都不会交出莫斯科。他也不会交出斯大林格勒。

我们呢,还是耕地,收割。休息日或节日的晚上,我们还举行舞会,在街上跳舞。一片和谐的景象。

我记得,这件事发生在复活节前的礼拜天……我们折了柳枝,去了教堂。大家聚集在街道上。等着拉手风琴的人来。突然,来了一队德国人。乘坐着一辆大敞篷汽车,牵着狼狗。包围了我们,命令道:快爬到车厢里去。他们用枪托推搡着我们。有人哭,有人叫……等我们的父母再赶来,我们都已经坐到了车上。坐在粗帆布车篷下。离我们村不远,就是火车站,我们被运送到了那里。那里已经停靠着一列准备好的空车厢。伪警察想把我拽上车厢,而我挣扎着不走。他把我的辫子缠绕到自己的手上:"别喊叫,傻瓜。元首把你们从斯大林的统治下解放了。"

"那把我们弄到外国去干什么?"——这之前,他们就怂恿我们去德国,许诺去那里过幸福的生活。

"要你们帮助德国人民战胜布尔什维克。"

"我想要妈妈。"

"你会住上大瓦房,有巧克力糖果吃。"

"我要找妈妈……"

哎呀呀——!如果一个人知道了自己的命运,估计他连早晨也活不到。

145

我们被装上车,运走了。我们走了很久,走了多久,我不知道。在我坐的车厢里,都是我们维捷布斯克州的人,来自不同的村庄,大家都很年少,像我一般的年龄。人们问我:"你是怎么被抓来的?"

"从舞会上。"

因为饥饿和恐惧,我失去了知觉。我躺着,闭着眼睛。就是在那一刻……第一次……我看见了天使……很小的天使,他的翅膀也是小小的,就像小鸟的翅膀一样。我看到,他想救我。"他怎么能救我呢?"我心想,"他是那么小。"这是我第一次看见他……

干渴极了……我们都被饥渴所折磨,一直想喝水。感觉整个身体内部都干透了,甚至舌头都伸到了外面,不能收回去。白天,就这样伸着舌头,张着大嘴。晚上的时候稍微感觉轻松些。

我会记一百年……我一辈子都不会忘记……

在我们车厢的角落里放着几只小桶,车在行驶当中,我们都往里面小便。有一个小姑娘……她爬到小桶前,双手抱住一只桶,伏到上面,就开始喝。大口大口地喝……然后,她就开始呕吐……吐完了,又爬到小桶前……再吐……

哎呀呀——!如果一个人知道了自己接下来的命运……

我记住了马格德堡市[1]……在那里,我们都被剃光了头,浑身涂满了白色的药水。据说这是为了预防疾病。这种溶液涂在身体上,皮肤像被烧灼一般,身体就像被点着了,脱了一层皮。千万不

---

[1] 马格德堡市(Magdeburg)位于易北河畔,是德国萨克森-安哈尔特州首府。

要这样啊！我不想活了……我已经谁也不心疼了：不论是自己，还是爸爸和妈妈。你抬起眼睛看看——他们就站在四周，牵着狼狗，狼狗的眼神太可怕了。狗从来不和人的眼睛对视，它会移开视线，可是这些狼狗盯着人，直视着我们的眼睛。我不想活了……和我一起来的，有一位熟悉的小姑娘，我不知道怎么回事，她和妈妈都被抓来了。也许，妈妈追赶她，爬上了汽车……我不知道……

我会记一百年……我一辈子都不会忘记……

这个小姑娘站着哭泣，因为当我们被驱赶着去做疾病预防的时候，她和妈妈失散了。她的妈妈很年轻……一位漂亮的妈妈……可我们永远都是坐在黑漆漆的车厢里：没有人给我们打开车门，运货的车皮，没有窗子。她一路上都没有看到自己的妈妈。整整一个月。她站着，哭泣着，有一个上了岁数的女人，也被剃光了头，向她伸出手，想抚摸她一下。她逃开这个女人，直到女人呼唤她："女儿啊……"听嗓音她才猜出，这就是她的妈妈。

哎呀呀！如果……如果一个人知道了……

人们都一直饿着肚子走来走去。我想不起来，到过哪里，运往哪里。名称、地点……因为饥饿，我们活着，就像是在梦中……

我记得，我往弹药工厂搬过什么箱子。那里一切都散发着火柴的气味，烟味……没有烟，但是散发着烟味……

我记得，在某个农场挤过牛奶，劈过柴……一天干十二个钟头……

给我们吃的是土豆皮、芜菁和加糖精的茶。我的搭档会把我的茶抢过去。一个乌克兰姑娘。她比我大……长得壮实些……她说：

"我得活下去,就我妈妈一个人留在家里了。"

她在田间唱优美动听的乌克兰歌曲,非常好听。

我……我一次……我一个晚上也说不完。我来不及说完。我的心脏承受不了。

这是哪里?我不记得……但是这已经是在集中营里了……我,很显然,已经落入了布痕瓦尔德集中营[1]……

在那里,我们从汽车上往下卸死尸,把他们堆成垛,一层层地码起来——一层死尸,一层涂了树脂的枕木,一层,两层……从早到晚,我们准备好了篝火堆。用……堆起的篝火,哎,很显然,用死尸堆起的篝火……在死人中间偶尔还会有活着的,他们想对我们说点什么,想说些什么话。可我们不能在他们身边停留……

哎哟哟!人类的生活……我不知道,是不是比树木,比人驯服的那些活物轻松些。比那些牲畜,那些家禽……但我了解人类的一切……

我想死,我没有什么可以留恋的了……我已经准备好了——我四处寻找刀子。我的天使飞了过来……这已经不止一次了……我不记得,他用什么样的话语安慰我,但那些话语都很温柔。他劝说了我很久……当我向别人说起自己的天使时,他们都觉得,我疯了。身边早已看不到熟悉的人了,四周都是陌生人,清一色的陌生人,谁也不想和别人结识,因为明天不是这个就是那个会死去。为什么

---

[1] 布痕瓦尔德集中营是纳粹在德国图林根州魏玛附近建立的集中营,也是德国最大的劳动集中营,建立于 1937 年 7 月。在 1945 年 4 月美军到达前,德国将该集中营撤空。在此期间,估计共有 56 000 人受害,其中大约有 11 000 名犹太人。

要相识呢？但是有一次，我喜欢上了一个小姑娘……玛什卡……她皮肤白白的，性格温和。我和她交了一个月的朋友。集中营里的一个月——就是整个人生，这——就是永恒。她第一个走近我："你有铅笔吗？"

"没有。"

"那一张纸呢？"

"也没有。你要这些干吗？"

"我知道，我快死了，我想给妈妈写封信。"

在集中营里这都是不该有的——无论是铅笔，还是纸。但是我们给她找到了。所有人都喜欢她——这么小，这么安静，嗓音也是轻轻的。

"你怎么把信寄出去呢？"我问她。

"我深夜打开窗子……把纸条交给风……"

可能，她八岁了，也许，十岁。怎么能凭着骨头架子猜出年龄呢？在那里，不是人在走来走去，而是骷髅……很快她就病倒了，不能起身，不能去干活。我请求她……第一天我甚至把她搀扶到了门前，她扶着门，不能再往前走。她躺了两天，到了第三天，就来人把她用担架抬走了。集中营就一个出口——穿过烟囱……立刻就上了天……

我会记一百年……我一辈子也忘不了……

深夜我和她聊天："天使飞来找过你吗？"我想给她讲一讲我的天使。

"没有。妈妈来看过我。她永远穿着那件白上衣，我记得她这件绣着蓝色矢车菊的上衣。"

秋天……我活到了秋天。这是怎样的奇迹？我不知道……早晨，我们被驱赶着到田里干活。我们收胡萝卜，砍卷心菜——我喜欢干这种活儿。我已经好久没有到过田野了，好久没看到过绿色了。在集中营里，因为黑烟，看不到天空，也看不到土地。烟囱高高地耸立，黑乎乎的，白天黑夜地往外冒出浓烟……在田野里，我看到了一朵黄色的小花……我已经忘记花朵怎么成长了。我抚摸了一下这朵小花……别的女人也都抚摸了一下它。我们知道，从我们的焚化炉里往这里运送来骨灰，每个人都有死去的亲人。有的人是姐妹，有的人是妈妈……对我来说，是我的玛什卡……

假如我知道，我能活下来，我该问一下她妈妈的地址。但是我没有想到……

经历了千百次死亡，我是怎么活下来的？不知道……是我的天使拯救了我，他说服了我。他现在还会出现，他喜欢这样的夜晚，月亮明晃晃地照耀着窗子。白花花的光芒……

您和我聊天不害怕吗？听我说话……

哎哟哟……

"挖掘一下这里吧……"

瓦洛佳·巴尔苏克,十二岁。
现在是白俄罗斯共和国"斯巴达克"体育委员会主席。

全家人立刻就参加了游击队……

我们全家人是指:爸爸、妈妈、我和哥哥。给哥哥发了步枪,我非常羡慕,他教我练习射击。

有一次,哥哥去执行任务没有回来……妈妈很长时间都不想相信他会牺牲。转达到游击队的消息称,有一支游击小队被德国鬼子包围了,他们为了不让敌人抓住当俘虏,拉响了反坦克地雷。可是妈妈猜测,那其中就有我们的亚历山大。他没有被派遣到这个游击小队,但他可能遇到过他们。她去找连队指导员,她说:

"我觉得,牺牲的队员里面有我的儿子。请允许我去那里看看。"

给她派了几名战士,我们就出发了。这就是一颗母亲的心!士兵们开始在一个角落里挖掘,而妈妈指着另一个地方说:"请你们挖掘一下这里吧……"

战士们开始挖掘那里,一下就找到了哥哥,他已经难以辨认了,全身漆黑。妈妈根据他阑尾炎的缝合处和口袋里的梳子认出了他。

我永远都能回忆起妈妈……

我记得,我第一次抽烟的事儿。她看到了,叫父亲:"你看看,我们的沃夫卡[1]在干什么!"

"干什么呢?"

"他在抽烟。"

父亲走近我,看了看说:"让他抽吧。战争结束后我们再说。"

在整个战争期间,我们都在回忆,战争之前我们是怎么生活的。大家住在一起,几家亲属共同居住在一所大房子里。大家生活得和睦而愉快。列娜姨妈在发工资的日子会买回来许多甜点心和奶酪,招呼来所有的孩子,让他们分享美食。她牺牲了,还有她的丈夫和儿子。我所有的叔叔舅舅都牺牲了……

战争结束了……我记得,我和妈妈走在街上,她提着土豆,这是她工作的工厂分给她的一点土豆。一个德国战俘从建筑废墟里朝我们走过来,他说:"女士,请给我个土豆吃吧……"

妈妈说:"不给你。说不定,就是你打死了我儿子!"

德国人慌了神,吓得一声不吭。妈妈走开了……后来,她又返回身,掏出几个土豆,给了他:"给,吃吧……"

现在轮到我吃惊了……这是怎么回事?

冬天的时候,我们还有几次踩在冻僵的德国鬼子尸体上滑雪呢,城市郊外好长时间还能找到他们的尸体。我们就像滑雪橇一样,踩着他们的尸体……用脚踢这些死人,在他们身上跳来跳去。我们一直都在憎恨他们。

妈妈教育了我……这是战争后她给我上的爱的第一课……

---

[1] 瓦洛佳的爱称。

"人们把爷爷埋在了窗户下面……"

瓦丽娅·维尔科,六岁。

现在是一名织布工。

我记得那个冬天,寒冷的冬天。在那个冬天,我们的爷爷被打死了。

他是在我们家的院子里被打死的,在大门口。

我们把他埋在了自己家的窗户下……

他们不让把他埋葬到墓地,因为他打了一个德国人。伪警察们站在篱笆门口,不放人们到我家来,既不让亲属进来,也不许邻居进来。妈妈和奶奶两个人用不知什么箱子做了口棺材。她们自己给爷爷清洗干净,尽管亲人给死者擦洗身子是忌讳的。这种事应该由旁人来做。我们的风俗就是这样的。在家里我记得听说过这样的话……她们抬起棺材,到了大门口……伪警察喊叫起来:"转回去!要不然开枪打死你们!像埋狗一样,把他埋在自己家院子里。"

就这样三天……她们抬到大门口,又回来,被他们赶回来……

第三天,奶奶就在窗户下开始挖坑……外面是零下四十摄氏度的严寒,奶奶一辈子都记得,那天气温降到了零下四十摄氏度。在这样严寒的天气下葬非常困难。那个时候,也许,我是七岁,也可能是八岁,我帮着她。妈妈哭着把我从坑里拉了上来。

在那里……在那个地方,埋葬爷爷的地方,长起来一棵苹果树,代替十字架立在那里。现在它已经是一棵老大的苹果树了……

> "他们还用铁锹拍打了一阵,好让它看起来漂亮一些。"

列昂尼德·沙基诺,十二岁。
现在是一名画家。

敌人是怎样开枪打我们的啊……

敌人把我们驱赶到队长家的房子前……整个村子的人……天气温暖,草也晒得暖和。有人站着,有人坐着。女人们蒙着白色的头巾,孩子们光着脚丫。把我们赶到的这个地方,经常搞一些节日的庆祝活动。大家唱歌,举行收割仪式,收割完庄稼的庆祝仪式。也是这样——有的人坐着,有的人站着。在这里还举行群众集会。

现在……没有一个人哭泣……没有一个人说话……当时,这种情形让我很惊讶。我从书里读到过,人们痛哭,叫喊,在临近死亡之前——我不记得人们掉过一滴泪,甚至一点点泪星儿……如今,当我回忆这些往事的时候,我开始思考:也许,在那一刻我聋了,什么也没有听到?为什么没有人哭泣流泪呢?

孩子们单独围拢成一群,尽管谁也没有把我们同成年人分离开来。不知为什么,我们的母亲都没有把我们拉到自己身边。为什么?直到如今我也不明白。以前我们男孩通常很少和小女孩交朋友,都这样以为——对她们只能是揍一顿,或揪揪她们的小辫子。而此时,我们却都紧紧挤在了一起。您知道吗,甚至家里养的狗都一声也不叫唤。

在距离我们几步远的地方架起了一挺机关枪,在它旁边坐着两名党卫军士兵,他们平静地不知在交谈着什么,开着玩笑,甚至还笑了。

我清楚地记住了这些细节……

一个年轻军官走过来。一名翻译官把他的话翻译出来:"军官先生命令大家说出与游击队保持联系的人员名字。你们要是不说,就全部枪毙。"

人们像从前那样,还是继续坐着或站着。

"给你们三分钟时间——不说就打死你们。"翻译官说,举起三根手指头。

现在,我一直在盯着他的手。

"还有两分钟——不说就打死你们……"

我们大家挤得更紧了,有人说了些什么,不是用语言,而是用手势、眼神。比如我,清楚地感觉到,他们会打死我们,我们再也活不了了。

"最后一分钟,你们就要完蛋了……"

我看见,一个士兵拉开枪栓,装好子弹夹,端起了机枪。离有的人两米,离有的人十米……

站在人群最前面的,共有十四个人。发给了他们铁锹,命令他们挖坑。把我们赶得近了些,看着他们挖坑……他们挖掘得很快,很快。尘土飞扬。我记得，坑很大，很深，有一个大人的身高那么深。就在房子前，地基下，人们挖了几个这样的大坑。

他们每次开枪打死三个人。让站在大坑边——直接开枪。其他的人就这样看着……我不记得，是父母和孩子们告别，还是孩子们和父母告别。一位母亲掀起裙子下摆，蒙上了女儿的眼睛。但是，即便是很小的孩子也没有哭泣……

杀死了十四个人。人们开始埋坑。而我们又站着，看着，他们怎么填土，怎么用皮靴去踩踏。他们还用铁锹在土堆上拍打了一会儿，好让它们漂亮一些，整齐一些。您知道吗，他们甚至把边角也切割好，清理干净了。其中一个上了年纪的德国人用手帕擦了擦额头上的汗水，就像是刚刚在田间劳动了一样。一只小狗跑到了他的跟前……谁也不知道它是从哪里跑来的，是谁家的小狗。他抚摸着它……

过了二十天，才允许人们挖出死者，弄回家安葬。只是到了这时候，女人们才叫喊起来，整个村子都在哭诉，哭悼死去的人。

有许多次，我拿起画笔。我想画下这些……可是，画出的却是一些别的东西：村庄、花草……

"我给自己买了条扎蝴蝶结的连衣裙……"

波利娅·帕什凯维奇,四岁。

现在是一名裁缝。

当年我四岁……我从来都没想到过战争……

战争给我留下的印象是这样的:巨大的黑色森林,战争会发生在里面。战争是某种可怕的东西。为什么要在森林里呢?因为在童话里,最可怕的故事都是在森林里发生的。

从我们的别雷尼奇开过了很多大部队,当时我不明白,这是在撤退。他们把我们给抛弃了。我记得,家里来了许多军人,他们把我抱在怀里,都很喜欢我,想给我点东西吃,可他们什么也没有。早晨,当他们离开的时候,家里的窗台上是他们留下来的许多子弹。扯断的红色丝带、奖章,我拿了这些东西玩耍……我不知道,这是些什么玩具……

这些事是后来姨妈告诉我的……当德国人进入我们的城市,他们手里有共产党员的名单。在这个黑名单上有我们的父亲和住在我们对面的一位老师。他有个儿子,我和他是好朋友,我们都叫他"小玩偶"。而他,名字大概叫伊戈尔,我现在想起来了。因为在我的记忆里残留下来的,不是名字,而是绰号——小玩偶。

敌人把我们的爸爸押走了……就在我的眼前……妈妈在街上被开枪打死了。她倒在地上,大衣扣子开了,被染成了红色,妈妈周围的雪也都变成了红色……

后来,很长时间我们都被看守在一间不知干什么用的破板棚子里。我们觉得非常害怕,我们又是哭,又是喊叫。我还有一个妹妹和一个弟弟——一个两岁半,一个一岁,而我当时四岁,我是最大的。我们尽管年纪很小,但已经熟悉了炮弹射击。我们知道这不是飞机扔下的炸弹,而是大炮射出的炮弹。听声音我们就能辨出来——是我们的或者不是我们的飞机在飞,离我们是远还是近投下的炸弹。我们很害怕,非常害怕,当把头藏起来时,就不那么害怕了,最主要的是——别看见。

接下来,我们坐在雪橇上,不知去哪里,我们姐弟三个,在一个村子里一群女人把我们分开带走了——有的带这个,有的领那个。弟弟很长时间没有人想领走,他哭着说:"谁要我啊?"我和妹妹吓坏了,大家把我们分开了,我们再也不能在一起了。我们一直都是生活在一起的。

有一次,一条德国狼狗差点把我吃掉。我当时坐在窗边,街上过来几个德国人,他们牵着两条大狼狗。其中一条扑向窗子,撞碎了玻璃。大人急忙把我从窗台上抱了下来,但我还是被吓着了,从那天开始说话就结结巴巴,甚至到现在我都怕大狗。

……

战争结束后,我们被送到了保育院,它就离公路不远。德国的战俘有很多,他们白天黑夜地走过这条公路。我们向他们投土块、石头。押送人员驱赶我们，骂我们。

在保育院里，大家都在等候着父母，等他们来把我们接回家。出现一个陌生男人或陌生女人，所有的孩子都会跑过去，喊叫着："我的爸爸……我的妈妈……"

"不是，这是我的爸爸！"

"不对，这是来接我的！！"

我们非常羡慕被父母接走的孩子。他们不让别人靠近自己的妈妈和爸爸："不要碰，这是我的妈妈。"或是说："不要碰，这是我的爸爸。"他们片刻都不放父母离开自己，害怕会被谁抢走，或者是因为担心：万一他们又不知到哪里去了呢。

我们一起上学——保育院的孩子和普通的孩子。那时，人们生活得都很艰苦，但是从家里来上学的孩子，在他们的粗麻布书包里，不是有一块面包，就是有一个土豆，而我们——什么也没有。我们穿的都是一样的衣服，因为都还小，没有什么关系，可是当我们渐渐长大，我们都很苦恼。在十二三岁，都想要一件漂亮的连衣裙、一双漂亮的便鞋，可我们所有人都穿的是皮鞋。男孩子这样，女孩子也这样。我们想吃糖果，而糖果只有在新年的时候才会有——冰糖。老师给了我们很多黑面包，我们吮吸着，就像吃糖一样，我们觉得是那么好吃。

我们有一个年轻的女老师，其他人都是上了年纪的妇女，因此大家都非常喜欢她，把她奉若神明。她不到学校里来，我们的课就不开始。我们坐在窗户边，等着她："她来了！来了……"她走进教室，每天都想摸一下她，每天都想："我要是有个这样的妈妈多好……"

　　我曾经幻想：等我长大了，上了班，我就给自己买许多连衣裙——红色的、绿色的、带花点的、扎蝴蝶结的。扎蝴蝶结的——是必需的！在七年级的时候人们问："你想向谁学习？"而我早就想好了——向裁缝学习。

　　我要给自己缝制连衣裙……

"他怎么会死呢,今天没开枪啊?"

爱德华·沃罗什洛夫,十一岁。
现在是一名电视工作者。

我只对妈妈讲战争的事……自己的妈妈……只对自己最亲近的人……

当时,游击队还驻扎在我们村子里,有一位老头死了,正好我住在他家。埋葬他的时候,一个七岁的小男孩走过来问:"为什么老爷爷躺在桌子上?"

人们回答他:"老爷爷死了……"

小男孩显得很惊讶:"他怎么会死呢,今天并没有开枪啊?"

小男孩只有七岁,可是他已经听了两年的枪声。人们都是在开枪的时候被打死的。

我记住了这些……

我的讲述是从游击队开始的,可我当时并不是很快就遇上他们的。那是到了战争第二年的年底。我没有讲,我和妈妈在战争爆发的一个星期前,怎么坐车到了明斯克,她把我怎么送到了明斯克郊外,来参加少先队员夏令营……

在夏令营我们唱歌:《如果明天就是战争》《三个坦克手》《跨

过平原，越过山冈》。我的父亲非常喜欢最后一首。他经常哼唱……当时刚刚上映《格兰特船长的儿女》，我很喜欢电影中的插曲《愉快的风儿，请为我们歌唱》。我经常伴随着它的歌声起床去做早操。

那天早晨没有做操，飞机在我们的头顶上盘旋……我抬眼看见，从飞机上分离出许多黑点，我们当时还不知道那是炸弹。少先队夏令营旁边就是铁路，我沿着铁路去明斯克。原因很简单：离妈妈现在工作的医学院不远，就是火车站，如果我沿着铁轨走，就会找到妈妈。我叫上一个小男孩跟我一起上路，他家离火车站不远，他比我要小很多，哭得很厉害，走得也很慢，而我喜欢徒步，我和父亲曾经转过列宁格勒所有的城堡。当然，我冲他发火了……但是我们总算到达了明斯克火车站，到了西大桥，开始了连续不断的大轰炸，我和他走散了。

妈妈没在医学院里，妈妈的同事戈鲁博教授住得不远，我找到了他的家。但是，里面一个人也没有，空荡荡的……许多年之后，我才知道发生了什么事：敌机刚刚开始轰炸城市的时候，妈妈就搭坐上了一辆顺道车，沿着去拉托姆卡的公路接我。她到了那里，看见的是被炸毁的夏令营营地……

人们都离开了城市，四散奔逃。我觉得，到列宁格勒要比到莫斯科远，我的爸爸在列宁格勒，可他去了前线，我的姑妈住在莫斯科，他们哪里也不会去的。他们不会离开的，因为他们住在莫斯科……住在我们的首都……沿途我跟上了一位领着小女孩的妇女。这是位陌生的女士，但她明白，我是一个人，什么也没有，饿着肚子。她就叫我过去:"到我们这儿来吧,我们一起走。"

我记得,当时平生第一次吃洋葱腌猪油[1]。起初我皱着眉头,后来还是吃了下去。如果轰炸开始,我总是注意观察:这位女士和自己的小姑娘在哪里?傍晚的时候,我们就躲藏到一条沟里,躺下休息。对我们的轰炸一刻都没有停止。女士回头望了一眼,大叫一声……我也起身,向着她看的那个方向张望,我看见,一架飞机贴着地面俯冲下来,伴随着马达声,它的机翼下面喷出一条火舌。这条火舌扫过的道路上腾起一片尘土。我条件反射般地栽到了沟底。机枪从我们的头顶上扫射过去,飞机飞向了远处。我抬起头,看见这位女士躺在沟沿上,满脸血迹斑斑。当时可把我吓坏了,我从沟里跳起来,撒腿就跑。从那时起,甚至现在,有一个问题始终在折磨着我:那个小姑娘怎么样了呢?我再也没有见过她……

我到了一个不知名的村庄……街道上的大树下躺着一些德国伤员。我这是第一次看到德国人……

村里人都被从家里驱赶了出来,被迫去打水,德国卫生员用大桶架在篝火上烧开水。早晨,他们把伤员抬上汽车,每辆车都让坐上一两个小孩。德国人发给我们水壶,告诉我们,需要给他们帮忙:给哪一个伤员弄湿毛巾,放到头上,给哪一个伤员湿润一下嘴唇。有一个伤员请求我:"瓦谢尔……瓦谢尔[2]……"我把水壶放到他的嘴唇边,全身都在哆嗦。到现在都说不清当时的那种感受。厌

---

[1] 腌猪油:俄罗斯传统食品,把猪的脂肪(我们所谓的板油)生着用盐腌渍一段时间后直接食用。

[2] 瓦谢尔:德语 Wasser 的音译,意为"水"。

恶？不是。仇恨？也不是。那是一种复杂的感觉。其中也夹杂着怜悯……人类的仇恨也有一个形成过程，不是从一开始就有的。学校里教育我们要善良，要友爱。我的话题又跑远了……当第一个德国人揍我的时候，我感到的不是疼痛，体验的是另一种感觉。他怎么打我呢，他有什么权利打我？这让我非常震惊。

我又返回了明斯克……

我和基姆交上了朋友。我和他是在街上相识的。我问他："你和谁住在一起？"

"没人。"

我了解到，他也是和家人失散了，就建议道："那我们一起生活吧。"

"好吧。"他很高兴，因为他没有地方住。

而我住在戈鲁博教授丢下的住宅里。

有一次，我和基姆看见，街上走着一个比我们大些的小伙子，手里提着擦鞋的托架。我们认真听取了他的建议：需要什么样的箱子，怎么制作鞋油。为了制作鞋油，需要搞到烟炱，而这种东西在市里到处都是，把它收集起来，和随便什么油脂搅和一下。一句话，做成某种散发着怪味的混合物，但必须是黑色的。如果把它均匀地涂抹到皮鞋上，它还会发光呢。

有一次，一个德国人走到我跟前，把一只脚放到了箱子上，他的皮靴非常脏，粘在上面的泥土都很长时间了，干透了。我们原先早已领教过这样的皮鞋，为了先清理掉这些泥巴，我还专门配备了一把刮刀，然后，再往上面刷鞋油。我拿起刮刀，刚清理了两下，就让他很不高兴。他抬腿就踢箱子，又朝我脸上踹了一脚……

我长这么大，从来还没有人打过我。孩子之间打架不算数，在列宁格勒的学校里那是常有的事。但在这之前，成年人没有打过我一次。

基姆看着我的脸，叫喊着："你别那样看着他！不要啊！他会打死你的……"

那时候，我们第一次在街头碰见了大衣上、西服上缝着黄布条的人。我们听说了隔离区……大家提到这个词的时候都是压低了声音……基姆是犹太孩子，但是剃光了头，我们都说他是鞑靼人。当他的头发长起来，卷曲的黑发，谁还相信他是鞑靼人啊？我为朋友担心，半夜醒来，看着他浓密的头发，我无法入睡：应该想个办法，别让他们把基姆抓到隔离区里去。

我们找了把理发推子，我又给他推成了光头。天气已经冷了，在冬天没法擦鞋。我们又有了新的计划。德国军队指挥部在市里开办了一家宾馆，接待到达的军官们。他们都随身携带着大背包、大箱子，而到宾馆的距离不近。我们不知怎么奇迹般地搞到了一架大雪橇，守候在火车站。火车到站，我们把两三个人的行李搬到雪橇上，拉着它，穿过整座城市。给我们服务的报酬有时是面包，有时是香烟。拿香烟到集市上，可以换到一切，随便什么食物。

基姆被抓走的那一天，深夜的火车晚点了，迟到了很长时间。我们都快冻僵了，但又不能离开火车站，已经实行宵禁了。我们从火车站大楼里被赶了出来，在外面等候。终于火车到站了，我们往雪橇上装满行李，就拉着上路了。我们使劲拉着，皮带勒得生疼，他们还驱赶着我们:"使奶力!使奶力!¹"我们不能走快,他们就开始揍我们。

我们把东西搬进宾馆,等着和他们结账。一个家伙命令我们:"滚蛋!"——推了基姆一把,基姆的帽子从头上掉了下来。他们立刻叫喊起来:"犹太!"上前抓住了他……

过了几天,我才知道,基姆被关进了隔离区。我走到那里……整天围着隔离区转悠……有几次透过铁丝网看到了他。我给他带去面包、土豆、胡萝卜。等岗哨转过身去,走到角落,我就飞快地把土豆扔进去。基姆就走上前,捡起来……

我住的地方距隔离区有几公里远,但是每天深夜都会从那里传来叫喊声,那种声音整座城市都能听到,我醒了就想:基姆是不是还活着呢?我怎么才能把他救出来呢?在又一次大清洗过后,我到了约定好的地方,人们暗示我:基姆没了!

我很伤心……但还是抱着希望……

一天早晨,有人敲门。我跳起来……第一个念头就是:基姆!不,这不是他。叫醒我的是住在下面一层的一个小男孩,他说:"请你陪我到街上去好吗?那里躺着许多死人,帮我找找我的父亲吧。"我和他走出家门,宵禁的时间已经结束,但路上几乎没有行人。一场小雪染白了街道,覆盖了薄薄的一层,每隔十五或二十米,就躺着一些被枪杀的我们的军人。半夜他们被押解着穿过城市,那些落在后面的,敌人就冲着他们的后脑勺开枪射击。所有人

---

1 使奶力:德语 schnell 的音译,意为"快"。

都是脸朝下趴在地上。

小男孩没有力气翻转死人,他害怕看到里面有他的父亲。当时我就捕捉到了自己的一个念头,为什么面对死亡我没有一丝恐惧呢?我早已习惯了它。我把那些死人翻转过来,小男孩就查看每张面孔。就这样,我们穿过了整条街道……

从那时起……我就再也没有流过眼泪了……甚至可能是最应该落泪的时候,也没有。我不会哭了。整个战争期间我就哭了一次。那是当我们的游击队护士娜塔莎牺牲的时候……她喜欢诗歌,我也喜欢诗歌;她喜欢玫瑰,我也喜欢玫瑰,夏天我给她采了一大束野蔷薇。

有一次,她问我:"战争前你上到了几年级?"

"四年级……"

"等战争结束了,你要上苏沃洛夫军事学校吗?"

在战争前,我非常喜欢父亲的军装,我也梦想佩带着武器。但是我回答她,不,我不去军校。

死去的她躺在病房旁边的松枝上,我就坐在她的身边,哭泣。这是我看到死人后,第一次哭。

……我和妈妈重逢了……当我们见面的时候,她只是看着我,甚至没有抚摸我,她不停地重复着一句话:"是你吗?难道这是你?"

过了许多天,我们才能够互相讲述战争期间的遭遇……

"因为我们——是小女孩,而他——是小男孩……"

丽玛·波兹尼亚科娃(卡明斯卡娅),六岁。
现在是一名工人。

当时我正在幼儿园里……玩着布娃娃……

有人叫我:"爸爸来接你了。战争爆发了!"可我哪里都不想去,我只想玩,我哭了起来。

战争——是什么东西?是不是,它会杀死我?是不是,会把爸爸打死?当时还听到一个陌生的词——难民。妈妈给我们的脖子上拴了一只小袋子,里面装着我们的出生证和写有家庭地址的小纸条。如果被打死了,好让陌生人知道,我们是什么人。

我们走了很久很久。我们把爸爸弄丢了。我们都吓坏了。妈妈说,敌人把爸爸抓进了集中营,我们要去那里找爸爸。集中营是什么地方呢?我们收拾东西,准备吃的,这算什么食物啊?烧焦的苹果。我们的房子着火了,园子也烧了,挂在树上的苹果都被烧焦了,我们把它们摘下来吃。

集中营坐落在德罗兹达,在共青湖附近。现在已经属于明斯克了,而当时还是个村子。我记得黑色的铁丝网,人们也是全身黑色,所有人的面孔都相似。我们没有认出父亲,可他认出了我们。

169

他想抚摸一下我，可我不知为什么害怕地跑到了铁丝网边，扯着妈妈要回家。

什么时候爸爸回的家，怎么回的家，我不记得了。我只知道，他在磨坊上班，妈妈让我们去给他送午饭——我和小妹妹，托玛。托玛契卡长得个头很小，我比她高一些，已经戴着小乳罩了，在战争前有过那种儿童戴的胸罩。妈妈给我们一个装了食物的包袱，往我的乳罩里放上纸条。纸条很小，是从学生练习本上撕下来的，上面是她写的字。妈妈把我们领到大门口，哭着，教给我们："除了爸爸，不要靠近任何人。"然后，她站在那里，等着我们回来，直到看见我们好端端地返回为止。

我不记得恐惧……既然妈妈说，该去了，我们就去了。妈妈说了——这是最主要的。恐惧才不听妈妈的话呢，不按她的要求去做。我们的妈妈非常可爱。我们甚至不能想象，怎么可以不听她的话呢。

天气很冷，我们都爬到炕炉上，我们有一件大皮袄，我们都钻到皮袄下面。为了烧热炉子，我们甚至跑到车站去偷煤。我们跪着爬行，为了不让站岗的人看到，在地上爬，手指甲都要用力。弄回一小桶煤，而我们自己，都变得像掏烟囱的人，膝盖、手掌、鼻子和额头，都是黑乎乎的。

晚上大家都躺在一起，谁也不想一个人睡。我们有四个兄弟姐妹：我、两个妹妹，还有四岁的鲍里斯——妈妈认的干儿子。这是后来我们才知道的，鲍里斯是女地下工作者列丽·列文斯卡娅的儿子，她是妈妈的女朋友。当时妈妈跟我们说，有一个小男孩，他经常一个人留在家里，他非常害怕，他没有吃的。她希望我们能够接受他,喜欢他。我明白,这可不是简单的事,孩子们可能不会喜欢他。妈妈做得很聪明,不是她亲自领回的鲍里斯,而是派我们去把他领了回来:"你们去吧,把这个小男孩领回家来,和他好好相处。"我们就去了,把他领了回来。

鲍里斯有很多美丽的图画书,他把这些书也都带来了,我们帮他拿着。我们坐在炕炉上,他给我们讲故事。就这样,他让我们喜欢上了他,比亲兄弟还亲,因为他知道许多故事。我们在院子里对所有人说:"你们不要欺负他。"

我们都皮肤白皙,而鲍里斯的肤色黝黑。他的妈妈长着又粗又黑的发辫,她有一次来过我们家,送给了我一面小镜子。我把小镜子藏起来,我决定每天早晨起来都照照镜子,我也会长那么一条大辫子的。

我们在院子里跑来跑去,孩子们大声叫喊着:"谁家的鲍里斯?"

"我们家的。"

"可为什么你们长得那么白,他长得那么黑啊?"

"因为我们是小女孩,他是小男孩啊。"是妈妈教给我们这样回答的。

实际上,鲍里斯就已经是我们家的人了,因为他的妈妈被杀害了,爸爸也被杀害了,有人想把他送到种族隔离区去。我们已经从哪里听说了这个消息。我们的妈妈很害怕,希望他不被辨认出来,不被带走。我们去哪里,都会叫我们的妈妈为妈妈,而鲍里斯却叫阿姨。妈妈请求他说:"请叫我——妈妈。"给他一块面包。

他拿着面包,走到一边。说:"阿姨,谢谢。"

他脸上的泪水流啊,流啊……

"如果和德国男孩子玩,你就不是我的哥们儿……"

瓦夏·西卡廖夫-克尼亚泽夫,六岁。
现在是一名体育教练。

这是一个黎明……

射击开始了,父亲从床上跳起来,跑到门口,刚打开门,就喊叫了一声。我们以为他是被吓坏了,可他倒在了地上,一枚爆炸的子弹击中了他。

妈妈抓起一件不知什么衣服披上,没有点亮灯,因为射击还在持续。父亲在呻吟,翻转着身子。从窗外透进微弱的光线,照在他的脸上……

"躺到地板上。"妈妈说。

突然,她抽抽噎噎地哭了起来。我们呼喊着跑到她身边,我被父亲的鲜血滑了一跤,摔倒在地。我闻到了鲜血的气息,还有某种浓重的味道——父亲的肠子被打断了……

我记得一口长长的棺材,可父亲的个头并不高大。"为什么给他用这么大的棺材?"我心想。后来我想通了,父亲的伤势太重了,这样一来,他就不那么疼痛了。我也是这样跟邻居的小男孩解释的。

过了一段时间，也是一个清晨，德国人闯进我的家，抓住了我和妈妈。让我们站在工厂前的广场上，我们的父亲战前在这个工厂里上班（位于维捷布斯克州的斯莫罗夫卡村）。站在这里的，除了我们，还有两个游击队员家庭，孩子比成年人还要多。从妈妈那里得知，这是一大家子：五个兄弟、五个姐妹，他们都去参加了游击队。

他们开始打妈妈，整个村子的人都看着，他们在打妈妈，包括我们这些孩子。有一个女人一直往下按着我的脑袋："低下头，闭上眼睛。"而我挣脱开她的手，我看着……

村庄后面有一片长着树木的小山岗，他们留下孩子，把大人们带到了那里。我依偎着妈妈，而她推搡着我，叫喊："永别了，孩子们！"我记得，当妈妈飞落进土沟时，微风吹起了她的裙子……

我们的军队来了，我看见了佩戴着肩章的军官。这让我非常喜欢，我用桦树皮也给自己做了一对肩章，用煤炭画上横道。我把它们粘在自己的粗毛料上衣上，上衣是姨妈给我缝制的，我穿着一双树皮鞋——就这样去了，向伊万金大尉报告（我是从姨妈那里知道了他的姓氏），说自己叫瓦夏·西卡廖夫，想和他们一起去打德国鬼子。他们先是开玩笑，笑了一会儿，然后问姨妈我的父母在哪里。得知我是一名孤儿后，士兵们连夜为我用帐篷布缝制了一双皮靴，改短了一件军大衣，塞给了我一顶帽子、半个肩章。有人还给我鼓捣了一条军官才有的武装带。就这样，我成为第二百零三排雷小分队的孩子。指定我的任务是通信员。我非常卖力气，但我既不会写字，也不会读。我的妈妈还活着的时候，叔叔对我说："去铁路大桥那儿,数一数,那里有多少德国人。"我怎么数呢?他往我的衣服口袋里塞了一把麦粒,我数一个敌人,就把一粒麦粒从右边的口袋放到左边的口袋里。叔叔然后就数这些麦粒。

"战争是战争,可你应该学会读写。"党支书沙波什尼科夫对我说。

战士们搜罗来一些纸,他亲自为我做了一本练习簿,在上面写了乘法表和字母表,我学习,回答他的问题。他弄来一只装弹药的空箱子,翻过来,说:"写吧。"

在德国的时候,我们一起的已经有三个小孩了——瓦洛佳·波奇瓦德洛夫、维佳·巴利诺夫和我。瓦洛佳十四岁,维佳七岁,我当时是九岁。我们非常友好,就像亲兄弟一般,因为我们都是没有亲人的孤儿。

但是,有一次我看见,维佳·巴利诺夫和德国的小男孩们在一起玩"打仗"的游戏,还把自己的一顶带五角星的船形帽给了其中一个小孩,我立刻冲他喊叫了起来,他再也不是我的兄弟了!永远也不会是我的兄弟了!我掏出自己的战利品手枪,命令他跟着我回了部队驻地。在那里,我亲自把他关进了一个不知干什么用的贮藏间做禁闭室。他是列兵,我是下士,于是,我觉得自己按军衔比他高一些。

不知是谁把这件事告诉了伊万金大尉。他叫我过去:"列兵维佳·巴利诺夫在哪儿?"

"列兵巴利诺夫关在禁闭室。"我报告说。

大尉给我解释了很长时间,你们全都是好孩子,他们无论如何没有什么过错,俄罗斯和德国的孩子,战争快结束了,要友好相待。

战争结束了,上级给我颁发了三枚奖章:一枚是奖励抓捕盖世太保的,一枚是奖励攻克柏林的,第三枚是战胜德国的。我们的部队返回了日特科维奇,我们在这里扫除田野里的地雷。我偶然知道,我的哥哥还活着,住在维列依卡。在去苏沃洛夫军校途中我跑到了维列依卡。在那里找到了哥哥,姐姐很快也赶来与我们团聚,我们又有了一个家。在某个顶层阁楼上我们安置下来。当时食品短缺,等我穿上军服,佩戴好自己的三枚勋章后,我到了市执委会。我走进去。找到门牌上写着"主席"的门,我敲了门,走进去,像样地行了个军礼:"下士西卡廖夫前来申请国民保障事宜。"

主席微笑着,起身迎接我。

"你住在哪里?"他问道。

我说:"住在阁楼上。"我给了他地址。

傍晚的时候,有人给我们送来了一口袋卷心菜,又过了一天——送来了一口袋土豆。

有一天,主席在街头遇见了我,给了我个地址:"晚上来吧,有人在那里等着你。"

有一个女人出来迎接我,这是主席的妻子。她名叫尼娜·马克西莫夫娜,主席名叫阿列克谢·米哈依洛维奇。他们请我吃饭,我还洗了澡。我个头已经长了,军服显得小了,他们还给了我两件衬衫。

我开始去他家做客,起初去得很少,然后是经常去,最后是每

天去。警卫看见我,问:

"小伙子,这是戴的谁的勋章?你的父亲呢?"

"我没父亲了……"

看来必须得随身带证件了。

有一次,阿列克谢·米哈依洛维奇问我:"你想做我们的儿子吗?"

我回答:"想啊,太想了。"

他们就认了我做儿子,给了我个姓氏——克尼亚泽夫。

很长时间我都不能叫出"爸爸"和"妈妈"。尼娜·马克西莫夫娜立刻喜欢上了我,很疼爱我。如果弄到什么甜食,就专门为我留着。她想抚慰我,爱抚我。可我不太喜欢吃甜食,因为我从来都没有吃过。战争年代我们生活得很贫穷,已经习惯了军队里对战士的所有规定。我不是一个喜欢受爱抚的人,因为我已经很久没有接受过特别的爱抚了,都是住在男人堆里。我甚至连句温柔爱抚的话语也不知道。有一次深夜醒来,我听到尼娜·马克西莫夫娜在栅栏后哭泣。显然,她很早就在那里哭泣了,但是我没有看见,也没有听见。她哭泣,抱怨:他永远都不会像我们亲生的,他不能忘记自己的父母……自己的血统……他不像个孩子,他不懂得爱抚。我悄悄走到她跟前,搂住了她的脖子:"不要哭泣,妈妈。"她停止了哭泣,我看到她闪着泪光的眼睛。第一次我叫了她"妈妈"。又过了一段时间,我才开始称呼"爸爸"。只有一件事保留了一辈子,我称呼他们为"您"。

他们没有让我长成一个恋家的懒散男孩,为此我非常感激他们。我清楚自己的职责：我收拾房间，拍打擦脚的垫子，从板棚里抱木柴，放学后点着炉子。没有他们，我就不会受到高等教育。这是他们劝导我的，应该学习，战争结束后应该好好学习，要好好学习。

还在军队的时候，当时我们的部队驻扎在日特科维奇，指挥官就命令瓦洛佳·波奇瓦德洛夫、维佳·巴利诺夫和我一起学习。我们三个人坐在一张桌子前。二年级的时候我们都有了自己的武器，我们谁也不服。我们不想服从国民教师的命令：他怎么能命令我们呢，他又不穿军装？对于我们来说，只有指挥官才是权威。老师走进来，整个班级的学生都起立，可是我们还坐着不动。

"为什么你们坐着不动？"

"我们不会回答您的问题，我们只服从指挥官的命令。"

大课间休息的时候，我们让所有学生站成一排，进行队列练习，教给他们唱军歌。

校长找到了部队，向政委汇报我们的操行。我们被关进了禁闭室，受到降职处分。瓦洛佳·波奇瓦德洛夫曾经是上士——现在是中士，我是中士，成了下士，维佳·巴利诺夫是下士，成了上等兵。指挥官和我们每一个人都进行了一次长谈，开导我们，要好好学习。我们想练习射击，可他对我们说，你们应该上学。

但是，我们仍然佩戴着勋章去上学。我保留下来一张照片：我佩戴着勋章坐在课桌边，为我们的《少先队员报》画插图。

当我从学校里带回一个"五分"，从门口就喊叫："妈妈，五分！"

我已经很轻易就能叫出"妈妈"来了……

"我们甚至都忘了这个词……"

阿妮娅·古列维奇,两岁。
现在是一名无线电设计师。

不知道是我自己记得,还是妈妈后来告诉我的……

我们走在路上,我们走得很艰难,妈妈生病了,我和姐姐年龄还小:姐姐三岁,我两岁。我们怎么才能得救啊?

妈妈写了张纸条:姓氏、名字、出生日期,放到了我的小口袋中,对我说:"去吧。"她指给我一所房子。孩子们正在那里跑来跑去……她希望我能够转移到后方,和保育院一起撤退,她害怕我们大家都死掉。她想拯救我们中的任何一个人。我应该一个人走:如果妈妈带我去保育院,人们会把我们两个人都一起赶出来。他们只收养那些失去父母的孤儿,而我有妈妈。我的命运取决于我不要回头看,否则就不能离开妈妈,就像所有的孩子,搂着妈妈的脖子,哭得涕泗横流,谁也没有逼迫我留在保育院里。这都是我的命啊……

妈妈说:"你走过去,打开那扇门。"我于是就这样做了。但是这所保育院没有来得及撤离……

我记得一个大厅……自己的小床靠着墙壁,那里有许多许多这样的小床。我们自己把它们收拾得很整齐，非常认真。枕头应该总是放在一个地方。如果放得不是那样，女教导员会骂的，特别是当那些穿着黑色西服的叔叔们来看的时候。是警察还是德国人，我不知道，在记忆中——他们穿着黑色的西服。打没打过我们，我记不得了，只是心里一直有一种恐惧，就是害怕他们因为什么事会打死我。我也想不起我们玩过什么游戏……给过我们什么喜欢的东西……我们运动量很大——打扫卫生，清洗，但这是干活。在记忆中没有儿童的欢乐，欢笑……撒娇……都没有。

从来没有人爱抚过我们，但我没有因想念妈妈而哭过。和我在一起的小朋友们，谁都没有妈妈。我们甚至都想不起这个词，我们都忘了。

我们的伙食是这样的：一整天给我们的是一碗粥和一块面包。我不喜欢喝粥，把自己那一份给了一个小姑娘，而她把自己的那块面包给了我，这就是我们之间的友谊。谁对这个都没有注意，大家都挺好，直到我们的交换被一位女教导员发现。她处罚我，让我跪在一个角落里。我一个人在那里跪了很长时间。在空荡荡的大厅里……甚至后来，每当我听到"粥"这个词，都立刻想哭。等我长大成人后，我都不能明白：究竟是从哪里，究竟是为什么这个词给我带来这种厌恶？我忘记了保育院……

我已经十六岁了，不，也许，是十七岁……我遇到了自己保育院的一位女老师。一位坐在公共汽车上的女人……我看着她，她像磁铁一般吸引着我走到她跟前，我甚至都错过了自己的车站。我不认识这个女人，不记得她，但是我被她吸引了过去。终于忍不住哭了起来，我很生自己的气：唉，我怎么会这样？看着她，就像欣赏一幅图画，我什么时候看到过她，但是忘记了，我想再看看。对她有某种亲近的感觉，甚至觉得她就像妈妈……想与妈妈接近，可她是谁呢——我不知道。就是这种恼怒和泪水——瞬间从我的身心里奔涌出来！我转过身，走向出口，站着，哭。

女人看到了这一切，走近我，说："阿涅奇卡[1]，不要哭。"

我却因为这句话，泪水更加抑制不住。

"我不认识您。"

"你最好看看我！"

"真的，我不认识您。"我哭着说。

她把我带下汽车："你好好看看我，一切你都会想起来的。我是斯捷帕尼达·伊万诺夫娜……"

而我呆呆地站着："我不知道您啊。我从来没有遇到过您。"

"你记得保育院吗？"

"什么保育院？您，大概把我和什么人搞混了。"

"没有，你想想保育院……我是你的老师。"

"我的爸爸牺牲了，我有妈妈。什么保育院？"

我甚至忘记了保育院，因为我已经和妈妈一起生活了。这位女士轻轻地抚摸着我的头，可泪水仍像溪流般流淌不断。于是，她说：

"把我的电话给你吧……如果想了解自己的过去，就给我打个

---

[1] 阿妮娅的爱称。

电话。我清清楚楚记得你。你是我们那里最小的……"

她走了,可我站在原地,一动也不能动。当然,本来我应该追上她去,好好地询问一下,但我没有跑过去,没有追赶她。

为什么我没有这样做?我是个羞怯的人,非常腼腆,对于我来说,人——都是陌生的、危险的,我不会和任何人交谈。一个人一坐就是几个小时,自言自语。我对一切都充满了恐惧。

妈妈到了1946年才找到我……我当时八岁。她和姐姐被驱赶到了德国,在那里她们勉强幸存了下来。回国后,妈妈找遍了白俄罗斯的所有保育院,对找到我已经快要不抱任何希望了。而我就在不远的地方……明斯克。但是,我丢失了那张纸条,妈妈给我写的那张,他们给我登记的是另外一个姓名。妈妈在明斯克的保育院里查看了所有叫阿妮娅的小姑娘。她确定,我就是她的女儿,根据我的眼睛,还有高高的个头。有一周的时间,她都到这里来看我:她是不是阿涅奇卡呢?我的名字保留了原来的。当我看见妈妈,我的内心涌出一种莫名其妙的感觉,我没有任何原因地哭了起来。不,这不是对某种熟悉的事物的回忆,是另外一种感受……周围的人都说:"妈妈,这是你的妈妈。"在我面前打开了某个全新的世界——妈妈!一道神奇的大门敞开了……我对那些被称作"爸爸"和"妈妈"的人一无所知。我很害怕,而别的人都很高兴。大家都冲着我微笑。

妈妈招呼来了我们战争前的邻居:"请从里面找出我的阿涅奇卡。"

女邻居立刻就指出了我:"这就是你的阿涅奇卡!不用再怀疑

了，领走吧，和你一样的眼睛、一样的脸庞……"

傍晚的时候，女保育员找到我说："明天你就要被领回家了，你就要走啦。"

我感到非常害怕……

早晨，他们给我洗了澡，穿上衣服，我从所有人那里都感受到了温柔。我们爱发火的老保姆也在对我微笑。我明白，这是我和他们的最后一天了，他们在和我道别。突然我哪里都不想去了。妈妈带来的衣服，都给我换上了：妈妈的皮鞋、妈妈的连衣裙，因为这些，我已经与自己保育院中的朋友们区别开来了……我站在他们中间——就像是陌生人。他们看着我，好像第一次看见我。

在家里印象最深刻的东西是无线电广播。当时还没有收音机，在角落里挂着个黑色的盘子，从那里面发出声音。每分钟我都在盯着它，吃饭的时候，往那边看着，躺下睡觉的时候往那边看着。那些人是从哪里来的，他们怎么挤到里面去的？谁也不能跟我解释，要知道我的性格很孤僻。在保育院，我和托玛奇卡交上了朋友，我喜欢她，她很活泼，经常微笑，而谁也不喜欢我，因为我从来都不笑。我到了十五六岁才开始微笑。在学校里我隐藏起了笑容，为了不让人看到。要是微笑的话，我觉得害羞。我甚至不会和女孩子们交流，她们在课间休息的时候随便聊天，我却什么都不会说，呆坐着，一言不发。

妈妈从保育院把我接回家，过了两天，是星期日，我和她去市场。我在那里看到了一名警察，就歇斯底里地跑开，叫喊着："妈妈，德国人！"——撒开腿就飞跑。

妈妈追赶着我，人们为我让路，而我全身颤抖地喊叫着："德国人！"

这之后，我有两天没有到街上去。妈妈跟我解释，说那是警察，他保护我们，维护街上的秩序，却没办法说服我。无论如何都不行……德国人穿着黑色的大衣到过我们保育院……真的，当时他们抽了血，他们把我们分别带到单独的房间里，他们穿着白色大褂，但是白大褂我不记得了，我只记得他们穿着军装……

在家里，我对姐姐也不习惯。本来应该是亲热的姐妹，可我在生命中第一次看到她，她为什么就是我的姐姐呢。妈妈整天上班。早晨我们醒来，她已经不在家了，炉子上放着两只瓦罐，我们自己盛粥喝。一整天我都等着妈妈——就像等待非同寻常的事情，像是等待某种幸福的来临。可她回来得都很晚，我们都已经睡着了。

我不知从哪里找到了一个坏了的玩具娃娃，头是玩具娃娃的头。我很喜欢它。这是我的快乐，从早到晚都抱着它。这是我唯一的玩具。我幻想有一个球。我到院子里去，孩子们都有球，用专门的网袋装着，它们就是这样带着网袋卖的。我请求他们，给我玩一会儿。

十八岁的时候，我给自己买了一个球，用自己在钟表厂第一个月的工资，理想实现了。我把球带回家，带着网兜一起挂在格子柜上。我不好意思带着它到院子里去，我已经长大了，我坐在家里，看着它。

过了许多年，我打算去找斯捷帕尼达·伊万诺夫娜。一个人去犹豫不决，但是丈夫支持我："我们两个人一起去吧。你为什么不想知道自己的过去呢？"

"难道我不想？我是害怕……"

我拨通了她家的电话，听到的回答是："斯捷帕尼达·伊万诺夫娜·杰久里亚去世了……"

我不能原谅自己……

"你们都该去前线,却在这儿爱我妈妈……"

雅妮娅·切尔尼娜,十二岁。

现在是一名教师。

平常的一天……这一天的开始与往常没什么两样……

但是,当我坐到有轨电车上,人们已经是议论纷纷了:"太可怕了!太可怕了!"——可我什么都不明白,不知道发生了什么事。我跑回家,看到自己的妈妈,她在和面,泪水雨点般从她的眼睛里流淌出来。我问:"出了什么事?"她告诉我:"战争爆发了!轰炸了明斯克……"我们最近几天才从明斯克回到罗斯托夫,我们去姨妈家做客了。

9月1日,我们仍然去上学,到了9月10日学校就关闭了。罗斯托夫开始疏散居民。妈妈说,我们应该收拾东西,准备上路,我不同意:"为什么要疏散呢?"我到了共青团区委,请求他们尽快吸收我加入共青团。他们拒绝了我,因为吸收的团员需要满十四周岁,而我只有十二岁。我以为,如果加入了共青团,就能够参加一切活动,立刻就成了大人。我就能到前线去。我和妈妈坐上火车,我们随身带了一只皮箱,里面装着两个布娃娃:一个大的,一个小的。我记得,当我把它们放进去的时候,妈妈甚至都没有反对。到后来这两个布娃娃救了我们,我一会儿再说……

我们抵达了高加索车站,火车遇到了轰炸。人们都趴到了一个露天的站台上。往哪里去,搞不清楚。人们只知道:我们在离前线越来越远,离战场越来越远。下着雨,妈妈用自己的身体为我遮蔽风雨。在巴库近郊的巴拉扎拉车站,火车喷吐着潮湿而浓黑的蒸气。人们都很饥饿。战前我们生活得就很清贫,非常清贫,我们家里没有一件好东西可以拿到市场,去交换或出售,妈妈随身带的只有一本护照。我们坐在车站里,不知道怎么办。去哪里呢?一个士兵走过来,不是士兵,而是小兵,年龄很小,皮肤黝黑,肩膀上挎着背包,绑着小饭锅。看得出,他刚刚参军不久,他正要去前线。他在我们旁边站住,我靠紧了妈妈。他问:"女士,你去哪里?"

妈妈回答:"不知道,我们是撤离的难民。"

他说的是俄语,但地方口音很浓重:"不要担心我们,你们到村子里找我妈妈吧。我们全家都被征兵入伍了:我们的父亲、我、两个兄弟。就剩下她一个人在家。去帮帮她,你们可以一起生活。等我打仗回来,我就娶你的女儿。"

他说了自己家的地址,没有东西可以写下来,我们就记住了:叶夫拉赫车站,卡赫区,库姆村,穆萨耶夫·穆萨。这个地址我记了一辈子,虽然我们没有到那里去。一位孤身的女人收留了我们,她住在一个胶合板子搭建的临时小房子里,里面只放得下一张床和一个小凳子。我们是这样睡觉的:我们的头冲着过道,把双腿伸到床底下。

我们有幸遇到了不少好人……

我忘不了，有一个军人走到妈妈跟前，我们聊了会儿天，他说，他全家人在克拉斯诺达尔都死了，他要去前线。同志们喊叫他，招呼他上军用列车，可是他站着，舍不得离开我们。

"看得出，你们很穷，请允许我把自己的军人证书留给你们吧，我一个亲人也没有了。"他突然说了这么一句话。

妈妈哭了起来。我却按自己的意思理解，冲着他喊叫："正在打仗……您全家人都死了，您应该去前线，向法西斯分子复仇，可是您却在这里爱我的妈妈。您真不觉得害臊！"

他们两个人站在那里，他们的眼里都流着泪，而我不明白，为什么我这么善良的妈妈可以和这样的坏人聊天：他不想去前线，他诉说自己的爱情，要知道爱情只有在和平时期才会有。为什么我觉得他是在谈恋爱？要知道，他的话里提到了他的尉官证……

我还想说说塔什干的事……塔什干——这是我的战场。我们住在工厂的宿舍里，妈妈在那里上班。它位于市中心，让人们住在工厂的俱乐部里。在前厅和观众席里住的是一家一家的，而在舞台上，住的是——光棍儿们，人们称呼他们是光棍儿，实际上他们都是些工人，他们的家人都疏散走了。我和妈妈住的地方在观众席的一个角落里。

发给了我们土豆供给证，妈妈从清晨到深夜都在工厂上班，我需要去领取这些土豆。排半天的队，然后把一袋土豆拖在地上，走四五个街区，我背不动这些土豆。不让小孩坐公交车，因为正在闹流感，宣布所有人都要检疫。正好是这些日子……太不像话了——

不让我坐公共汽车。在离我们的宿舍还剩下一条马路时,我的力气都用完了,倒在口袋上,大哭了起来。陌生的人们过来帮忙——把我和土豆送回了宿舍。到现在我都能感觉到那种沉重。每一个街区……我不能丢掉土豆,这是我们的命根子。就算是我死了,也不能扔掉土豆。妈妈下班回来,非常饥饿,脸色发青。

我们饿着肚子,妈妈甚至瘦得和我一样了。我心想,我也应该帮助下妈妈,不能把我抛开。可是我们几乎什么都没有,我决定卖掉我们唯一的一条绒布被子,用这些钱买些面包。可是禁止孩子们买卖,警察把我带到了一个儿童室。我坐在那里,等他们通知上班的妈妈。妈妈换班后来了,把我领回家,我因为羞耻而痛哭,还因为妈妈在挨饿,可家里一块面包也没有了。妈妈得了支气管哮喘,深夜里咳嗽得厉害,喘不过气来。她要是能吃一口碎面包渣儿,也会变得好受些。我总是在枕头底下为她藏起一块面包。我觉得,我已经睡着了,但是仍然记得,枕头底下还放着一块面包,我非常想吃掉它。

我背着妈妈偷偷地去工厂里找活儿干。可我那么小,典型的营养不良症患者,他们不想要我。我站在那里,哭。有人觉得我可怜,就把我领到车间会计室:给工人们填写派工单,计算工资。我用打字机工作,它的样子就像现在的计算机。现在的计算机工作起来没有声音,而当时它简直像拖拉机,不知为什么工作的时候还必须亮着电灯。十二个小时的工作把我的脑袋烤得像火热的太阳,因为打字机的嗡嗡作响,一天下来,我耳朵都聋了。

我遇到了一件非常可怕的事:给一个工人的工资应该是 280 卢

布，可是我却算成了 80 卢布。他有六个孩子，在发工资之前，谁也没有发现我的错误。那天我听见，有人在走廊里跑动，叫喊："我要杀了她！我要杀了她！我拿什么来养活孩子？"

人们跟我说："快藏起来，大概，这是冲你来的。"

门打开了，我紧贴着打字机，没地方躲藏。冲进来一个高大的男人，手里拎着一把沉家伙："她在哪里？"

有人指着我说："她在那儿……"

他看了一眼我，往墙壁退了几步。

"呸！不值得杀，她自己都这样啦。"他转回身，走了。

我倒在打字机上，大哭了起来……

妈妈在这个工厂的技术检验车间上班。我们的工厂为"喀秋莎火炮"制造弹药，炮弹有两种规格——十六公斤的和八公斤的。要在高压下检验炮弹外壳的结实程度。需要把炮弹抬起，固定好，加到一定数量的气压。如果外壳质量好，就把它取下来，装进箱子。如果质量不合格，卡扣承受不住，炮弹就会轰响着飞出去，飞向上面的车间顶棚，然后掉到不知什么地方。当炮弹飞出去后，那种轰响与恐惧……所有人都吓得钻到车床下面……

妈妈每天深夜都会在睡梦中惊醒，喊叫。我就搂着她，她这才安静下来。

眼看就到了 1943 年的年末……我们的军队早就反击了。我明白，我需要上学。我去找厂长。在他的办公室里放着一张很高大的桌子，从那张桌子后面几乎看不到我。我就开始说提前准备好的话："我想辞职，我要上学。"

厂长发火了:"我们谁也不辞退。现在是战争期间。"

"我总出错,就像个没文化的人。不久前我就给一个人算错了工资。"

"你能学会的。我们这里人手不够。"

"战争结束后,需要的是有文化的人,而不是没受过教育的人。"

"哎呀,你啊,真是倔头啊,"厂长从桌子后站起来,"你什么都懂!"

我上了六年级。在上文学和历史课时,老师给我们讲课,我们边坐着听讲,边给军人们织袜子、手闷子、荷包。我们边织,边学诗,齐声朗诵普希金的诗。

我们等到了战争结束,这是多么期盼的理想啊,我和妈妈甚至害怕提到这一天。妈妈在工厂上班,我们这里来了一位全权负责人,问大家:"你们可以为国防基金奉献什么?"他们也问了我。我们有什么呢?我们什么也没有了,除了几张债券,妈妈很珍视它们。大家都给了些什么,我们怎么能不献出去呢?!我就把所有的债券都献了出去。

我记得,妈妈下班回到家,她没有训斥我,她只是说:"这是我们全部的家当,除了你的娃娃。"

我也跟自己的娃娃告别了……妈妈丢失了面包月票,我们处在死亡的边缘。在我的头脑里冒出了一个拯救我们的念头,用我的两个布娃娃换些什么吧——大的和小的。我拿着它们到了集市上。一个乌兹别克老头走到我跟前问道:"多少钱?"我们说,我们要坚持生活一个月,我们的票证没有了。乌兹别克老头给了我们一普特大米。就这样，我们没有被饿死。妈妈发誓："等我们回到家后，我要给你买两个漂亮的布娃娃。"

等我们返回罗斯托夫，她没有给我买布娃娃，我们再一次过着穷困的生活。当我大学毕业的时候她给我买了。两个布娃娃——一个大的，一个小的……

"最后,他们大声叫喊着自己的名字……"

阿尔图尔·库泽耶夫,十岁。

现在是宾馆负责人。

有人敲响了钟。敲啊,不停地敲……

我们这里的教堂早已关闭了,我甚至不记得,它是什么时候关闭的,那里一直是农庄的仓库。人们在里面储存粮食。听到早已哑了很久的钟声突然响起,整个村子吓呆了:"坏事了!"妈妈啊……大家都跑到了街上……

战争就这样开始了……

到现在闭上眼睛……我还会看见……

三个红军战士被押解着走在大街上,他们的双手都被捆绑在背后,他们都只穿着裤子。两个年轻人,一个上岁数的。他们低着头,向前走着。

他们在学校附近被枪杀了,在大路上。

最后时刻,他们开始大声叫喊自己的姓名,希望有人能够听见,记住,将来转告给他们的亲人。

我透过栅栏的缝隙看见了……我记住了……

一个人——叫瓦涅契卡·巴拉依,第二个人叫——罗曼·尼科诺夫。而那个上了年纪的人，喊的是："斯大林同志——万岁！"

当时，这条道路上正在过汽车，一辆辆沉重的德国大卡车。而他们躺在那里……装着士兵和军事物资的卡车从他们身上轧了过去，后面跟着的是摩托车队。德国人的汽车一辆接一辆地疾驰过去。夜以继日，许多天。

而我不断重复着……深夜醒来后……我也会重复：瓦涅契卡·巴拉依、罗曼·尼科诺夫……第三个人姓什么我不知道……

"我们四个人都套在这个小雪橇上……"

季娜·普利霍契科,四岁。
现在是一名工人。

敌人在轰炸……大地在颤抖,我们的房子在颤抖……

我们的房子不大,有一个小花园。我们躲藏在房子里,关紧了护窗板。我们四个人坐在一起:我的两个姐妹、我和我们的妈妈。妈妈说,她关好了护窗板,现在不可怕了。我们也觉得她说得对,不那么可怕了,可心里还是害怕,但不想让妈妈难过。

……

我们跟在一辆大车后面走,后来,有人把我们小孩子抱上车,坐到了一个角落里。不知为什么,我觉得,如果我睡着了,就会被打死,于是尽量不闭眼,可眼睛自己就闭上了。当时我和姐姐就商量,我先闭上眼睛,睡一会儿,为了不被打死,她负责警戒,然后她睡觉,由我来值班守卫。但是,我们两个都睡着了。我们被妈妈的叫喊声吵醒了:"别害怕!别害怕!"前面有射击声。人们大喊大叫……妈妈让我们低下头。可我们想看看……

射击停止了,我们继续往前走。我看见,在道路旁边的沟渠里躺着许多人,我问妈妈:"这些人在干什么?"

"他们在睡觉。"妈妈回答。

"那为什么他们在沟里睡觉呢?"

"因为打仗了。"

"就是说,我们也要在沟里睡觉吗?可我不想在沟里睡觉。"我耍起脾气来了。

直到看见妈妈的眼睛里涌满了泪水,我才停止了任性。

我们往哪里走,我们往哪里去,当然,我不知道,我也不明白。我只记得一些词语——阿扎里奇和电线,妈妈不允许我靠近它们。战争结束后我才知道,我们被抓进了阿扎里奇集中营。我后来甚至去那里看过,到过那个地方。现在你还能看到什么呢?荒草、野地……一切都很平常。如果有什么东西还留下来,那只能是在我们的记忆中……

当我讲述这些的时候,我会咬着手指,直到流血,为了不让自己哭出来……

他们不知要把妈妈带到哪里去,把她扔到地上。我爬向她,我记得,是爬过去的,而不是走过去的。我们叫唤着:"妈妈!妈妈!"我请求着:"妈妈,不要睡着!"而我们已经全身是血,因为妈妈倒在一片血泊中。我想,我们当时并不明白,这是血,血是什么东西,我们觉得这是什么可怕的东西。

每天都来一些汽车,让人们坐到上面,开走了。我们问妈妈:"妈咪啊,我们也坐上车走吧。可能它去的方向,正好是外婆住的地方?"

为什么我们想起外婆来了?因为妈妈经常对我们说,离这里不远，就住着我们的外婆，她还不知道，我们就在这里。她以为，我们还住在戈梅拉。妈妈不想坐车，每次她都把我们从车边拉开。而我们在哭泣，请求，劝说。在一个早晨，她同意了……这时已经是冬天，我们都冻僵了……我咬着自己的手，好不让自己哭出来，我不能不哭……

我们坐车走了很长时间，有人告诉了妈妈，也可能是她自己猜到了，他们拉着我们要去枪决。当汽车停下来，命令大家下车。那里有一个小村庄，妈妈问押解人员："可不可以喝点水？孩子们渴了，想喝水。"他允许我们走进一户人家。我们走到房子前，女主人给了我们一大杯子水。妈妈喝了一小口，喝得很慢，我想："我这么饿，想吃东西，为什么妈妈却想喝水呢？"妈妈喝了一杯水，请求喝第二杯。女主人叹息一声，又给了她一杯水，说："为什么每天早晨都往森林里带这么多人啊，去了，就没有一个回来。"

"您家有第二个门吗，让我们离开这里？"妈妈问。

女主人用手一指——有。她家的一扇门朝着街道，而第二扇门冲着后院。我们逃出这间房子，向前爬。我觉得，我们不是走着，而是爬向我们外婆家的。怎么爬的，爬了多久，我不记得。

外婆把我们放到热炕炉上，让妈妈躺到床上。早晨，妈妈就奄奄一息了。我们傻呆呆地坐着，不明白怎么回事：妈妈怎么会死呢？爸爸不在，她怎能把我们扔下？我记得，妈妈把我们叫到身边，微笑着说："永远都不要吵架啊，孩子们。"

我们为什么要吵架呢？为了什么？什么玩具都没有。我们有一个大石头娃娃,没有糖果。没有妈妈听我们的抱怨了。

早晨,外婆用一条白色大床单包裹起妈妈,把她放到一个雪橇上。我们四个人都套在这辆雪橇上拉着……

对不起……我不能再说下去了……我要哭了……

"这两个小男孩变得很轻,像麻雀一样……"

拉雅·伊林科夫斯卡娅,十四岁。
现在是一名逻辑学教师。

我不会忘记,在故乡叶里斯克椴树散发出的芬芳……

在战争年代,战前的一切都成了世界上最美好的。在我的记忆里就这样永远地保留了下来,关于那时的一切。

我们从叶里斯克撤离——有妈妈、我和弟弟。我们停在了沃罗涅什郊外的戈里巴诺夫卡村,想在那里等待战争的结束,但是刚到那里没过几天,德国人就逼近了沃罗涅什,紧跟着我们的脚步就到了。

我们坐上了运货列车,有人告诉我们,把所有人都拉到遥远的东方去。妈妈这样安抚我:"那里有许多水果。"我们坐了很久,因为要经常停靠在备用道路上。停在哪里,停多长时间,我们不知道,为了弄到水,要冒着很大危险等在车站上。我们点起了小铁炉子,为整个车厢的人们在上面用水桶熬小麦粥。走了多久,就吃了多久这种粥。

火车停靠在了库尔干-丘别车站。安基让市的郊外……陌生的自然风光使我惊讶不已,它们让我如此震惊,甚至在某段时间都忘记了战争。到处鲜花盛开，芳香弥漫，阳光充足。我又变得活泼开朗了。一切都返回到了我的身上，所有先前的一切。人们把我们领到了"克兹尔尤尔"集体农庄。虽然过去了很长时间，但这个名字我至今仍然清楚地记得。甚至我自己都感到惊讶，竟然没有忘记。我记得，当时学着重复这个陌生的词语。我们住在学校的体育厅里，一起住的有八个家庭。当地的居民给我们送来了被子和枕头。乌兹别克的被子是用各种颜色的布块缝制的，枕头里塞的是棉花。我很快学会了拾干棉花枝——用它们来烧火做饭。

我们没有立刻明白，这里也有战争。乌兹别克人给了我们不多的面粉，那么少，只够吃很短的时间。开始挨饿。乌兹别克人也在挨饿。我和乌兹别克的男孩子们跑着，追赶驼队，幸运的话，车队里会掉下些什么东西来。最高兴的事，对于我们来说，是油粕、亚麻籽饼，而棉花籽油粕很坚硬，黄色的，就像豌豆饼。

弟弟瓦季克六岁，我们把他一个人留在家里，我和妈妈到农庄去干活。我们给水稻培土，拾棉花。开始不习惯，我的双手酸痛，疼得深夜都不能入睡。晚上我和妈妈回到家，瓦季克飞跑着来迎接我们，他肩膀拴的绳子上吊着三只麻雀，他的手里拿着把弹弓。他把自己首战告捷的"猎物"已经在小河里清洗干净了，我们等着妈妈，马上煮汤喝。都饿成了这样！我和妈妈边喝汤，边说，麻雀都瘦成这样了，煮的汤也没有一点油星。饭锅的旁边只有弟弟幸福的眼睛在闪光。

他和乌兹别克小男孩交上了朋友，有一天，小男孩和自己的奶奶来看望我们。奶奶看着小男孩们，摇着头，对妈妈说了些什么。妈妈不明白，但是这时工作队长走了进来，他懂俄语，他给我们翻译说："她和自己的神，自己的安拉说过了。她向他抱怨，战争——是男人的事，战士的事。为什么让孩子们受罪？他怎么能让这两个孩子瘦小得像麻雀一样，就像他们用弹弓打下来的那些麻雀一样？"奶奶往桌子上撒下一把金黄色的杏干——干硬、甘甜，就像糖块！可以长时间把它们含在嘴里吸吮，咬下一小块来，然后砸碎果壳，吃下里面闪光的杏仁。她的孙子看着这些杏干，他的眼神也是饥饿的，燃烧一般！妈妈很伤感，奶奶抚摸着她的手，安慰她，把孙子搂到自己身边。"他总会有一茶碗卡杰克吃，因为他在家里住，和奶奶住在一起。"工作队长翻译说，卡杰克是一种酸羊奶。我和弟弟，我们在后方疏散了很长时间，什么可口的吃食都没有。

　　他们走了，奶奶和小男孩，我们坐在桌子边，三口人。谁也没有第一个伸出手，去拿那些金黄的杏干……

"我很害羞,因为我穿的是小女孩的皮鞋……"
马尔林·罗别奇科夫,十一岁。
现在是市委部门主任。

我从树上看到了战争……

大人们不允许我们上树,但我们还是爬到了树上,从高高的枞树上观看飞机空战。当我们的飞机中弹起火,我们都哭了,却没有害怕,仿佛是在看电影。在第二天,还是第三天,我们被集合起来,排成一列横队,校长宣称,我们的少先队员夏令营需要撤离。我们已经知道,明斯克被轰炸烧毁了,人们不会把我们运送回家,而是要转移到远离战场的某个地方。

我想说说,我们是怎么收拾行装上路的……命令我们带上皮箱,只允许往里面放生活必需品:背心、衬衫、袜子、手帕。我们打好包,每个人都折叠好红领巾,放在最上面。少年的头脑中勾勒出这样一幅画面:德国人要是遇到我们,他们打开皮箱,一眼就能看到里面放的是红领巾。我们会向他们复仇……

我们的队伍比战争的速度还快。我们绕过了战争……在停靠的那些车站上,人们对战争还一无所知,还没有看到过战争。而我们这些孩子,讲述了飞机空战的事。但是,越往远离家乡的方向走，我们越期待父母能来领走我们，有许多人的父母已经不在人世了，我们却没有怀疑。这样的想法还都没有出现在我们的头脑中。我们说起战争，还是以和平儿童的身份。我们从和平的生活中来。我们从火车上被转运到了"巴黎公社"号轮船上，沿伏尔加河行驶。半个月，我们都在路上，大家一次都没有脱下衣服睡过觉。在轮船上，我第一次脱下运动鞋，人们同意了我们这样做。我有一双系带子的胶皮鞋。当我把它们脱下来，散发出的味道简直难以忍受！洗啊刷啊，最后还是扔掉了。我是光着脚走到赫瓦雷恩斯克的。

到这里的人很多，人们为我们建造了两座白俄罗斯儿童之家，在第一座房子里，是小学生，第二座房子中住的是学前儿童。为什么我知道这个？因为那些需要和哥哥或姐姐分开住的孩子哭得很厉害，特别是那些年龄小的，害怕失去亲人。我们在少先队员夏令营的时候，父母不在身边，我们都很兴奋，像是在做游戏，可现在我们都害怕了。有家的孩子，习惯了依赖父母，习惯了温情。我的妈妈总是每天早晨叫醒我，在晚上睡觉时亲吻我。我们住的旁边是保育院，那里住的是真正的孤儿，我们和他们还是有很大区别的。他们习惯了没有父母的生活，而我们也应该习惯这些。

我想起了1943年吃的食物：一天给一勺牛奶、一块面包，煮甜菜，夏天是西瓜皮熬的汤。我们看了电影纪录片《三月四月》，片子讲的是，我们的侦察员怎么用桦树皮熬粥喝。我们的小女孩也都学会了熬桦树皮粥。

秋天的时候，我们自己储备好了木柴，每个人都有定额——一立方。树林在山上。先把树木放倒，把四周削平，然后锯成一米来长的木块，堆放起来。额度是按照成年人的标准定的，而女孩们也给我们帮忙，她们比我们男孩还能干。在家里，我们从来没有锯过木头，因为都是城市人，而在这里需要锯开粗木桩，要劈柴。

我们都饿得厉害，无论是白天还是夜晚，干活的时候，还是在睡梦中，都想吃东西。特别是在冬天。我们从保育院跑到军营，战士们经常能给我们一碗汤喝。但是我们人太多了，那里也不能给所有人管饱。你要是来得及第一个的话——还能吃上点什么，要是晚一步——什么也剩不下。我有个朋友米什卡·切尔卡索夫。我们坐在一起，他说："如果知道二十公里外的地方能给我们一碗粥喝，我们也会跑过去的。"院子里是零下三十摄氏度的气温，他穿上衣服，向军营跑去。向士兵乞求给点吃的，他们说，还有一点汤，快跑，去拿个小锅来。他跑到街上，看到从相邻的院子里也来了些孩子，如果他跑去拿小锅，就什么也留不下了。

他返身跑回去，对士兵说："倒吧！"他摘下帽子代替小锅，伸给士兵。看着他决心已定的样子，士兵拿起帽子，给他倒了整整一锅粥。米什卡英雄般地走过保育院孩子们身边，他们什么也没得到。他跑回到了我们的保育院。他的耳朵冻僵了，但是他弄回了汤，帽子里面都已经不是汤了，而是满满一帽子的冻疙瘩。他把这个冻疙瘩倒在盘子里，谁也没有等待加热再吃，就这样吃了下去，小女孩们给米什卡搓耳朵。他的脸上闪烁着快乐，是他给大家弄回来的，甚至没有第一个去吃！

对于我们来说，最可口的食物是油粕，我们按照好吃的程度把它们分成了几个级别，有一种是向日葵籽的油粕。我们采取了一个"油渣饼"行动。几个人爬到机器上，用手扫下些油渣，另外几个人收集。等回到保育院，虽然都冻得浑身青紫，但是却吃饱了。当然，还有夏天和秋天的集市！到那时我们的日子就好过多了。品尝到很多东西：向这个人要一块苹果，向另一个人要一块西红柿。偷点什么东西在集市上卖，也不是什么丢人的事儿，相反——被看成是英雄行为！偷些什么，我们无所谓，只要是能吃就行，至于是什么，这不重要。

油脂工厂厂长的儿子在我们班上学。孩子就是孩子，我们一边坐着上课，一边玩"海战"的游戏。他吃的是有向日葵油的面包，香味弥漫了整个教室。

我们小声商量，向他挥挥拳头，意思是，不给吃，就甭想上课……

我们突然发现——女老师不见了，我们看到——她躺在了地板上。她饿坏了，也闻到了这种香味，就摔倒，昏厥了过去。我们的女孩把她送回家，她和母亲一起生活。晚上我们商量决定，从这一天开始，每人每天留下一点点面包给女老师。她本人都不知道，我们是悄悄带给了她的母亲，并且请求她，不要提起这件事。

我们有自己的菜园和果园。果园里长着苹果，菜园里种的是白菜、胡萝卜、红甜菜。我们几个人守护它们，轮流值班。换班的时候，要把所有的都数清楚：每一棵白菜，每一根胡萝卜。深夜，你会想："要是半夜里再长出一根胡萝卜来多好啊。还没来得及登记到清单上，就可以吃掉了。"如果胡萝卜已经登记在册了，上帝保佑，千万别弄丢了，那样就太丢人了！

我们坐在菜园里，周围都是吃的，而我们却在忍受着饥饿。太想吃东西了。有一次，我和一个稍微比我大些的小男孩一起值守。他的头脑里冒出一个好主意："你看，奶牛在吃草……"

"怎么了？"

"傻瓜！你难道不知道，有一条规定，如果私人的奶牛在国营的地盘上放牧吃草，就要把奶牛收缴，或者是处罚主人，罚款？"

"它在草地上吃草呢。"

"你看看，它拴着了吗？"

于是，他说出了自己的主意：我们把牛牵过来，牵到自己的菜园里，拴好。然后我们去找主人。于是我们就这样做了：把牛牵到我们保育院的菜园里，拴好。我的同伴跑到了村里，找到了主人，告诉她，是这么一回事，您家的牛现在在国营的菜园里，而您知道这是有明文规定的……

我不想……现在我还怀疑，主人会相信我们，会害怕，但她可怜我们，看到我们饿坏了。商量后决定：我们给她放牛，她为答谢我们，给我们一些土豆。

我们有一个小姑娘病了，需要给她输血，但是整个保育院里没有人可以献血。您怎么想？

理想？就是上前线。我们几个小男孩聚集在一起，最调皮捣蛋的，决定逃跑。我们很幸运，有一位军乐团的指挥，戈尔杰耶夫大尉。他选了四个有音乐天赋的男孩，其中就有我。就这样我参加了战争。整个保育院的人为我们送行。我没有什么可以穿戴的,一个小姑娘把自己的水兵服给了我,另外一个小姑娘有两双皮鞋,她把其中的一双给了我……

我就这样去了前线。最让我感到害羞的是,我的鞋子是小女孩的……

"我喊啊，喊啊……不能停下来……"

柳达·安德烈耶娃，五岁。

现在是一名检验员。

战争给我留下的印象，就像火焰一般……它燃烧着，燃烧着。没完没了……

小孩子们都聚集在一起，您知道，我们说什么？在战争前我们喜欢白面包和茶，这些都不会再有了。

我们的妈妈经常哭泣，每天她们都哭……所以我们就尽量少哭，比和平的年代要少哭，尽量少撒娇耍赖。

我知道，我的妈妈既年轻，又漂亮，别的孩子的妈妈要老一些，但是在我五岁的时候，就知道了，对于我们来说，妈妈又年轻又漂亮，是不好的。这很危险。在我五岁时我就明白了……甚至我还明白，我很小——这也很好。一个小孩子怎么会明白这些问题？并没有人给我解释过这些……

过了几年……我都害怕回忆起这些往事……甚至不愿意触及……

在我们家附近停下了一辆德国人的汽车，它不是专门停下的，是坏了。士兵走进我们家，把我和奶奶赶到了另外一个房间，留下妈妈给他们帮忙，烧开水，做晚饭。他们大声地说话，我觉得，他们不是在相互交谈，大笑，而是在冲着我的妈妈叫喊。

天黑下来，已经是晚上了，深夜了。突然妈妈跑进房间，抱起我，跑到了大街上。我们家没有花园，院子里空空的，我们跑着，我们不知道，躲藏到哪里。爬到了汽车下面。他们从院子里出来，寻找我们，打着手电筒。妈妈躺在我的上面，我听见，她的上牙敲打着下牙，这是冷的缘故。她全身冰凉。

早晨，德国人离开后，我们回到了家……奶奶躺在床上……全身绑着绳子……赤身裸体！奶奶，我的奶奶！由于恐惧……由于害怕我叫喊了起来。妈妈把我赶到了街上。我喊啊，喊啊……不能停下来……

过了很久我都怕汽车。只要是听到马达声，我就开始全身发抖。战争已经结束了，我已经去上学了……当我看见，无轨电车开过来，我会吓得手足无措，上牙打下牙，全身颤抖。我们班级里一共有三个人，被德国敌人占领时带来的影响所折磨。一个小男孩害怕飞机的引擎声。春天天气暖和的时候，女教师打开了窗户……响起了飞机的引擎声……或者是汽车发动声……我和这个小男孩就惊慌地睁大眼睛，瞳孔放大，我们都吓傻了。而那些被转移到后方的孩子，都会嘲笑我们。

第一次胜利阅兵式……人们都跑到了街上，而我和妈妈躲藏到了一个坑里。我们蹲在里面，直到领导们来了，告诉我们："快钻出来——不是战争，是在庆祝胜利日。"

我很想要儿童玩具！希望有童年……我们弄来一块砖头，把它当成娃娃。或者把年龄最小的孩子，指定他来当娃娃。如果今天我看见沙子里有彩色的玻璃，我都想把它们捡起来。对于我来说，它们都是非常漂亮的。

我长大了……不知谁说过："你多漂亮啊，就像你的妈妈。"我听了不会高兴，反而会害怕。我从来都不喜欢别人对我这样说……

"所有孩子都手拉着手……"

安德烈·托尔斯基克,七岁。
现在是经济科学院副博士。

当时我还是一个小孩……

我记得妈妈……她烤的面包在村子里是最好吃的,她园子里的菜畦是最漂亮的。在我们房前的小花园和院子里盛开着最大的大丽花。她给我们所有人都缝制了漂亮的上衣——给父亲、两个哥哥和我。她缝制领子,用红色的、蓝色的、绿色的十字绣……

我不记得,是谁第一个告诉我,说妈妈被枪杀了。可能是邻居中的一个女人吧。我跑回了家。听人们说:"不是在家里枪杀的她,是在村后。"父亲不在——他参加了游击队,哥哥们不在——他们去参加了游击队,堂兄不在——他也参加了游击队。我就去找邻居卡尔普爷爷:"妈妈被打死了,应该把她拉回来。"

我们套上牛车(我们没有马),就去了。在森林附近,卡尔普爷爷叫我停下来:"你在这里等着。我一个老头子,不害怕他们打死我。可你——还是个孩子。"

我等着。头脑里充满了各种念头,我怎么对父亲说呢?我怎么告诉他,妈妈被打死了呢?都是些小孩子的想法——如果我看见死去的妈妈，她就永远也活不了了。可是，如果我看不见死去的妈妈，说不定我回到家，妈妈就在家里等着我呢。

妈妈的整个胸前都被步枪子弹打透了。褂子上出现一溜弹痕……太阳穴上有个黑色的枪眼儿……我想快些用白色手巾把她包扎起来，以便再也看不到这黑色的枪眼儿。我仿佛觉得，她还在疼痛。

我没有坐牛车，跟在牛车旁边走了回来……

村子里每天都会埋葬死人……我记得，埋葬过四位游击队员，三个男的，一个姑娘。经常埋葬游击队员，但是我第一次看到埋葬一个女的。单独为她挖掘了一个坟墓……她一个人躺在老梨树下的草地上……年老的女人们围坐在她身边，抚摸着她的胳膊……

"为什么要把她单独埋葬呢？"我问。

"她还年轻……"女人们这样回答我。

只剩下我一个人，没有家人，没有亲戚，我很害怕。怎么办呢？人们把我送到了扎列西耶村的玛尔法姨妈家。她自己没有孩子，丈夫上了前线。我们蹲在地窖里，躲藏起来。她把我的头抱在自己的怀里，叫着："好孩子……"

玛尔法姨妈得了伤寒，我跟着她也生病了。泽恩卡奶奶把我接到了她那里住。她的两个儿子也都在前线打仗。深夜醒来，看到她坐在床上我的身边打盹："好孩子……"所有人都跑出村子，逃到森林里躲避德国鬼子，而泽恩卡奶奶——始终陪在我的身边。一次也没有扔下我："好孩子，死，我们也要死在一起。"

伤寒好了之后，我好长时间都不能走路。平整的道路——我还能走,稍微有些坎坷——我的双腿就发软。人们都在期盼着我们的士兵。女人们去森林里,采集草莓。没有别的礼物招待客人。

士兵们行军很疲惫。泽恩卡奶奶往他们的头盔里装红色的草莓。他们都给了我吃。我坐在地上,不能站起来。

父亲从游击队回来了。他知道我生病了,给我带来了一块面包和一块腌猪油,都跟手指头似的那么厚。腌猪油和面包都散发着马哈烟味,它们都散发着父亲的味道。

我们正在草地上挖野菠菜,听见人们喊着"胜利啦",所有孩子都手拉着手,往村子的方向飞跑……

"我们甚至不知道怎么埋葬死人,而此刻不知怎么就想起来了……"

米哈伊尔·申卡廖夫,十三岁。

现在是一名铁路工人。

我们的邻居家有一个聋哑小女孩……

大家都喊:"战争!战争爆发了!"可是她抱着布娃娃,唱着歌,来找我的妹妹玩。孩子们吓得都不会笑了。"多好啊,"我想,"什么战争的事儿她都听不到。"

我和朋友们把自己的十月儿童红星章和红领巾都用油漆布包裹好,埋到了小河边的灌木丛中,埋到了沙土里。我们也都像地下工作者一样!每天都到那个地方去看看。

大家都很害怕德国鬼子,甚至孩子和狗。妈妈在家门外的长椅上放了鸡蛋,放在大街上。于是,他们就没有进我们家,也没有问我们:"犹太人?"我和妹妹都长着一头黑色的卷发……

我们在小河里洗澡……忽然看见,从河底浮上来一个黑色的什么东西。就在那一刻!我们都以为,那是一截淹没的树桩,可是它却随着水流冲到了河岸边,这时我们才仔细看清了,有胳膊,有脑袋……我们当下明白,这是一个人。我觉得,大家谁也没有害怕。

谁也没有喊叫。我们想起来了,大人们说过,我们一位机枪手死在了这个地方,连同自己的"捷格佳廖夫"[1]一起掉进了水里。

战争才开始几个月……我们在死亡面前已经变得没有丝毫的恐惧。我们把机枪手拖到岸上,有的跑去找来了铁锹,挖好了坑,我们把他埋葬了。大家都站立着默哀。有一个小姑娘甚至在胸前画了十字,她的奶奶从前在教堂里工作过,她学会了祈祷。

这些都是我们自己做的。只有我们自己,没有大人。战争前我们甚至不知道怎么埋葬死人,而那一刻我们不知怎么就想起来了。

有两天时间我们潜进水里去寻找那挺机关枪……

---

[1] 捷格佳廖夫(1880—1949):苏联枪械工程师,炮兵工程勤务少将。人们把他发明的一种手提轻机枪俗称为"捷格佳廖夫"。

"他收集到篮子里……"

列昂尼德·西瓦科夫,六岁。
现在是一名钳工工具制造者。

太阳已经升起来了……

牧人们把奶牛驱赶到一起。宪兵执法队员让人们在限定时间内把牲畜赶到格廖扎小溪旁,他们挨家挨户搜查。他们手里都拿着名单,按名单枪杀百姓。他们读着:母亲、祖父、孩子,什么样,几岁……他们按名单严格检查,如果少一个,就开始搜索。在床下,在炕炉后找到孩子……

当把所有人都找齐了,就开枪打死……

在我们家共召集齐六个人:外婆、妈妈、姐姐、我和两个弟弟。六个人……我们看着窗外,当他们去邻居家的时候,我和最小的弟弟跑向外屋,挂上了门钩。我们坐到柜子上,坐在妈妈身边。门钩太脆弱了,一个德国人一下就把它扯断了。他跨进门槛,让我们都站好。我都没来得及看清楚他的模样:是上岁数的,还是年轻的。我们都倒下了,我滚到了柜子后面……第一次恢复知觉,是当时听到了有什么声音在滴答滴答地响着……滴答着,滴答着,像滴水的声音。我抬起头:是妈妈的血在滴答,死去的妈妈躺在地上。

我在血泊中爬，所有人都染满了鲜血……我躺在血泊里，就像躺在水里……全身湿透了……

我听见两个人走进来。他们清点着打死的人数。其中一个人说："那边少一个人，应该找到。"他们开始搜寻，低头查看床下，那下面妈妈藏着一口袋粮食，口袋后面就是躺着的我。他们把口袋拖了出去，满意地走了，忘记了名单上还有一个人没找到。他们离开后，我就昏迷了过去……

第二次恢复知觉时，我们家的房子着火了……

炙烤得难以忍受，恶心。我看见，我自己全身是血，但不清楚我受伤了，我感觉不到疼痛。整栋房子弥漫了浓烟……我爬到院子里，然后爬进了邻居的菜园。只有到了那里才感觉到，我的一条腿受伤了，一条胳膊也断了。疼痛难忍！有一段时间，又什么都不知道了……

第三次苏醒过来，我仿佛听到了一位老年妇女的声音……我向着那声音爬过去……

声音在空中飘，飘荡。我沿着这声音爬过去，就像顺着一条线，我爬进农庄的车库。一个人也没有看到……声音是从不知哪里的地下发出来的……当时我猜想，有人在检修沟里叫喊……

我不能站起来，我爬向那条坑道，向下一看……坑里都挤满了人……这些人都是斯摩棱斯克的难民，他们住在我们的学校里。二十个家庭。所有人都躺在坑里，上面有个受伤的小女孩站起来，又倒下了，是她在叫喊。我往后一看：现在往哪里爬呢？整个村子都是一片火海……没有其他的活人了……就这一个小姑娘。我倒在了她身边……躺了多久，我不知道……

我觉得，小姑娘死了。我碰了碰她，喊叫她——她没有回应。就我一个人活着，他们都死了。太阳照耀着，晒热的血泊蒸腾着水汽。我头晕目眩……

我躺了那么久，一会儿苏醒，一会儿昏迷。星期五枪杀的我们，星期六外公和姨妈从另一个村子赶来了。他们在坑里找到了我，把我放到手推独轮车上。独轮车颠簸着，我很疼，想叫喊，却发不出声音来。我只能哭……很长时间不会说话。七年……会小声说些什么，但谁也听不懂我说的是什么。过了七年我才开始一个词一个词地能说话了……听见了自己说话的声音……

在我们家房子原来的地方，外公把那些骨头收集到篮子里。都没有盛满一篮子……

这就是我说的……难道这就是全部？这就是经历了那些恐惧之后留下来的全部？这么几十个词语……

"他们把小猫从家里带了出来……"

托尼娅·鲁达科娃，五岁。
现在是一位幼儿园主管。

战争的第一年……我记住的事儿不多……

德国兵一大早就来了，当时院子里还灰蒙蒙的。他们让大家站到草坪上，命令那些剃过头的人：站出来！剃过头的都是战俘，被村民们带回家照管。他们被带到树林里，枪决了。

此前我们都喜欢在村后跑来跑去，在树林旁玩耍。这样一来我们都吓得不敢去了。

我记得妈妈烤面包。她烤了好多面包：条凳上，桌子上，地板的毛巾上，外间屋里，放得到处都是。我惊讶地问："妈妈，为什么烤这么多面包啊？叔叔们都被打死了。这么多面包要给谁吃啊？"

她把我赶到街上："去找伙伴们玩吧……"

我害怕，妈妈会被他们打死，所以一直都跟在妈妈身后跑来跑去。

深夜，游击队员们把面包取走了。我从来没有看到过那么多的面包。德国兵挨家挨户搜刮得一干二净，我们都挨饿了。我已经不记得了……我请求妈妈:"点着炉子,给我烤面包吧,烤好多好多。"

这就是战争第一年我能记得的全部事情……

也许,我慢慢长大了,因此接下来我记的事就多了。他们焚烧了我们的村庄……先是开枪杀死了我们的百姓,然后是放火烧了房子。我是从地狱里幸存下来的……

他们没有在街上开枪杀人,而是走进家里。他们都站在窗子旁:"我们去安尼西卡家开枪……"

"安尼西卡家都结束了。他们去了安菲萨家……"

我们站着,等着——等着他们来开枪打死我们。谁也不哭泣,谁也不叫喊。我们都站着。我们有个邻居带着自己的小男孩,她说:"我们到外面去吧,街上不开枪。"

他们走到院子里:第一个是士兵,第二个是军官。军官的个头很高,他的长筒靴子也很高,大檐帽也很高。我记得清清楚楚……

他们把我们往房子里赶。女邻居倒在了草地上,亲吻着军官的靴子:"我们不走。我们知道——在里面会打死我们的。"

他们说:"粗留客!粗留客!"意思是说——往回走。房间里,妈妈坐在桌子旁边的条凳上。我记得,她端起一杯牛奶,给我们最小的孩子喝。四周异常安静,我们都能听见他吧嗒吧嗒的喝奶声。

我坐在一个角落里,把一只扫帚放在了自己的前面。桌子上有一块很长的桌布,邻居家的小男孩藏到了桌子下面,桌布底下。他的兄弟钻到了床底下。而女邻居跪在门槛边,乞求着:"老爷,我们的孩子都还太小了啊。老爷,我们的孩子,太小太小啦……"

我记得,她一直这样乞求着,乞求了很长时间。

军官走到桌子前,撩起桌布,开了一枪。从里面发出一声叫唤,他又开了一枪,邻居家的小男孩一直喊叫着……他打了五枪……

他看着我……我努力想往扫帚的后面躲藏,但是怎么也躲藏不进去。他有一双那么漂亮的灰色眼睛……真是啊,我这个都记得……我吓坏了,吓得喊叫:"叔叔,您要打死我吗?"但他什么也没有回答。恰好这时从另一个房间走进来一个士兵,幸好他走进来……他扯下来房子之中的一块大窗帘。他把军官叫过去,给他看床底下卧着的几只小猫咪。大猫不在,只有一窝小猫。他们把小猫抱在手里,笑了,开始逗弄它玩耍。玩了一会儿,军官把它们交给了士兵,让他带到外面去。他们就把小猫从家里抱了出去……

我记得,被打死的妈妈头发烧着了……而她旁边的小弟弟——包在襁褓里……我和哥哥从他们的身边爬过去,我扯着他的裤子爬:首先,我们躲到了院子里,然后到了菜园里,傍晚时,我们躲藏到了土豆地里,晚上爬进了灌木丛中。到了那里,我才哭起来……

我们是用什么样的方式幸存下来的?我记不清了……我和哥哥活了下来,还有四只小猫。我们的外婆来了,她住在河边,把我们领走了……

"你要记住：马利乌波里市，帕尔科瓦亚街6号……"

萨沙·索利亚宁，十四岁。

现在是一级伤残军人。

我是真不想死啊……特别是不想死在黎明……

敌人押着我们去枪决，走得很快。德国鬼子急着要去干什么，这是我从他们的谈话中听到的。

在战争爆发前，我喜欢德语课，甚至自己学会了背诵好几首海涅的诗歌。我们一共有三个人：两个战俘——是两名上尉，和我。我还是个小孩子……我在树林里拾武器的时候，被他们抓住了。我溜掉了两回，第三次被逮住了。

我不想死……

他们低声地对我说："快跑！！我们扑向押送的敌人，你跳到灌木丛里。"

"我不跑……"

"为什么？"

"我要和你们在一起。"

我想和他们一起牺牲，就像一名真正的战士。

"我们命令你：快跑！活下去！"

其中的一个,丹尼拉·戈里高利耶维奇·约尔丹诺夫,来自马利乌波里市……另外一个,亚历山大·伊万诺维奇·伊里英斯基,来自布良斯克……

"你要记住:马利乌波里市,帕尔科瓦亚街六号……记住了吗?"

"布良斯克市……街……记住了?"

敌人开枪了……

我跑了……我跑啊,跑啊……我的大脑里这样敲打着:这个,这个……要记住……这个,这个,这个……要记住。但是因为害怕,我还是给忘了。

我忘记了布良斯克的街道和门牌号码……

"我听见,他的心脏停止了跳动……"

列娜·阿罗诺娃,十二岁。
现在是一名律师。

我们的城市突然变成了一座兵城。我们和平宁静、四季常青的戈梅利市[1]……

父母计划把我送到莫斯科去,我的哥哥在军事学院上学。大家都觉得,莫斯科永远都不可能被攻陷,这是一座坚不可摧的堡垒。我不想离开,但是父母坚持要这样做,因为敌机开始轰炸我们的时候,我白天什么东西也不吃,食物让我强烈反感,眼看着人就消瘦下来。妈妈认为,莫斯科会平静些,莫斯科一切都会好。于是,他们把我送到莫斯科。她和爸爸会在战争一结束就来接我。他们觉得这会很快的。

火车没有开到莫斯科,开到马拉雅罗斯拉维茨就让我们下车了。火车站上有国际长途电话,我来回跑了好几次,想给哥哥打通电话,好让他知道,我该怎么办。电话打通了,哥哥说:"坐在那

---

1 戈梅利:白俄罗斯第二大城市,戈梅利州的首府,位于白俄罗斯东南部索日河畔,邻近乌克兰边境。

里等着，我去接你。"在惊恐中过了一个晚上，人很多，突然宣布：半小时后火车开往莫斯科，请大家上车。我收集起东西，跑到火车上，爬到一个上面的床铺，睡着了。等我醒来，火车停靠在一条不大的河流边，有女人在河边洗衣服。"莫斯科在哪里？"我吃惊地问。人们答复说，火车正把我们拉向东方……

我从车厢里出来，因为伤心和失望大哭了起来。可是——啊！迪娜看到了我，这是我的女友，我们是从戈梅利一起出来的，我们的妈妈一起送我们上的火车，可是在马拉雅罗斯拉维茨我们走散了。现在我们两个人又到了一起。于是，我就不再那么感到害怕了。在车站，有人把食物给我们送到了火车上：三明治，用大车拉来了用盖桶装着的牛奶，有一次甚至给我们送来了热汤。

在库斯塔纳州的扎尔库里车站，让我们下了车。我和迪娜第一次坐上了马车。互相安慰说，等到了地方，立刻给家里写信。我说："如果房子不被炸坏，父母还会收到我们的信，如果被炸坏了，我们该往哪里写信呢？"我的妈妈是儿童医院的主治医生，爸爸是手工技校的校长。我的爸爸脾气很和蔼，就连整个外貌都是特别标准的教师模样。当他第一次下班后带着手枪（人们发给他的）回到家时，我看见他的普通西服上面佩带了枪套，吓坏了。我觉得，他自己也害怕手枪，晚上他小心地摘下来，放到桌子上。我们住在一所大房子里，但房子里没有住军人，我以前从来没有看到过武器。我觉得，手枪会自己开始射击，我们的家里已经生活着"战争"了。等爸爸摘下手枪时，战争就结束了。

我和迪娜都是城市女孩，什么也不会。到了目的地，第二天就派我们到田野里干活，一整天都弯腰站着。我头晕眼花，倒在了地上。迪娜守在我旁边哭，不知道怎么办才好。太惭愧了：当地的女孩子干完活了，我们刚刚到了田地的一半，她们已经远远地落下我们。最可怕的是我被派去挤牛奶，人们给了我挤奶桶，可我从来没有挤过牛奶，害怕走到奶牛跟前。

有一次，有个人从车站来，带来了一张报纸。从上面得知，戈梅利被占领了，我和迪娜痛哭起来。既然戈梅利都被占领了，我们的父母就都牺牲了，我们就会被送到保育院。我不想听到"保育院"这个词，我想找到哥哥。但是迪娜的父母赶来接我们了，简直太神奇了，他们竟然找到了我们。她的父亲在奇卡罗夫州的萨拉克塔什市当主治医生。在医院的院子里有一所不大的房子，我们就住在那里。睡在用板子搭成的简易床上，床垫里塞的是麦秸。我的长长的发辫让我很受罪，长过了膝盖。没有妈妈的允许，我不能剪头发。我有一个希望，妈妈还活着，她总会找到我的。妈妈喜欢我的发辫，如果我剪掉了，她会骂我的。

有一天……黎明时分……这样的事情只能发生在童话里，可这是在战争期间啊。有人敲响了窗子……我坐起身，看到：我的妈妈站在那里。我一下昏迷了过去……很快妈妈就给我剪掉了长发，往头上抹了煤油，祛除虱子。

妈妈已经打听到，爸爸的学校转移到了新西伯利亚，我们就去投靠爸爸。在那里我又开始上学。从一早就学习，午饭后，我去军队医院帮忙，城市里来了许多伤员，从前线转送到了后方。我们像卫生员一样工作，把我分配到了外科，这是最繁重的科室。把旧床单发给我们，我们撕扯开做成绷带，缠好，然后送到无菌室里消毒。我们清洗旧绷带，有时从前线上运回这样的绷带，用筐子装着，堆到院子里。它们血渍斑斑，粘满脓水……

我生长在医生家庭，到战争前都梦想，将来一定当一名医生。让去手术室——那我就去手术室。别的小女孩都害怕，而我无所谓，只是感到能帮大人的忙，就觉得自己是个有用的人。上完课，我就飞快地跑到军队医院，为了不迟到，总是按时到达。我记得，我有几次昏倒在了地上。医生打开伤口，一切都粘连在了一起，伤员叫喊着……还有好几次我因为绷带的气味而呕吐，绷带的气味非常浓重，不是药味，而是……其他的什么味道……陌生的、令人窒息的……死亡的气息……我已经知道了死亡的气味……有许多女孩子离开了，不能忍受这些。她们为前线缝制手套，有的人会编织，就走了。而我不能离开医院——我怎么能够离开呢？如果所有人都知道，我的妈妈——是一名医生。

但是，我哭过很多次，当伤员死去的时候。他们死的时候，呼喊着："医生！医生！快点！"医生跑过去，可是却救不了他，送到外科的都是些重伤员。我记得有一位中尉……他向我要一个热水袋。我给他放好热水袋，他抓住了我的手……我不能挣脱开……他把我的手拉到自己跟前，握着我的手，竭尽全力地抓着。我听见他心跳停止的声音，跳着，跳着，停止了……

在战争期间，我知道了那么多事……比我一辈子知道的都多……

"我跟着姐姐——上士薇拉·列契金娜上了前线……"
尼古拉·列契金,十一岁。
现在是一名机械师。

家里一片沉寂……家变小了……

哥哥们立刻就应征入伍了。薇拉姐姐一次次到兵役委员会去,1942年3月,她也去了前线。家中只剩下了我和小妹妹。

亲戚把我们转移到了奥尔洛夫州。我在农庄里干活,已经没有男人了,所有男人该干的活计都落在了像我这样的少年肩上。我们代替了男人——我们大多在九岁到十四岁之间。我第一次去耕地。女人们从自己的马身边站起来——把我赶到了一边。我站着,等着,希望过来个人教教我,可是她们沿着第一条犁沟过去了,又从第二条犁沟返回来了。而我,还是一个人。那我就自己来吧,在一条犁沟旁,沿着它走,于是我追赶上了她们。从早晨起,我就到田野里干活,晚上,我和男孩们去放牧。我放马,叫马吃夜草。一天如此,第二天如此……第三天去耕地,耕啊耕啊,我就累得病倒了。

1944年,薇拉姐姐受伤后从医院里回家待了一天,她来看望我们。早晨,人们赶着马车把她送到了车站,我步行追赶上她。在火车站，一名士兵不允许我进车厢："你和谁来的，小男孩？"我没有惊慌失措，回答："和上士薇拉·列契金娜。"

于是，他们就让我上了前线……

"在那太阳升起的地方……"

瓦丽娅·科日阿诺夫斯卡娅，十岁。
现在是一名工人。

童年的记忆……童年的记忆里只剩下了恐惧，或是某些美好的东西……

我们的家离军队医院不太远。医院被炸了，我看见，伤员们连同拐杖一起从窗口跌落下来。我们的房子也着火了……妈妈冲进火海，叫喊着："我要拿些孩子的衣服。"

我们的房子烧毁了……我们的妈妈也烧死了……我们跑过去追她，人们赶上我们，紧紧抓住："孩子们，妈妈已经救不出来了。"人们往哪里跑，我们就跟着往哪里跑。死尸遍地……许多受伤的人在呻吟，请求帮助。可是，谁能帮他们呢？我吗——十一岁，妹妹——九岁。我和她走散了……

我们是在明斯克郊外的奥斯特罗什茨基镇的孤儿院重逢的。战前，父亲曾经把我们送到这里来参加少先队夏令营。一个非常美丽的地方，德国人把夏令营改造成了孤儿院。一切既熟悉又陌生。那些天我们一直在痛哭，一直在流泪：我们都失去了父母，我们的房子都烧没了。保育员都是些上了年纪的女人，规规矩矩的德国人。

过了一年……我觉得,是过了一年……开始从我们中选人送到德国去。他们不是按照年龄挑选,而是按身高,我呢,很倒霉,个头高高的,就像父亲,而妹妹,像妈妈,个头很小。开来了几辆汽车,周围都是持枪的士兵,把我们赶上车,妹妹叫喊着,被人拽到了一边,向脚下射击。不让她靠近我。就这样,我们又被分开了……

车厢。挤得满满当当的……整个车厢里都是孩子,没有一个超过十三岁的。第一次我们停靠在了华沙。没有人给我们水喝,没有人给我们东西吃,只有一个不知是谁的老头走进车厢,带着一口袋卷着的纸条,上面用俄语写着祈祷词"我们在天上的父",他给每个人发了一张这样的纸条。

过了华沙后,火车又行驶了两天。把我们带到了一个看起来像是检疫站的地方。所有孩子都被脱光了衣服,一丝不挂,不论是男孩、女孩,站在一起,我因为害羞,哭了。女孩们想挤到一边,男孩们想到另一边,但是被他们轰赶到了一堆,赶到水龙头下……水冰凉冰凉的……散发着陌生的气味,后来再也没有闻到过,我不知道里面添加了消毒药剂。什么都顾不上了:眼不是眼,嘴不是嘴,耳朵不是耳朵——给我们一个个进行体检,然后发给了我们和病号服一样的条纹裤子和上衣,脚上穿的是木制的凉鞋,胸前都挂着一个写着"Ost"的小铁牌。

他们把我们赶到外面,排成一列像尺子一样笔直的横队。我想,这是要把我们运送到哪里去吧,可能是去某个集中营,后面有人小声说:他们要把我们卖了。一个年老的德国人走过来,选中了我和另外三个女孩,给了我们些钱,指了指铺着麦秸的大车:"你们坐到上面去!"

我们被带到了一个不知名的田庄……一栋非常高大的房子,环绕四周的是一座古老的公园。我们住进了板棚,一半的地方养着十二条大狗,另一边,就是我们。我们立刻被命令到田间去干活——收拾那些石头,别让它们弄坏了犁和播种机。需要把石头码到一边,码得整整齐齐。可我们穿的是木凉鞋,弄得脚上泥泞不堪。给我们吃的都是馊臭的面包和脱脂的牛奶。

有一个小姑娘没有坚持住,死了。她被放到马背上,驮到了森林里,什么也没有穿,直接就这样埋了。木凉鞋和条纹上衣带回了庄园。我记得,她的名字叫奥丽娅。

那里有一个很老很老的德国人,他为主人喂狗。他俄语说得很差,可经常对我们说,鼓励我们一定要坚持住:"挺住,希特勒完蛋,俄国人胜利。"他走到鸡笼子前,偷几个鸡蛋放在帽子里,藏在自己的工具箱中——他在庄园里还做木匠活儿。他手里拎着斧头,像是去干活的样子,把箱子放到我们身边,观察着四周,冲我们挥手,让我们快点把鸡蛋吃掉。我们吃完鸡蛋,把蛋壳埋进土里。

两个塞尔维亚小男孩招呼我们过去,他们也在这个庄园里干活。和我们一样,当奴隶。他们说出了自己的秘密……他们说,他们有个计划:"我们应该逃跑,不然的话都会死,像奥丽娅一样,埋到树林里,再把我们的木凉鞋和上衣拿回来。"我们很害怕,但是他们向我们保证。是这样的……庄园后面有一片沼泽地,早晨我们悄悄靠近了那边,然后跑走了。我们往太阳升起的方向跑,向着东方。晚上我们就钻进灌木丛中，睡着了，大家都很累。早晨睁开眼，四周一片寂静，只有青蛙的叫声。我们起身，用露水擦了把脸，又向前走。走了没多久，就看到前面有一条公路，应该穿越过去，对面就是茂密而美丽的森林。我们就能得救了。一个男孩趴下，观察着公路，喊叫了一声："快跑！"我们都跑到公路上，可是从森林里迎面开出来一辆装着武器的德国汽车。敌人迅速包围了我们，开始痛打那两个男孩。

奄奄一息的他们被扔上汽车，让女孩们坐到旁边。敌人说，他们会好的，而你们会更好，俄国猪。他们从铁牌上知道，我们是从东边来的。我们都吓坏了，甚至都没有哭。

我们被带到了集中营。在那里，我们看见：孩子们坐在麦秸上，全身爬满了虱子。麦秸是从田间弄来的，通电的铁丝网外面就是麦田。

每天早晨敲打着铁门，走进来一位微笑的军官和一位美丽的女人，她用俄语对我们说："谁想喝粥，快到院子里站队。给你们开饭了……"

孩子们站起来，争先恐后地挤着，大家都想喝粥。

"只能给二十五个人吃，"女人清点着人数，"别吵，剩下的人等明天吧。"

我开始的时候信以为真，和小孩子们一起跑过去，推搡着，后来害怕地想："为什么那些被带去喝粥的人都没有回来呢？"我坐在铁门下最靠近入口的地方，当我们变得越来越少，女人还是没有发现我。她总是站在门口，背对着我清点人数。这持续了多长时间,我说不清楚。我觉得……当时我已经失去了记忆力……

在集中营里,我甚至没有看到过一只小鸟,一只蜘蛛。我心想:哪怕能找到一条虫子也好啊。但是,它们都不在这里生活……

有一天,我们听到喧哗,叫喊,射击声。有人敲打着铁门——我们的士兵冲进了我们的牢房,叫喊着:"孩子们!!"把我们抱到肩头,搂在怀里,一人抱几个,因为我们都没有分量,很轻。亲吻着,拥抱,哭泣,把我们带到了外面……

我们看到了焚尸炉的黑烟囱……

我们被治疗了好几个星期,给我们吃喝。人们问我:"你几岁了?"我说:"十三岁……""啊,我们都以为你也就八岁。"当恢复了健康,我们被带回了太阳升起的地方。

回家了……

"白衬衫在黑暗中远远地发着光……"

叶菲姆·弗里德连德,九岁。
现在是硅酸盐产品联合工厂副经理。

童年结束了……在第一次枪声中结束了。我身体里住的还是一个小男孩,但是在他身旁的却已经是另外一个什么人了……

战争前,我害怕一个人留在家里,可如今恐惧感立刻消失了。那些据说坐在壁炉后面的妈妈的家神们,我已经不相信了,她也想不起他们来了。我们乘坐着大车离开了霍基姆斯克,妈妈买了一筐苹果,放在我和妹妹跟前,我们就吃这些苹果。轰炸开始了,妹妹的手里有两个漂亮的苹果,我们为了这两个苹果争执起来,她不给我。妈妈骂我们:"快藏起来!"可我们还在争抢苹果。直到我请求妹妹:"哪怕给我一个也好,要不然把我们打死了,我都来不及尝。"于是,她给了我一个,最漂亮的。此时,轰炸停止了。我没吃这个可爱的苹果。

我们坐着大车,我们的前面走着牲口群。从父亲(战争前他是霍基姆斯克"畜牧采购站"的经理)那里得知,这些都不是普通的奶牛,而是种畜,它们都是花了大价钱从国外购进的。我记得,父亲当时不能给我解释清楚,一大笔钱到底是多少,后来他举了个例子，每头牛的价格相当于一台拖拉机的价格、一辆坦克车的价格。既然是坦克，也就是说，那肯定是很多钱了。我们都很珍惜每一头奶牛。

可以说，我是生长在一个畜牧技术家庭的，我很喜欢动物。连续轰炸过后，我们没有了马车，我走在牲口群的前面，我在自己的屁股上绑了一条绳子。奶牛们有很长时间不能习惯轰炸，它们体型沉重，不习惯走很长的路，它们的蹄子都开裂了，疲惫至极。枪炮袭击后，很难再把它们赶到一起。但是，如果一头公牛走到路上，其他的牛都会跟在它的身后。而这头公牛最听我的话。

深夜的时候，母亲不知在哪里为我洗干净了白色的衬衫……到黎明的时候，突然听到："快起来！"——上尉图尔钦叫喊着，我们的队伍由他率领。我穿上衬衫，驱赶着公牛，往前走。突然我想起来，我一直穿着的都是白色衬衫。在黑暗中它会发光，从老远就能看见。我和公牛躺在一起睡觉，就在它的前腿边——这样会暖和一些。瓦西卡从来都不会第一个起来，它等着，当我起身后，它才会动。它能感觉出，它身边是一个小孩子，可能会碰疼他。我和它躺在一起，从来不用担心。我们步行到了图拉，将近一千公里，走了三个月，大家已经是在光着脚走路，全身的衣服和鞋子都破烂不堪了。留下来的牧人也很少。奶牛的乳房膨胀，来不及给它们挤奶。乳房胀痛，奶牛就站在你身边，看着你。我的双手都酸痛了，一天要给十五到二十头奶牛挤奶。现在那一幕幕场景好像就在眼前：前腿炸断的奶牛卧在道路上，从青紫的乳房里流着奶水。它看着人们，等待着。战士们停下来——端起枪：要开枪打死它，好让它别再受罪。我请求他们:"请等等……"

我走向前,把牛奶挤到地上。奶牛感激地舔着我的肩头。"呶——"我站起身,"现在你们开枪吧。"我远远地跑开,不想看见……

在图拉听人们说,被我们轰赶来的这群奶牛要送到肉联厂去,没地方养着它们。德国人已经靠近了城市。我穿上白衬衫,去和瓦西卡告别。公牛冲着我的脸沉重地喘息着……

1945年8月……我们返回了家园。快到达奥尔沙的时候,那一刻我正站在窗口旁。妈妈走过来打开窗子。妈妈说:"你闻到我们沼泽地的气味了吗?"我很少哭,可当时我大哭了起来。在撤离的时候,我在梦里甚至梦见收割沼泽地里的干草,把干草堆成草垛,等它们晒干了以后,散发着芳香的味道。故乡沼泽地中的干草散发出的芳香和哪里的都不一样。我以为,只有在我们那里,在白俄罗斯,沼泽地里的干草才会散发出这样浓郁的芳香,这芳香到处伴随着我。我甚至在梦中都能够闻到。

胜利日那天,邻居科里亚叔叔跑到街上,向着天空开枪。男孩们围住他:"科里亚叔叔,给我!""科里亚叔叔,给我!"

他挨个儿给了所有的孩子们。于是,我平生第一次开了一枪……

"妈妈倒在我刚刚擦洗过的干净地板上……"

玛莎·伊万诺娃，八岁。

现在是一名教师。

我们有一个和睦的家庭。所有人都互相关爱……

我的父亲参加过内战，从那时开始就一直穿着军装。他领导着我们的农庄，农庄的经济一直位于前列。当我开始认字读书的时候，他给我看《真理报》的剪报，上面有介绍我们农庄的文章。作为优秀的农庄领导，父亲在战前被派去参加农业成果大会和莫斯科的农业博览会。他给我带回来漂亮的儿童书和一铁盒巧克力糖果。

我和妈妈都非常爱爸爸，我爱他，他也爱我们，爱我和妈妈。也可能，是我想美化一下我的童年吧？但是战争前的所有记忆都是愉快和美好的。因为……这是我的童年，真正的童年……

我想起了那些歌曲。当女人们从田间回家时，一路歌唱。太阳落到了地平线，从山的后面还传过来她们的歌声：

到了回家的时候。回家吧。

天空中染红了晚霞……

我迎着歌声跑出去——那其中就有我的妈妈，我听得出她的声音。妈妈把我抱起来，我紧紧地搂着她的脖子，然后跳下来，跑在她的前面，而歌声追赶着我，充满了整个世界——那么快乐，那么美好！

这样幸福美好的童年之后……突然……立刻就是战争！

战争一开始，爸爸就走了……他被留下来参加地下斗争。他不住在家里，因为我们所有人都认识他。他只在晚上才回来看我们。

有一天，我听见，他和妈妈谈话："在公路附近炸坏了德国人的汽车……"

我被炉烟呛得咳嗽了起来，父母都吓了一跳。

"这事儿谁也不能让知道，女儿。"他们提醒我。

我变得害怕深夜。父亲来看我们，要是让法西斯分子知道了，他们会抓走爸爸，我是那么爱他。

我一直都在等着他。我躲到我们家大火炕的最深处的角落里，抱紧了奶奶，但是害怕睡着，所以我睡一会儿，时常会醒来。暴风吹着烟囱，小风颤抖着，吱咂作响。我有一个念头：不能睡过去，睡着了就不知道爸爸回来了。

突然，我开始感觉到，这不是暴风在叫唤，而是妈妈在哭泣。我发烧了，伤寒，半夜三更时父亲回来了。我第一个听见了，叫醒奶奶。父亲很冷，而我在发烧，他坐在我身边，不能走。他很疲惫，变得苍老了，但是他让人那么亲近。出人意料地传来了敲门声。重重的敲门声。父亲甚至没来得及脱下羊皮袄，伪警察就闯了进来。把他拉到了外面，我跟在他身后，他向我伸出手，被敌人用步枪把他的手打开了。敌人敲打着他的头。

我光脚在雪地上跟着他跑，直跑到河边，叫喊着："爸爸，爸爸……"奶奶在家里祈祷："上帝在哪里？上帝躲到哪里去了？"

他们杀死了父亲……

奶奶不能忍受这样的痛苦。悄悄地哭，哭啊哭，过了两周，就死在了炕上，我就睡在她的身边，我搂着死去的她。家里再也没有别人了，妈妈和弟弟躲藏到了邻居家。

爸爸死了之后，妈妈也完全变了一个人，整天不出家门，只说爸爸的事，很快就疲倦了。而在战争前，她是个斯达汉诺夫[1]式的劳动者，做什么都是走在前列。她几乎忘记了我的存在，可我一直努力试图让她看到我。我想方设法让她变得高兴起来。但是，只有当我们一起回忆爸爸的时候，她才会变得有些生机。

我记得，那些幸福的女人跑过去，喊叫着："从邻村派了一个小伙子，骑着马来送信儿——战争结束了。很快我们的男人就要回家了。"

妈妈倒在了干净的地板上，我刚刚擦洗过的地板上……

---

[1] 斯达汉诺夫（1906—1977）是顿巴斯一个普通采煤工。1935年8月，斯达汉诺夫组成一个三人小组，在5小时45分钟的工作时间里，采煤102吨，超出当时普通定额的13倍。第二天，《真理报》发表了斯达汉诺夫打破采煤纪录的消息。随之，采煤工人掀起了一个追赶斯达汉诺夫的热潮，最后是斯达汉诺夫本人再次"打破采煤世界纪录"，成了走在最前面的人，成了先进的先进、英雄的英雄。在苏联发展需要下，进一步开展为创纪录而斗争的"斯达汉诺夫运动"。而那些创新创造纪录的工作者，常用斯达汉诺夫式工作者来称呼。斯达汉诺夫受政治影响，一生大起大落，1977年病死在精神病院。

"上帝是不是看到了这些？他是怎么想的……"

尤拉·卡尔波维奇，八岁。

现在是一名司机。

我看到了，那些不能看的……人类不能看的。可我当时还很小……

我看见过，一个士兵奔跑着，就像腿打了绊子，他摔倒在地，久久地抓着泥土，拥抱它……

我看见过，我们的战俘被押送着穿过村子。一列长长的队伍，穿着撕烂或者烧破的裤子。他们深夜停留过的地方，树皮都被啃了。敌人把死马扔给他们当食物，他们把它撕烂了吃。

我看见过，深夜德国鬼子的军用列车颠覆了，着火了，早晨他们让那些在铁路上工作的人都躺到铁轨上，火车头从他们身上辗了过去……

我看见过，把人像牲口一样套在四轮马车上。他们的脊背上印着黄色的星星，敌人用鞭子驱赶他们，快活地驾驶着他们奔驰。

我看见过，敌人用刺刀杀死母亲手中的孩子，扔到火里，投进井里……没有轮到我和妈妈……

我看见过，邻居家的狗在哭泣。它蹲在邻居家房子的灰烬里，孤零零的。它有一双老年人的眼睛……

可我当时还很小……

因为经历了这些，我长大了……我长成了一个忧郁而多疑的人，我的性格很孤僻。当有人哭泣时，我不会怜悯，相反，我会轻松些，因为我自己不会哭泣。我结过两次婚，两次妻子都离我而去，任何人都不能和我待得长久，很难爱上我。我知道……我自己都知道……

许多年过去了……现在我想问：上帝是不是看到了这些？他是怎么想的……

"这世间——让人百看不厌……"

柳德米拉·尼卡诺罗娃,十二岁。
现在是一名工程师。

我想回忆一下……我们是不是在战争前就在说战争了?

广播里播放着歌曲:《如果明天就是战争》《我们的装甲车坚固,坦克飞快》。孩子们可以安心地入睡……

我们一家住在沃罗涅什。我童年的城市……学校里的许多教师都是老知识分子,有很高的音乐艺术水准。我们学校有儿童合唱团,我也参加了,在市里享有极高的声誉。据我所知,大家都非常热爱戏剧。

我们是移居来的军人家庭。带有走廊的四层楼房,夏天院子中盛开着金合欢。在楼房前的花坛里我们经常玩耍,那有地方可以捉迷藏。我很幸运父母都健在。爸爸是军队干部。整个童年,我的眼前都是他的军装。妈妈的性格温柔,有一双巧手。我是他们唯一的女儿。很容易就能猜想到在这样的环境下长大的我,很固执、任性,同时又很羞怯。我在"红军之家"学习音乐,练习合唱。每逢星期天,是爸爸唯一不忙的一天,他喜欢和我们一起在城市里散步。我和妈妈需要走在他的左侧,这样爸爸好和遇到的军人随时打招呼，行举手礼。

他还喜欢和我一起读诗，特别是普希金的：

学习吧，我的儿子：科学为我们缩短
快速生活的经验……[1]

那个 6 月的一天……我穿着漂亮的连衣裙和女伴去"红军之家"的花园看戏，演出定在十二点开始。我们看见：大家都在听广播喇叭，它被固定在电线杆上。所有人的脸上都是不安的神色。

"你听，战争爆发了！"女伴说。

我飞奔回家。闯进屋门。房间里一片安静，妈妈没在家，爸爸正在有条不紊地对着镜子刮胡子，他的一边脸上还粘着肥皂沫。

"爸爸，打仗了！"

爸爸冲我转过身，继续刮胡子。我看见他的眼睛里有一种陌生的神情。我记得，墙上的有线广播喇叭被关闭了。这是他所能做的一切，为了延迟我和妈妈知道这个可怕的消息。

生活瞬间改变了……我完全想不起来这些天爸爸是不是在家，他变成了另外一个人。市里召开了全民会议：如果房子着火的话，怎么样扑灭。如何在晚上关好窗户——城市里晚上应该看不到灯光。食品摊消失了，出现了食品供应证。

那个最后的夜晚来临了。它完全不像我如今在电影中看到的那

---

[1] 出自普希金的长诗《鲍里斯·戈都诺夫》。

样:眼泪、拥抱,跳上开动的火车。这些都没有发生在我们身上。一切经过是这样的,爸爸仿佛是收拾行装去演习一样。妈妈为他整理好行李,已经为他缝好了活领子、野战领章,检查了纽扣、袜子和手巾。爸爸拽了拽大衣,好像是我在拉着它。

三口人一齐到了走廊里。时间已经很晚了,此刻,家里所有的门除了大门,都已经关上了,为了走到院子里去,我们不得不从第一层上到第二层,穿过长长的走廊,重新下楼。街上一片黑暗,总是非常认真的爸爸说道:"别再往前送我了。"

他拥抱我们:"一切都会好的。别担心,姑娘们。"

他就这样走了。

他从前线寄回来几封信:"很快我们就胜利了,到那时我们就会过上另外的一种生活。我们的柳德米拉奇卡[1]近来表现怎么样?"我想不起来,到9月1日之前我都做了些什么。当然,有一次我让妈妈着急了,因为我没打招呼就去了女伴家很长时间。防空警报响起来,可以说,像平常一样。人们很快就习惯了:没有跑到防空工事去,而是都待在家里。有好几次防空警报响起时,我正好在市中心的街道上。我跑进商店,或者是楼道——不顾一切。

传言四起。但它们都没有留在记忆里。在我童年的头脑中……妈妈在军队医院里值班。每天都会有拉着伤员的火车到来。

最令人吃惊的是什么——货摊上又出现了商品,人们可以购买。我和妈妈那几天商量:要不要购买一架钢琴呢?最后决定暂时

---

[1] 柳德米拉的爱称。

先不买，等爸爸回来再说。不管怎么说这是一笔大花销。

　　让人想象不到的是，我们开学了，就像平常一样，9月1日开学了。而爸爸那里，整个八月都没有一点音信。我们相信，我们等待着。尽管已经听说了这样的一些词语，像"武装"和"游击队"等。月末的时候，我们被告知：随时准备撤离。我们知道了确切的日期，好像是，要在一个昼夜就走。妈妈们受罪了。但我们仍然坚信，离开一两个月，在萨拉托夫的某个地方待上一段时间，我们就会回来。打好包袱，装进去被褥，整好行李，收拾好餐具和装衣服的箱子。我们都准备好了。

　　在路上我记得这样一幅画面：没有吹哨子，我们的火车就开动了，我们从火上端起锅，来不及熄灭，就赶紧上了火车，穿过路基——带起一道火链。火车抵达了阿拉木图，然后返回了奇姆肯特。就这样来来回回，往返了好几次。最终，拖着缓慢速度，拉着沉重的物资，我们到了后方。

　　平生第一次看到了土坯房……就仿佛走进了东方的神话里……一切都色彩鲜艳，非同寻常。我非常感兴趣。

　　可是，当我发现妈妈的第一根白发——我吃惊得说不出话来了。我开始努力让自己成熟起来。妈妈的一双巧手啊！我不知道，还有什么她不会的。妈妈真是有远见，在最后时刻，她搬起缝纫机（没有箱子，包在枕头里），扔到了启动的列车上。缝纫机——成了我们的救命恩人。每到深夜妈妈都悄悄地缝制衣服。我的妈妈睡过觉没有？

　　从地平线上可以看到冰雪皑皑的天山峰顶，春天的时候——整个草原因为盛开的郁金香而变成红色，秋天的时候，葡萄、香瓜都成熟了。但是拿什么买呢？！还在打仗！我们寻找我们的爸爸！三年时间里写了几十封问询的信：往军队司令部、野战邮局一百六十号、国防人民委员会、位于布古鲁斯兰的红军干部总局……得到的回复都是："在死亡和伤员名单中没有发现这个姓名……"既然没有——我们就等待吧，等啊等啊，满怀希望。

广播里开始播放愉快的消息。我们的军队解放了一座又一座城市，奥尔沙也解放了。这是妈妈的故乡。那里住着外婆和妈妈的姐妹们。沃罗涅什也解放了……但是如果爸爸不在，沃罗涅什对我们来说就像陌生的地方一样。我们去投奔外婆。都是坐在火车的过道里——从那儿进入车厢——五个昼夜我们都是坐在那里……

在外婆家，我最喜欢的地方是守着俄式炕炉。去学校上课时要穿着大衣，许多女孩的大衣都是用军大衣缝制的，而男孩们直接穿着军大衣。清晨，听到广播喇叭里传出来：胜利啦！当时我十五岁……我穿上爸爸战争前给买的礼物——毛线上衣和高跟新鞋，去上学。我们很珍爱这些东西，它们都提前考虑到了我会长身体，如今我长大了。

晚上我们坐在桌子前，桌上摆着爸爸的相片和一卷破损的普希金的诗集……这是他送给自己的未婚妻——我的妈妈的礼物。我想起来，我和爸爸一起读过这些诗句，当他因为什么事特别高兴的时候，他就说："这世间——让人百看不厌。"他总是在高兴的时候重复这句诗。

我不能想象这样可爱的爸爸已经不在人世……

"他们带回来又细又长的糖果，像铅笔一样……"

列昂尼达·别拉娅，三岁。
现在是一名熨衣工。

三岁的孩子是不是记得些什么事吗？我这就回答您……

有三四个画面我记得绝对清清楚楚。

……

房子后面，一些陌生的叔叔在草地上做操，在河里游泳。他们跳高，叫喊，大笑，相互追逐，就像我们乡间的男孩子们。妈妈刚放下我，我就往他们那里跑，妈妈就吓得大叫，不允许我出家门。对于我的提问："这些叔叔是什么人？"她惊慌地回答："德国人。"别的孩子都跑到河边，带回来些又细又长的糖果……他们给我吃……

这些叔叔白天列队在我们的街道上走来走去，开枪打死了所有冲他们叫唤的狗。

此后，妈妈禁止我白天到街上去。整个白天我都和猫待在家里。

……

我们不知往哪里跑……露水冰凉。外婆的裙子一直湿到了腰部，我的裙子和头也都是湿漉漉的。我们躲藏到森林里，我裹在外婆的上衣里擦干了身体，吸干了裙子。

邻居中有人爬上了树。我听见他说："着火啦……着火啦……着火啦……"翻来覆去只有这一句……

我们回到了村子。在原先房子的位置——只剩下一堆没有烧尽的黑木头。在邻居家住的地方，我们找到了一把梳子。我认识这把梳子，是邻居家名叫安妞特卡的小姑娘的，她用这把梳子给我梳过头。妈妈不能回答我，她和她的妈妈在哪里？为什么她们没有回来？我的妈妈捂着胸口。我记得，安妞特卡给我从叔叔们——快活地在河里洗澡的叔叔们那里，带来过又细又长的糖果。那么长，就像铅笔一样……非常好吃，我们从来没有吃过……她长得非常漂亮，他们给她的糖果总是很多，比别人都要多。

深夜，我们把双脚伸进灰烬里取暖，睡觉。灰烬那么暖和，那么细软……

"箱子大小正好和他差不多……"

杜妮娅·卡鲁别娃，十一岁。
现在是一名挤奶工。

    战争还在进行……可是得去耕地……

    妈妈、姐姐和哥哥去了田野，要种亚麻。他们出了家门，过了一个小时，时间不是太长，女人们就跑来叫喊着："杜妮娅，你们的家人被打死了，躺在田野里……"

    妈妈躺在口袋上，从口袋里撒落了一地的种子。口袋上有许多枪眼儿……

    只剩下了我和自己的小外甥。我的姐姐不久前刚刚生下孩子，她的丈夫参加了游击队。就这样，剩下了我和这个小男孩……

    我不会挤牛奶。奶牛在牲口棚里叫唤着，它也觉出来，女主人没了。我家那只狗也整晚叫个不停，还有那头奶牛……

    小婴儿往我怀里钻……想吃奶……我想起来，姐姐怎么奶孩子……我把自己的奶头给他，他吮吸着，吮吸着，睡着了。我没有奶水，可是他累了，折腾累了，就睡着了。他在什么地方得了感冒？怎么病了？虽然在家里最小，但是我也明白了。他咳嗽，一直不停地咳嗽。没有吃的，奶牛已经被伪警察们抢走了。

男孩死了。他呻吟着，抽搐着，死了。我听见：周围一下变得死寂。我掀起破布，看见他全身漆黑地躺着，只有小脸庞是苍白的，干净的。苍白的小脸，全身都是黑色的。

深夜，漆黑的窗户。我去哪儿？我要等到天亮，等到早晨再去叫人。我坐着，哭着，家里一个人也没有，甚至这个小男孩也没了。天渐渐亮了，我把他放进了一只小箱子里……我们家保存着一只爷爷的小箱子，里面存放各种工具，不大的箱子，像个包裹。我担心，会有猫或者老鼠啃咬他。他那么小小地躺着，比活着的时候，还要小。我用干净的毛巾包裹起他来，亚麻的毛巾。我还亲吻了他。

小箱子大小正好和他差不多……

"我怕做这样的梦……"

列娜·斯塔罗沃伊托娃,五岁。
现在是一名粉刷工。

我的记忆中残留着一个梦……一个梦……

妈妈披上自己的绿大衣,穿上皮靴,把六个月大的妹妹裹在暖和的被子里,出去了。我坐在窗户旁,等着她。突然,我看见:路上有几个人被押解着走来,其中就有我的妈妈和妹妹。在我们家附近,妈妈转过头,看了看窗口。我不知道她有没有看见我。一个法西斯分子用枪托打她……打得她弯下了腰……

傍晚,我的姨妈——妈妈的妹妹来了……她哭得很伤心,撕扯着自己的头发,称呼我是:孤儿,孤苦伶仃的孩子。我第一次听到这样的词……

深夜我做了个梦,好像看到妈妈在点燃炉子,火焰烧得明亮,我的妹妹在哭。妈妈招呼我……可是,我好像在很远的地方,我听不到。我在惊恐中醒来:妈妈叫我,我却没有答应。妈妈在梦里哭……我不能原谅自己,让她那样伤心地哭。我很长时间都在做这个梦……翻来覆去地做同一个梦。我想……我怕再做这样的梦……

我甚至连妈妈的一张照片也没有。只有这一个梦……在哪里都不能再看见我的妈妈了……

"我希望妈妈就我一个孩子，只宠爱我……"

玛丽娅·普赞，七岁。

现在是一名工人。

请原谅，每当我回想起这些事情……我不能……我……我就不能看别人的眼睛……

他们把集体农庄的奶牛从牲口棚里赶出来，把人们关到了里面，其中就有我们的妈妈。我和弟弟蹲在灌木丛里，他两岁，他没有哭。我们家的狗也和我们坐在一起。

早晨回到家里，房子还在，可是妈妈没了。一个人也没有，只剩下了我们。我去打水，还要生炉子，弟弟想吃东西。我们的邻居在水井的吊杆上被吊死了。我转身去村子里的另一眼水井，那里有一眼泉水井，水非常好，非常甘甜。那里也吊着人，我担着空水桶回了家。弟弟哭了，因为他很饿："给我面包，我要吃面包。"我咬了他一口，让他别再哭了。

就这样我们生活了好几天。村子里就我们两个人。那些躺着的或是吊着的都是死人。我们不怕死人，这些都是我们熟悉的人。后来，我们遇到一个陌生的女人，我们开始哭："我们要和您一起住，我们自己很害怕。"她把我们抱上雪橇，带回了自己的村子。她有两个男孩,再加上我们两个。就这样我们一起生活,直到我们的战士到来。

……

在保育院,人们送给我一条橙黄色的裙子,上面还带着小口袋。我太喜欢它了,我请求人们:"要是我死了,请给我穿上这条裙子再埋葬我吧。"妈妈死了,爸爸死了,我很快也会死的。我一直等待着,久久地等待着,等着什么时候自己死。每当我听到"妈妈"这个词的时候,我总会哭。有一次,不知为什么事他们骂了我,让我在墙角罚站,我从保育院里逃了出来。我逃跑了好几次去寻找妈妈。

我不记得自己的生日……他们告诉我:选自己最喜欢的日子,想是哪天就是哪天。喏,你最喜欢哪一天?我喜欢五月节。"但是,"我心想,"如果我告诉他们,我是5月1日出生的,或者5月2日,谁也不会相信,如果我告诉他们,5月3日,这一天倒像是真的。"人们把我们街区里过命名日的孩子集合到一起,给我们布置好节日礼桌,上面放满了糖果和茶水,还送给了我们各种礼物,给女孩子的是裙子之类的,给男孩子的是衬衫。有一次,有位陌生的爷爷来到了我们保育院,给我们带来了许多煮鸡蛋,分给大家。他为我们大家做了好事,他自己也很高兴。那一天正好是我的生日……

我已经大了,可是没有玩具的话还会感到孤单。躺下睡觉的时候,大家都睡着了,我会从枕头下面掏出几根羽毛,一根根地仔细欣赏。这是我最喜欢的游戏。如果我生病了,躺在床上,我

253

就会想妈妈。我希望妈妈就我一个孩子……好让妈妈只宠爱我一个人。

好久我都没有长个儿……我们所有在保育院里的孩子都发育得很慢。我想，也许是伤心的缘故吧。我们没有长大，因为很少听到温柔的话语。没有妈妈陪伴不会长大……

"他们没有沉下去，像皮球一样……"

瓦丽娅·尤尔凯维奇，七岁。

现已退休。

妈妈盼望有个男孩……爸爸也希望有个男孩。可是却生下了个姑娘……

但他们仍然想生个男孩……我虽然是个女孩，可生下来却像男孩子一样。父母给我穿的是男孩的衣服，理着男孩一样的短发。我也喜欢男孩们的游戏：哥萨克斗土匪，打仗，耍大刀。我特别喜欢玩"打仗"的游戏。我认为，我自己非常勇敢。

在斯摩棱斯克的郊外，拉着我们疏散人员的车厢完全被炸毁了。我们幸免于难，被人从火车的碎片下拖了出来。我们到了一个村庄，正好赶上那里开始打仗。我们蹲在不知谁家的地窖里，房子坍塌了，把我们掩埋了起来。当战斗平息下来，我们勉强从地窖里爬出来，之后的第一件事，在我的记忆中，就是汽车。几辆行驶的小汽车，上面坐着一些微笑的士兵，他们都穿着黑亮黑亮的雨衣。我不能表达出那种感觉，其中有恐惧，也有某种病态的好奇。汽车穿过村庄，消失了。我们这些孩子跑去看，村子后面到底发生了什么事。我们到了田野里，一幅恐怖的画面展现在我们眼前，整片黑麦田都被打死的人盖满了。也许，因为我具备了不是一般女孩的性格，所以看到这些我没有害怕，尽管这是第一次看到。他们全身漆黑地躺在那里，那么多人，让人无法相信，这是一些人躺在这里。这是战争给我留下的最初印象……我们浑身发黑了的士兵……

我和妈妈返回了维捷布斯克。我们的房子被烧毁了，但是奶奶在等着我们……一家犹太人收留了我们，两位病得很厉害，但是非常善良的老头。我们一直都很担心，因为城里到处都贴着告示，上面说，犹太人应该住到隔离区，我们请求他们，不要走出家门。有一天，我们没在家……我和妹妹到一个地方玩，妈妈不知去了哪里。还有奶奶……当我们都回到家，看到一张纸条，主人去了隔离区，他们担心我们受连累，我们应该活下去，而他们已经很老了。城里颁布了命令：俄罗斯人如果知道犹太人藏身在哪里，应该进行举报。不然的话，也会被枪毙。

我和妹妹读了这张纸条，跑到德维纳，那个地方没有桥，用船把人们运送到那里去。河岸让德国人封锁了。我们眼睁睁看着，把那些老头、孩子装到了船上，小船行到河中心，就被推翻了。我们找了好久，没有看到我们的老头。我们看见，一家人坐上了小船——有丈夫、妻子和两个儿子，当小船翻了的时候，成年人立刻沉到了水底，而孩子一直在漂浮。法西斯分子们笑着，用船桨拍打他们。他们在一个地方击打孩子，孩子漂到了另一边，他们就追过去，继续击打。他们也不沉底，像皮球一样……

四周一片寂静，也许，是我的耳朵聋了，我觉得，一切都变得死寂，鸦雀无声。突然在这寂静中响起了大笑声。一个年轻的、发自肺腑的笑声……我们旁边站了几个年轻的德国人，目睹了这一切，他们笑着。我不记得，我和妹妹是怎么回到家的，我是怎么才把她扯走的。当时，很明显，孩子们一下子长大了，她才三岁，就都明白了，一言不发，也没哭泣。

我曾经害怕上街，当我走在废墟里，我觉得自己比平时还要平静一些。有天深夜，德国人闯进了我们家，开始拉扯我们，让我们起床。我和妹妹睡在一起，妈妈和奶奶在一起。德国人把我们驱赶到街上，不让带任何东西，而当时已经入冬了，我们被装上车，拉到了火车站。

阿里图斯——立陶宛的一座城市叫这个名字，过了几周我们到达了这里。在车站上，我们被命令排成了长队，我们路上遇到了几个立陶宛人。显而易见，他们知道把我们带到哪里去，一位女士走近妈妈，说："要把你们带到死亡集中营去，把自己的姑娘给我吧，我救救她。如果你们还能活着，你们会找到她的。"妹妹长得很漂亮，大家都非常喜欢她。但是，什么样的母亲才会把自己的孩子送人呢？

在集中营里，他们立刻把奶奶带走了。他们要把老人带到另外一个宿舍去。我们等着奶奶给我们消息，但是她失踪了。后来，不知从哪里听说，所有老人第一时间就被送到了毒气室。一天早晨，紧随着奶奶，妹妹也被带走了。这之前，几个德国人在宿舍里走来走去，登记儿童姓名，挑选漂亮的，一定要长得皮肤白皙的。妹妹的皮肤很白，有一双深蓝色的眼睛。没有登记全部儿童，只登记这样的。他们没有抓走我，我长得黑一些。德国人抚摸着妹妹的头，他们很喜欢她。

妹妹早晨被带走了，傍晚时才送回来。她一天一天地消瘦下去。妈妈问过她，但是她什么也不说。不知是他们恐吓她了，还是给她吃过什么样的药片，她什么都记不清了。我们后来才知道，他们被抽了血。看得出，抽了很多血，过了几个月，妹妹就死了。她是在早晨死的，当时他们又来带小孩，她已经死了。

我非常喜欢自己的奶奶，因为爸爸和妈妈去上班的时候，我一直跟她在一起。但是我们没有看到她死，一直盼望着，她还活在人世。而妹妹的死就发生在身边……她像活着一样躺在一边……还是那么美丽……

隔壁的宿舍里住的是奥尔洛夫女人，她们都穿着皮大衣，她们的大衣都很肥大，每个女人都有好几个孩子。她们被赶出宿舍，六个人一排，敌人命令她们和自己的孩子操练队形，孩子紧紧依偎着她们。甚至还播放着不知什么音乐……如果一个女人和后面的孩子迈的步子不对，敌人就用鞭子抽打她们。敌人抽打着她，她还得往前走，因为她知道，如果她倒下，就会被枪毙，她的孩子也会被枪毙。我的胸中突然升起某种感觉，当我看见她们站起来，穿着沉重的大衣，迈开步子时……

成年人被赶去干活，他们从涅曼河里运原木，把它们拖到岸上。许多人都死在了河里。有一次，领班抓住了我，把我也塞到去干活的队伍里。这时，从人群中跑出一个老人，他把我拉开，站到了我的位置。傍晚时，我和妈妈想去感谢他，我们没有找到他。人们说，他死在了河里。

我的妈妈曾经是一名教师。她确信"应该像人一样活着",甚至在地狱里她也努力坚守着我们在家里的生活习惯。我不知道,她在哪里洗衣服,什么时候洗,但是,我身上穿的衣服始终是干净的,是清洗过的。冬天她用雪洗衣服,她从我的身上脱下所有的衣服,我就坐在被窝里,她就去洗。我们只有身上穿着的这件衣服。

我们仍然会庆祝我们的节日……在这天准备些什么吃的东西,一块煮甜菜,或者一根胡萝卜。妈妈尽量在这一天保持微笑。她相信,我们的战士一定会来的。基于这样的信念,我们都存活了下来。

战争结束后,我没有上一年级,而是直接上了五年级。我已经长大了,但是性格很孤僻,很长时间都远离人们。整个一生,我喜欢孤独。人们让我感受到压力,我很难和他们相处。我内心有什么秘密,也不能和人们分享。

当然,妈妈发现了我的变化。她努力吸引我,营造节日气氛,不忘记给我过命名日。我们家不断有客人来,都是她的朋友。她称呼我的熟人都是女孩,我很难理解这一点。而她却愿意靠近人群。我想象不到,妈妈有多么爱我。

是妈妈用爱再一次拯救了我……

"我记得蔚蓝蔚蓝的天空……我们的飞机在天上飞过……"

彼得·卡里诺夫斯基,十二岁。

现在是一名建筑工程师。

在战争爆发以前……

我记得,我们学习过打仗,做过备战演习。我们学过射击,投过手榴弹,甚至小姑娘们也要学。大家都想获得"伏罗希洛夫级射手"奖章,希望在燃烧。我们唱着《格林纳达》,歌词优美,写的是英雄去参加战斗,"为了把格林纳达的土地分给农民",继承革命事业,全世界的革命!是的,我们当时就是这样的。这曾是我们的理想!

童年的时候,我自己写童话故事,我很早就学会了阅读和写作。我是一个学习优秀的小男孩。依我的看法,妈妈想让我成为一名演员,而我的理想是学会飞行,穿上飞行员的制服。那个年代我们都是这样。比如,在战争开始之前,我没有遇到过一个小男孩不想当飞行员或是海军的。我们需要的不是天空,就是海洋。整个地球!

现在你们设想一下,我们都遭遇了什么……对我们的人民……

他们对我们都干了些什么，当我们看见德国鬼子进入我们的故乡，在可爱的街道上，我哭了。当夜晚来临，人们关上护窗板，关严了窗子哭泣。

爸爸去参加了游击队……穿过街道，邻居家穿上了白衬衫，他们盛情迎接德国人，还为他们拍摄了录像。

当我看到第一批我们的人被吊死，我跑回家："妈妈，我们的人被吊到了天上。"平生第一次我害怕了天空，此后改变了对天空的看法，我开始小心谨慎地对待它。我清楚记得，人们被吊得很高很高，也可能是当时我太恐惧了。我也看到过在地上被打死的人啊？但是没有这么害怕过。

爸爸很快回来接我们……现在我们可以一起离开了……

一个游击小队，第二个……突然我们听见：整个森林里唱着俄罗斯歌曲。我熟悉鲁斯兰诺娃[1]的声音。一个小队里有一台电唱机，三四张唱片，从头放到尾，我吃惊地站着，不相信自己是在游击队员中间，这里还在唱歌。我在城市里生活了两年，在被德国人占领的城市，我忘记了人们还会唱歌。我看见，人们是怎么死的……看见他们是多么恐惧……

1944年，我参加了明斯克游击队阅兵式。我走在右边一排的最边上，人们让我站在这里，为了方便看到主席台。"你还没有长大，"游击队员们对我说，"你挤在我们中间没有人注意到你，什么

---

[1] 莉迪娅·鲁斯兰诺娃（1900—1973），俄罗斯著名歌唱家，她收集了许多俄罗斯民间歌曲，并以独特的唱法重新演绎。作于1938年的歌曲《喀秋莎》就是由她首次演唱后被广泛传播的。

也看不见,你应该记住这一天。"我们没有拍过照片,太遗憾了。我想象不出,当时我长什么样子,我真想知道啊……看一看自己的脸庞……

　　我不记得主席台了,我只记得蔚蓝蔚蓝的天空,我们的飞机在天上飞过,我们是如此期盼它们,在整个战争期间……

"像熟透的南瓜……"

雅可夫·科罗丁斯基,七岁。
现在是一名教师。

最初的轰炸……

轰炸就要开始了……我们往樱桃树下搬枕头,抱衣服,枕头太大了,抱着它我们什么都看不到,连自己的两条腿也被挡住,不好走路。等那些飞机飞走了,又把所有东西都搬进屋里。就这样,一天重复好几次。后来已经不再心疼什么东西了,母亲只把我们几个孩子带出房子,别的东西都扔下不管了。

那一天……我觉得,我是在爸爸讲述的基础上添加了些什么,但是许多事情我自己都记得。

早晨……雾气弥漫了院子,人们已经把牛赶出了家门。母亲叫醒我,给我一杯热乎乎的牛奶,很快我们该去田里干活了,父亲在打直镰刀的刀刃。

"瓦洛佳。"邻居敲打着窗户,呼唤着父亲。

父亲走到外面。

"我们快跑吧……德国人拿着名单在村里搜查。不知是谁把所有共产党员的名字都抄写给他们了。一位女老师被抓走了……"

他们两个人爬过菜园，爬向森林。过了一段时间，两个德国人和一个伪警察闯进我们家。

"你男人哪去啦？"

"去割草了。"母亲回答。

他们在房间里搜寻了一圈，到处查看，没有动我们，就出去了。

清晨幽蓝的天空中还迷蒙着一层雾气，天很冷。我和妈妈从栅栏向外张望：一个邻居被推搡到街上，他的双手被捆绑着，还押着一位女老师……他们的双手都被绑在背后，两个人一组。我从来没有看到过被绑着的人，全身起了一层鸡皮疙瘩。母亲赶我回屋："上屋里去，穿上衣服。"我穿着件背心站在那里，浑身颤抖，但是我没有回屋。

我们家的房子正好位于村庄的中心。敌人把他们驱赶到这里。一切都发生得很快。捆绑的人们站着，低着头。敌人按照名单清点了一遍，然后他们就被赶到了村后。有许多村里的男人和一名女老师。

女人和孩子跟在后面追赶，他们被驱赶得更快了，我们落在后面。刚跑到最后一个板棚附近，就听到了枪声。人们都一个个倒在地上，有人倒下了，有人又站起来。

他们很快就都被开枪打死了，敌人收拾一下准备离开。一个德国人让摩托车转着弯，从这些死去的人身边绕过。他的手里拎着一件沉重的什么物件……不是根粗棒子，就是摩托车的手摇柄……我不记得了……他没有从摩托车上下来，慢慢开着，砸向所有人的脑袋……另一个德国人想用手枪再补射一下，这个德国人摆了摆手，

264

意思是不用了。所有人都走了，可他直到把所有人的脑袋都砸碎后才离开。我以前从来没有听到过人的骨头破碎的声音……这次让我记住了，它们噼啪作响，就像熟透的南瓜。父亲曾经用斧头砸开南瓜，我把里面的种子收集起来。

我吓得够呛，撇开妈妈，丢下所有人，一个人撒腿跑走了。我躲藏起来，不是藏在房子里，而是地窖里，母亲找了我很久。我两天里一句话也说不出来，发不出一点声音。

我怕上街。我透过窗子看见：一个人搬着板子，第二个人拿着斧头，第三个人提着水桶奔跑。人们锯开木板，每家的院子里都散发着新鲜木材的气味，因为几乎每个院子里都放着棺材。这种气味直到如今都会从我的喉咙里冒出来，直到今天……

棺材里躺的都是我熟悉的人，没有一个人有脑袋，脑袋的位置是用什么代替的，盖着白色的毛巾……能收起点什么算什么……

父亲和两名游击队员一起回来了。一个寂静的夜晚，把奶牛赶回来了。该睡觉了，可是，母亲收拾东西准备上路，她给我们穿上衣服，我还有两个弟弟——一个四岁，一个九个月。最大的是我。我们到了铁匠铺，在那里停了下来，父亲回头看了一眼，我也回头望了望。村庄已经不像一个村庄了，更像是一片陌生的黑森林。

妈妈怀里抱着小弟弟，父亲背着包袱，领着大弟弟，我跟不上他们。年轻的游击队员说："来，让他骑到我的背上。"

他背着机关枪和我……

"我们吃了……公园……"

阿尼娅·戈鲁宾娜,十二岁。
现在是一名画家。

每当我讲这些事的时候,我的嗓子会立刻失声……就说不出话来了……

我们是战争结束后才到明斯克的。我是出生在列宁格勒的小姑娘,在那里忍受过封锁的煎熬。列宁格勒大封锁……当时整座城市都陷于饥饿之中,我亲爱的、美丽的城市。我的爸爸死了……是妈妈救了孩子们,战争前她就像一团火。1941年,弟弟斯拉维克出生。封锁开始的时候他多大?六个月,刚刚也就六个月大……她把这个小家伙也救活了……我们所有三个孩子……我们却失去了爸爸。列宁格勒所有人的爸爸都死了,爸爸要死得快一些,妈妈们都幸存了下来。也许,她们不应该死,要不然我们怎么办?

当我们突破封锁,逃离列宁格勒,生活的道路把我们引向了乌拉尔,到了卡尔平斯克市,人们首先抢救的是孩子。我们学校整个转移到了后方,一路上,大家都在不停地说着吃的,说着食物和父母。在卡尔平斯克,我们立刻被放到了公园里,我们不是到公园里闲逛,而是去那里找东西吃。我们特别喜欢吃落叶松,它的茂密的松针——是那么好吃！小松树的嫩芽我们也吃过，还啃过小草。经历过封锁后，我认识了所有可以吃的野菜野草，在城市里人们吃遍了所有植物。从一开春，公园和植物园里就没有剩下一片叶子，而在卡尔宾斯克的公园里有许多酢浆草，我们都叫它"兔子菜"。这是1942年，乌拉尔也遭受了饥荒，但是总的来说不像在列宁格勒那样可怕。

在我住的保育院里，全都是列宁格勒的儿童，人们喂不饱我们，很久都不能喂饱我们。我们坐着上课，吃纸。给我们食物时很谨慎……我坐在桌边，这是早饭的时间。我看到了一只猫，活的猫……它从桌子底下钻了出来："猫！猫！"所有的孩子都看见了，开始追赶它："猫！猫！"保育员是当地人，她们看着我们，就像是在看着疯子。列宁格勒一只活猫都没剩下……一只活猫——简直是梦寐以求，足够一个月的吃食……我们说了这些事，他们都不相信。我记得，他们经常抚摸我们，拥抱我们。旅途之后，在我们没有剪掉头发之前，任何人都没有提高嗓门对我们说过话。在离开列宁格勒之前，我们都被剃成了秃瓢，男孩和女孩一样，有一些人的头发因为饥饿都掉光了。我们不玩游戏，没有跑着玩。我们坐着，看着，吃下所有东西……

我不记得，是谁在保育院里给我们讲过德国俘虏的事……当我看见第一个德国人……立刻就明白了，这是俘虏，他们在郊外的煤矿干活。直到今天我都不明白，他们为什么会跑到我们的保育院里来，还是列宁格勒的孩子们住的保育院？

我看见了他……这个德国人……他什么也没说，也没乞求什

267

么。我们刚刚吃过午饭，很明显，我身上还有吃过的午饭的味道，他站在我旁边，闻着空气，他不由自主地蠕动着舌头，好像嘴巴里在咀嚼什么东西，他试图用手拿住它，让它停止。但是它还在动，还在动。我不忍心看到饥饿的人。绝对不能！我们所有人都有这个毛病……我跑着，招呼一个小姑娘，她还剩下了一块面包，我们把这块面包给了他。

他连声说着谢谢，谢谢。

"坦克申……坦克申……[1]"

第二天，他和自己的同事们又来找我们，他们都穿着笨重的木鞋，咔嗒——咔嗒……我一旦听到这种声音，就跑出去……

我们已经知道，他们来了，甚至是在等着他们。我和那些还剩下些食物的孩子一起跑出去。我在厨房值日的时候，把自己一天的一块面包全部留给他们，晚上我把饭锅刮干净，吃些剩东西。所有女孩都会给他们留下些什么吃的，至于男孩剩下了没有，我不记得了。我们的男孩始终处于饥饿状态，总是不够吃。女保育员批评了我们，因为发生了女孩饿昏的事，但是我们仍然偷偷地为这些俘虏留食物。

1943年，他们已经不再到我们这里来了，那一年生活变得轻松了些。乌拉尔地区的饥荒有所缓解。保育院里有了真正的面包，粥管够。但是直到如今我都不能看到饥饿的人。他是怎么看人的啊……从来不敢直视，总是看着一边……前不久，我在电视上看到了难民……又不知是哪里发生了战争，射击，枪战。饥饿的人们拿

---

[1] 坦克申：德语"谢谢"（danke schön）的俄语发音。

着空空的盆子排队，空洞的眼神。我记得这种眼神……我跑到了另一个房间，歇斯底里症发作了……

　　撤离到后方的第一年，我们都没有注意到大自然，自然中的一切事物，唤起我们的只有一种欲望——尝一尝，看它能不能吃？只是在过了一年之后，我才看见，多么优美的乌拉尔自然风光啊。多么美丽的那些野生的枞树、高高的野草、整片稠李林，多么美丽的落日！我开始画画，没有颜料，我用铅笔画。我画了明信片，寄给自己在列宁格勒的父母。我最喜欢画的是稠李花，卡尔宾斯克散发着稠李花的芬芳。

　　好多年了，我都有一个愿望——想重回那里一趟。非常渴望去看看——我们的保育院还有没有……房子是木头的——在新的生活中它是否还保持完整？城市公园现在怎么样了？我想在春天的时候去，那是所有的鲜花盛开的时节。到现在我都无法想象，我可以吃一大捧稠李子，甚至当它们还是绿色的时候。非常苦涩，我们就这样吃过。

　　封锁结束后……我知道，人可以吃一切东西。人们甚至吃泥土……在集市上有卖泥土的，卖的是炸毁焚烧后的巴达耶夫斯基粮库里的泥土，特别让人们喜欢的是洒过葵花籽油的，或者是混合着果泥烧过的泥土，这两种泥土都卖得很贵。我们的妈妈只能买到最便宜的泥土，那些泥土上放过腌鱼的大木桶，这样的土只散着咸味，里面没有盐，只有鱼的气味。

　　我会为鲜花而快乐，为青草而快乐……单纯的快乐……我不是很快就学会这样的……

　　是战争过去了十几年的时候……

"谁要哭，就开枪打死谁……"

薇拉·日丹，十四岁。

现在是一名挤奶工。

我怕男人……这是战争中落下的毛病……

他们拿枪押着我们，走啊走，带到了森林里。他们找到了一块空地。

"不行。"一个德国人摇着头说。

继续押着我们往前走。伪警察们说："把你们这些游击土匪埋在这么美丽的地方太奢侈了，太便宜你们了，我们要把你们扔到烂泥里去。"

他们选择了一片最低洼的地方，那里一直都有积水。他们给了父亲和哥哥铁锹，叫他们挖坑，让我和妈妈留在树下看着。我们看着，他们挖好了坑，哥哥最后叹息了一声："唉，薇拉契卡[1]！……"他十六岁……十六……刚刚满十六岁……

我和妈妈眼睁睁地看着，他们被开枪打死了……不能转过身去，不能闭眼睛。伪警察监视着我们……哥哥没有掉进坑里，在子

---

[1] 薇拉的爱称。

弹射击中他往前走了几步，向前扑倒在地，坐在了坑边上。他们用皮靴把他踢进了坑中，踹进了脏泥里。最让我们害怕的，已经不是把他们打死了，而是丢进了黏糊糊的泥泞里，丢进了水里，甚至没有往他们身上盖土。他们不让我们哭，把我们又赶回了村子。

我和妈妈哭了两天，躲在家里，小声地哭。第三天，那个德国人和两个伪警察又来了，说："你们准备去收尸吧，把自己家的土匪埋了。"我们到了那个地方，他们的尸体漂浮在水坑里，那已经不是坟墓，而成了水井。我们拿的是自己家的铁锹，我们一边挖坑，一边哭泣。可是，他们说："谁要是再哭，就开枪打死谁。要笑。"他们强迫我们笑……我低着头，他走上前来，端详着我的脸，看我是笑还是哭。

他们站着……所有年轻的男人，漂亮的男人……他们微笑着……我已经不怕这些死人了，而是怕这些活人。从那时候起，我就怕年轻的男人……

我没有出嫁，不知道什么是爱情。我担心：万一我要是生个男孩呢……

"妈妈和爸爸——金子般的词语……"

伊拉·玛祖尔,五岁。
现在是一名建筑工人。

也许,我该说说自己的孤独?我是如何学会忍受孤独的……

有个小姑娘,叫列娜奇卡,她有一床红色的被子,而我有一床褐色的被子。当德国的飞机来轰炸的时候,我们就趴在地上,蒙住被子。下面是红色的,上面是我的,褐色的。我告诉女孩们,飞行员从上面看到褐色的被子,他就会以为这是块石头……

对于妈妈的记忆只剩下了一种,就是我害怕失去她。我认识一个小姑娘,她的妈妈在轰炸中死了,她一直在哭泣。我的妈妈就把她抱在怀里,安抚她。后来……我和一位陌生的阿姨在村子里埋葬了我的妈妈……我们给她擦洗身体,她躺在那里,显得那么小,就像个小姑娘。我不害怕,我一直在抚摸她。像平常一样把她的头发和双手擦干净,她哪里受了伤,我没有发现。可想而知,是子弹伤,伤口很小。为什么我认为妈妈身上是受的子弹伤呢?因为有一次我在路上看到过这种小子弹。当时还很惊讶:怎么用这么小的子弹就可以把那么大的人打死?甚至就连我本人,也要成千倍地、成百万倍地大于它啊。为什么我会记住"百万"这个词,因为我觉得，这是"非常非常多"的意思，多得不能计算。妈妈没有立刻死去。她在草地上躺了很久，睁开眼睛说："伊拉，我该跟你说几句话……"

"妈妈，我不想听……"

我认为，如果她对我说了她想要说的话，她就会死的。

我们给妈妈擦洗干净了，她蒙着头巾躺在那里，梳着长长的发辫。嗯——像个小姑娘……这已经是用我现在的眼光来看她了。我现在的年龄已经比当时的她大两倍了，妈妈当时是二十五岁。现在我的女儿都这么大了，她的外貌特别像我的妈妈。

保育院给我留下了什么？坚决断然的性格，我说话不会温柔，不会细心慎重，我不会告别。家里人都埋怨，我这个人不温情。

没有妈妈的陪伴能长成温情的人吗？

在保育院，我想拥有自己的小碗，它就属于我一个人。我总是非常羡慕：人们都从童年时代遗留下来些什么东西，我却没有。我不能说："这是我童年时代的东西。"我多么想说啊，有时甚至会产生遐想……

别的女孩子都缠着我们的保育员，而我喜欢保姆。她们更像我们可爱的妈妈。保育员比较严厉，办事认真，而保姆们永远是头发散乱，衣衫不整，像家里人似的唠唠叨叨，她们会打我们一下，但一点都不疼，像妈妈一样。她们在澡堂里给我们洗澡，洗衣服，我们可以坐到她们的膝盖上，她们抚摸着我们光溜溜的身体，而这只有妈妈可以这样做，我就是这样记住她们的，她们给我们做吃的，用自己的方法给我们治好了鼻炎，为我们擦眼泪。当我们扑倒在她们怀里的时候，这已经不是保育院，更像是在家里。

我经常听见人们这样说："我的母亲"或者"我的父亲"。我不明白，怎么能这样说呢——母亲、父亲？就像称呼陌生人似的，只能是——妈妈或者爸爸。如果他们还活着的话，我会这样叫他们：妈妈、爸爸。

这是金子般的词语……

"把她一块块地叼了回来……"

瓦丽娅·兹米特罗维奇，十一岁。

现在是一名职工。

我不想回忆……不希望回忆，永远都不想……

我们家有七个孩子。战争之前妈妈笑着说过："阳光照耀，所有的孩子都会长大。"战争开始了——她哭了："这样倒霉的年代，孩子们都待在家里，像豌豆一样……"尤季卡——十七岁，我——十一岁，伊万——九岁，尼娜——四岁，嘉丽娅——三岁，阿丽卡——两岁，萨沙——五个月。小婴儿还很麻烦，她还在吃奶，不停地哭。

当时我还不知道，这是战争结束后听别人告诉我们的，当时我们的父母与游击队有联系，还与工作在奶粉厂的战俘有联系。妈妈的姐妹也在那里上班。我只记得一件事：深夜的时候，我们家里坐着些男人，尽管窗户蒙上了厚厚的被子，显然是透出了光，子弹直接射到了我们的窗户上。妈妈抓起灯，藏到了桌子底下。

妈妈给我们用土豆做了些食物，她会用土豆做一切好吃的东西——就像如今所说的，百种美味佳肴，好像是为什么节日准备的。我记得，家里弥漫着香味，父亲在树林边锯着什么。德国人包围了房子,命令:"都出来!"妈妈和我们三个孩子都出来了。他们开始打妈妈,她叫喊着:"孩子们,快进屋子里。"

敌人让她贴着墙壁站在了窗户下,而窗子里面是我们。

"你的大儿子在哪里?"

妈妈回答:"挖泥炭呢。"

"去那里。"

他们推搡着妈妈上车,也都坐上了车。

嘉丽娅从屋子里跑出来,叫喊着,请求放了妈妈。而妈妈叫喊着:"孩子们,快回屋里去……"

父亲从田野里跑回来,看得出,是有人告诉了他,他拿了一份什么文件,跑着去追妈妈。他还冲我们喊:"孩子们,快回家里去。"就好像房子能救我们,或者妈妈在家里似的。我们在院子里等着……到傍晚的时候,有人爬到大门口,有人爬到苹果树上:看我们的爸爸和妈妈、姐姐和哥哥是不是快回来了。我们看见——人们从村子的另一头跑来:"孩子们,快离开家,赶紧逃跑。你们的亲人都没了。他们马上来抓你们了……"

我们沿着土豆地爬向了沼泽,在那里一直坐到深夜,等到太阳升起来。我们该怎么办?我想起来,我们把最小的孩子忘记在了摇篮里。我们回到村庄,抱起小孩,她还活着,只是因为哭叫时间过长全身变成了紫色。弟弟伊万说:"喂喂她吧。"我拿什么喂她呢?我也没有奶啊。可是弟弟吓坏了,怕她死了,请求我:"你试试吧……"

一位女邻居来了:"孩子们,他们还会找你们的。去你姨妈家吧。"

我们的姨妈住在另一个村子。我们说:"我们一起去找姨妈,请您告诉我们,我们的妈妈和爸爸,还有哥哥姐姐都到哪里去了?"

她告诉我们,他们都被打死了。他们都躺在森林里……

"但是你们千万不要去那里,孩子们。"

"我们要离开村子,我们要去和他们告别。"

"不要啊,孩子们……"

她把我们送出村子,没有允许我们去亲人躺着的地方。

过了许多年,我才知道,他们挖掉了妈妈的眼睛,扯掉了她的头发,把乳房都切了下来。小小的嘉丽娅,藏到了小枞树下面,敌人没有找到她,就放出了狼狗。那些狗一块块地把她叼了回来,妈妈当时还活着,她都看得清清楚楚……就在自己的眼前……

战争结束后,只剩下我和妹妹尼娜两个人。我在陌生人家里找到了她,把她带回了家。我们去了地区执委会:"给我们间房子吧,我们两个要在一起住。"他们给了我们工人宿舍的走廊。我在工厂上班,尼娜在学校里上学。我从来没有叫过她的名字,永远都是:妹妹。她是我唯一的姐妹。

我不想回忆。可是应该把自己的不幸告诉人们。一个人哭太难受了……

277

"我们家正好孵出一窝小鸡……我怕它们被弄死……"

阿廖沙·克利沃舍依,四岁。

现在是一名铁路工人。

我的记忆……唯一记得的事……

我们家正好孵出一窝小鸡,黄乎乎的,在地上摇摇摆摆,走来走去,它们还爬到了我的手上。轰炸的时候奶奶把它们都圈在了一个筛子里:"真想不到啊,战争来了——这些小鸡。"

我害怕他们会把小鸡杀死。至今我都记得,因为担心,我哭了。开始轰炸……大家都往地窖跑,躲藏起来,却不能把我从房子里弄出去。我抱着小鸡仔……等奶奶端起盛放小鸡的筛子,我才跟着她走。边走,我还边数:一只小鸡,两只,三只……它们一共有五只……

我也数炸弹。落下来一个,两个……七个……

就这样,我学会了数数……

"梅花国王，方块国王……"

嘉丽娜·玛图谢耶夫娜，七岁。
现在已退休。

    一个人正在诞生……

    他的身边坐着两位天使，他们赐予他命运。他们指定——他能活多久，生活的道路是漫长还是短暂。而上帝从空中俯视着，这是他派遣来的天使，来向新生的灵魂赐福。据说，上帝是存在的。

    你是我的好人啊……从眼神中就能看出来：一个人是幸福的，还是不幸福的。在大街上，我不会走到每个人跟前，叫人站住："年轻人，帅小伙，可以问一下你吗？"人们都跑，都跑开了，我要在人群中选择一个人，就好像我知道，我的胸中有一个声音在召唤，令我全身感到温暖，一些话不由自主就冒出来。灼烫的话语。我开始说……说出命运……我翻开扑克，那上面有你要知道的一切：过去怎么样，将来如何，怎么样让灵魂平静下来，它会带着什么离开人世。它去了来的地方——天空。扑克告诉你一切……自高自大的人啊，他的命运已经提前写在了天上。那上面有文字……但是每个人都会按照自己的方式阅读它……

    我们是茨冈人……自由的民族……我们有自己的法则，茨冈人的法则。我们在哪里生活,哪里让我们的心灵喜悦,哪里就是我们的故乡,对于我们来说——到处都是我们的故乡,到处都是——天空之下。父亲就是这样教育我的,妈妈也是这样教育我的。大篷车一路上摇晃着,颠簸着,而妈妈给我读我们的祈祷经文,她还唱歌。一片灰色……道路的颜色,尘埃的颜色……我童年的颜色……

你是我的好人啊,你看见过茨冈人的帐篷吗?圆圆的、高高的,就像天空一样。我就是在那里面出生的,在森林里,星空下面。我从小就不怕黑夜里的鸟,也不怕野兽。我学会了围绕着篝火跳舞和唱歌。没有歌曲,茨冈人的生活就无法想象,我们每个人都会唱歌和跳舞——就像说话一样平常,我们的歌词都是温情的。导致灭亡的……我小时候不懂,但还是哭了。那样的歌词……它们直达人的心灵,激起人的欲望。哄小孩子睡觉,挑逗亲爱的人,自由自在,伟大的爱情……俗话说得好,俄罗斯人要死两次:一次是为了祖国,第二次是听到茨冈人的歌声。

我的好人啊,为什么你们要提这么多问题呢?我自己来告诉你吧……

我从小看到的都是幸福。请相信我!

夏天我们一起住在宿营地里。一大家子人总是在河边扎营,在森林旁边,在美丽的地方。清晨小鸟在歌唱,妈妈用歌唱把我叫醒。而冬天我们向人们请求去房子里住,那时的人都很好,心地善良,我们和他们和睦地住在一起。但是雪下多久,我们就等待春天多久。我们照顾马匹,茨冈人照料马匹,就像照看孩子。四月……复活节时,我们向善良的人们鞠躬致谢,收拾行装准备上路。太阳、微风……我们一天一天地生活,今天就是幸福——有人在深夜拥抱着你，或者孩子个个身体健康，吃饱喝足了——你就是幸福的。而明天将是新的一天。妈妈的话语……妈妈没有教会我许多事情。如果你是从上帝那里来的孩子，他不需要过多地学习，自己就能学会。

我就是这样长大的……我的短暂的幸福。茨冈人的……

早晨，我让交谈声给吵醒了，还有叫喊声。

"打仗啦！！"

"什么打仗？"

"和希特勒。"

"让他们打吧。我们——是自由的人，像小鸟。我们住在森林里。"

突然飞来了许多飞机。人们把奶牛赶到了牧场上。浓烟直升到天上……傍晚，妈妈的扑克牌撒了一地，她抱着脑袋，在草地上来来回回地转悠了很久。

我们又扎营了，不再前行。我觉得很无聊，我喜欢在路上不停地走。

有一天晚上，一位茨冈老太太走近篝火。她满脸皱纹，就像太阳晒得干裂的土地。我不认识她，她是从别的营地过来的，从很远的地方。

她给我们讲："早晨的时候，我们被他们包围了。他们骑着好马，膘肥体壮的好马。这些马的鬃毛都闪闪发光，钉着结实的马掌。德国人坐在马鞍上，伪警察把茨冈人从帐篷里拉出来。把戒指从手指上撸下来，把耳环从耳朵上拽下来。许多女人的耳朵上都鲜血淋淋，手指头都肿了。他们用刺刀挑开了羽绒褥子到处找金子。然后，就开枪射击……

"有一个小姑娘请求他们：'叔叔们，不要开枪。我给你唱个茨冈歌吧。'他们都笑了。她给他们唱歌，跳舞，他们还是把她打死了……整个营地的人都死了。帐篷点火烧了，只留下了马匹，没有留下一个人，他们把马匹都抢走了。"

篝火熊熊地燃烧着，茨冈人都一言不发，我坐在妈妈的身边。

早晨，大家集合：包袱、枕头、瓦罐，都扔到了大篷车上。

"我们去哪里？"

"去市里。"妈妈回答。

"为什么要去市里？"我舍不得离开小河，舍不得阳光。

"德国人这样命令的……"

在明斯克，允许我们住在三条街道上。我们有自己的隔离区。德国人一周发布一次命令，按照名单核对："一个茨冈人……两个茨冈人……"我的好人啊……

人们是怎么生活的？

我和妈妈一个村庄一个村庄地串，乞讨。有人给小麦，有人给玉米。每个人都向家里招呼："啊，茨冈女人，进来吧。请给我算算命吧。我的丈夫在前线。"战争让人们背井离乡，家破人亡。让人们都在期盼，想看到希望。

妈妈就给他们算命。我听着……梅花国王，方块国王……死亡——是黑色的牌。拿着长矛的牌。七点的牌……火热的爱情——白色的国王。军人——黑色的拿长矛的国王。很快就要上路——方块六……

妈妈从院子里出来时还是愉快的，可在路上她哭了。她害怕向人说真话:"你的丈夫死了,你的儿子已经不在人世。大地已经接纳了他们,他们,睡在那里了。扑克牌都见证了……"

我们在一间房子里过夜。我睡不着……看见,半夜里女人们松开发辫,占卜。每个人都打开窗子,向着黑暗的夜晚撒下粮食,听着风声:风要是安静的——未婚夫还活着,如果风在呼啸,敲打着窗户,那就不要再等他了,他回不来了。风不停地呼啸,敲打着窗玻璃。

从来没有人像在战争时期这样喜欢过我们,沉重艰难的时刻。妈妈知道咒语,她能帮助人和动物:她救过奶牛、马匹,和所有的动物用它们的语言交谈。

有传言说:有一个营地的人都被枪杀了,第二个……第三个营地的人被抓到了集中营……

战争结束了,我们都非常高兴。你见到谁,就和谁拥抱。我们剩下的人不多。人们又开始找我们算卦、占卜。阵亡通知书放在圣像下面,而女人还是乞求着:"啊,茨冈女人啊,给算算吧。万一我的人还活着呢。也许,是文书给写错了呢?"

妈妈就给她算命。我听着……

我是在集市上第一次给一个小姑娘算命的,她正在热恋,都是幸运牌。她给了我一卢布。我也祝福了她,哪怕仅仅是一秒钟。

我的好人啊,你会是个幸福的人!上帝与你同在,请讲讲我们茨冈人的命运吧。人们很少知道……

太,阿歪斯,巴赫塔罗……[1] 愿上帝保佑你!

---

[1] 茨冈语音译,意为"愿上帝保佑你"。

"一张大全家福……"

托利亚·切尔维亚科夫,五岁。
现在是一名摄影师。

如果还有什么留在记忆里,那是一张全家福照片……

在最前面的位置是手拿步枪的父亲,戴着军官的大檐帽,就连冬天他都戴着。大檐帽和步枪比父亲的面孔还要显得清晰。我非常想拥有这两样东西——既想要大檐帽,又想要步枪。男孩子嘛!

和爸爸并排坐着的——是妈妈,我记不清那些年里的妈妈,记得最多的,是她在干活:不停地清洗什么白色的东西,散发着药味。妈妈在游击队里当护士。

我和弟弟也在那里的某个位置。他总是生病。我记得——他全身通红,结了一层疮痂。他和妈妈在深夜里哭。他哭是因为疼痛,妈妈哭是由于害怕,担心他会死掉。

接下来,我看到,好像走到了一座乡村的大房子跟前,那里是妈妈工作的军队医院。许多农村妇女拿着杯子向这里走来。杯子里盛的是牛奶。牛奶倒进水桶里,妈妈在桶里给弟弟洗澡。弟弟在晚上没有哭喊,睡着了。第一个这样的夜晚……早晨,妈妈对父

亲说:

"我拿什么来报答人们啊?"

大照片……一张大的全家福……

"哪怕我往你们口袋里塞个小白面包也好啊……"

卡佳·扎亚茨,十二岁。

现在是"克里切夫斯基"集体农庄工人。

奶奶把我们从窗口赶开……

而她自己看着窗外,对妈妈说:"他们在老托多尔家里找到了……我们受伤的士兵住在他家……他把自己儿子的衣服给士兵,想让他们换上,好让德国鬼子认不出来。敌人在屋里开枪打死了一名战士,把老托多尔带到了他家的院子里,命令他在房子旁边挖坑。他就挖啊……"

老托多尔是我们的邻居。从窗口可以看见,他在挖坑。等他挖好了……德国人从他手里抢过铁锹,用德语不知叫嚷着什么。老人家不明白或者听不见,因为他的耳朵早就聋了,于是,敌人就把他推进了坑里,让他跪到里面,就这样把他活埋了……让他双膝跪着……

大家都很害怕。他们是谁?难道这些家伙也算人?这是战争最初的日子……

很长时间人们都绕开走过老托多尔的家。所有人都觉得,他还在泥土下面叫喊。

敌人烧毁了我们的村庄，只剩下一片焦土。院子里只剩下石头，也是黑乎乎的。我们的园子里甚至连野草都没留下一根，都烧没了。我们以乞讨为生——和姐妹去了别的村子，向人们乞讨："请给点什么吃的吧……"

妈妈在生病。妈妈不能和我们一起出门，她感冒了。

我们回到家："你们去哪儿了，孩子们？"

"我们去了亚德列纳亚·斯拉伯德。人们救了我们。"

他们给了我们：一小盆大麦、一块面包、一个鸡蛋……就这些已经非常感激他们了，他们把所有的食物都给了我们。

另外一次，刚迈进一家门槛，传来女人们哭泣的声音："哎呀，你们有多少人啊！早上刚刚来了两对了。"

或者是："他们刚从我们家出去，面包一点都没剩下，哪怕往你们的口袋里塞个小白面包也好啊。"

即便如此，人们也不会让我们空着手走出家门。哪怕是一把亚麻，他们都会给，一天我们会收集一捆亚麻。妈妈自己纺线，织布。在沼泽地里用泥炭染布，染成黑色。

父亲从前线回来了。我们开始盖房子，可整个村子就剩下两头牛。木头是用牛拉回来的，是自己扛回来的。比我个头大的木桩我搬不了，如果是和我个头差不多的，我扛得动。

战争没那么快结束……人们都认为是用了四年。四年都在打枪……可是人们都忘记了——忘记了多少事啊？

"妈妈清洗伤口……"

费佳·特鲁契科,十三岁。
现在是石灰厂部门主任。

有过一段这样的经历……

战争开始前两天,我们把妈妈送到了医院,她病得很厉害。医院位于布列斯特市。后来,我们再也没有见到过妈妈。

过了两天,德国人就进了城。他们把病人从医院里驱赶出来,而那些不能行走的人,不知道用汽车拉到了哪里。人们说,那其中,就有我的母亲。他们在某个地方被枪决了。但是在哪里?如何处决的?什么时间?我不知道,任何痕迹都没有留下来。

战争迫使我和妹妹还有父亲留在了别廖扎的家中。哥哥瓦洛佳在布列斯特交通技术学校上学。另外一个哥哥,亚历山大,在平斯克的红色舰队学校毕业后,在轮船上成了一名管理发动机的工人。

我们的父亲——斯捷潘·阿列克谢维奇·特鲁契科——是别廖扎地区执委会副主席。他接到上级命令——带着文件撤退到斯摩棱斯克。他跑回家:"费佳,带上妹妹,赶快去奥卡罗德尼基的爷爷家……"

早晨我们就到了爷爷住的小村庄,深夜的时候,瓦洛佳哥哥来敲打窗子，他从布列斯特走了两天两夜。10月的时候，亚历山大也来到了小村子里。他说，那条开往第涅伯彼得罗夫斯克的轮船被炮弹击中了，有的人幸免于难，被抓住当了俘虏，有几个人逃跑了，这其中就有我们的萨沙[1]。

当游击队员们来到爷爷家时，大家都很高兴——我们要跟着他们一起走！我们要去报仇雪恨。

"你几年级毕业？"当我被带到指挥员跟前时，他问我。

"五年级。"

我听到他的命令："留在家庭营地。"

他们给哥哥们发了步枪，而给我发的却是铅笔，让我继续上学。

我已经是少先队员了。这是我最主要的王牌，我是一名少先队员。我请求入伍。

"我们的铅笔比步枪还要少。"指挥员笑着说。

整个战争期间，我们都在上学。我们的学校被人们称作"绿色学校"。没有黑板，没有教室，没有课本，只有学生和老师。大家只有一册识字课本、一本历史教科书、一本算术习题集、一本地理教科书。没有纸，没有粉笔，没有墨水和铅笔。我们扫干净了地面，撒上沙子，这就成了我们的"黑板"，我们用细树枝在上面写写画画。游击队员们送来了德国人的传单、旧壁纸和报纸，用它们代替练习本。甚至不知从哪里搞到了一口学校的钟。这让我们喜出望外。如果没有钟声，难道能称为真正的学校吗？我们都还戴着红

---

[1] 亚历山大的爱称。

领巾。

"防空警报！"值日生大喊。

这片平地一下子空了。

轰炸过之后，继续上课。一年级的学生们用细树枝在沙土地上写："妈——妈——清——洗——伤——口……"

人们用树枝和木头段做了一个立着的大算盘，还用木头雕刻了几套字母。我们甚至还有体育课，我们修建了运动场，里面有单杠、跑道、攀登杆、手榴弹投掷区。我投掷手榴弹比所有人都投得远。

六年级毕业后，我强烈要求战争结束后再上七年级。他们发给我一支步枪。后来我自己搞到了一把比利时卡宾枪，它又小巧，又轻便。

我射击学得很好……但数学都忘光了……

"他送给我一顶有红带子的平顶羊皮帽……"

卓娅·瓦西里耶娃，十二岁。
现在是一名专利学工程师。

战争前，我拥有多少欢乐啊！多少幸福啊！是它们拯救了我……

我考入了我们的歌舞剧院下属的舞蹈艺术学校。这是所艺术实验学校，选拔最富有天分的孩子。著名的莫斯科导演伽里佐夫斯基为我写了推荐信。1938年，曾经在莫斯科举办过体育爱好者的盛大检阅仪式，我被选中，我们代表明斯克少年宫被派往莫斯科参加会演。空中放出许多蓝色和红色的气球……我们列队前行……伽里佐夫斯基是这次检阅仪式的导演，他发现了我。

过了一年，他来到明斯克，找到我，给人民演员、我们白俄罗斯的著名人士季娜伊达·阿纳托利耶夫娜·瓦西里耶娃写了一封信……这段时间，她正在组建舞蹈艺术学校。我拿到信，很想读一读，看上面写的是什么，但是我没有允许自己这样做。季娜伊达·阿纳托利耶夫娜住在"欧洲"宾馆，离音乐学院不远。我这都是隐瞒了父母去做的，我急急忙忙走出家门，没顾得上穿袜子，跑到街上，只穿了双凉鞋，没有来得及换。如果我换上件过节才穿的衣服，妈妈会问："你去哪儿？"父母不想听任何与芭蕾舞有关的事，他们是绝对不同意的。他们也不容别人反驳。我把信交给季娜伊达·阿纳托利耶夫娜，她读完信，说："把衣服脱了。让我来看看你的手臂和双腿。"我吓得僵住了，我怎么能现在马上脱掉凉鞋呢？我的双脚那么脏。显然，从我脸上的表情，她看明白了。她给了我一条毛巾，挪了一把椅子到洗手池前……

我被舞蹈学校录取了，二十个人只留下了五个。我开始了全新的生活：经典作品、节律运动学、音乐……我是多么高兴啊！季娜伊达·阿纳托利耶夫娜很喜欢我。我们大家也都很爱她，她是我们的偶像、我们的上帝，世界上没有人比她更美丽了。1941年，我已经参加芭蕾舞剧《夜莺》的表演，在第二幕中跳哥萨克舞。我们还参加了在莫斯科举办的白俄罗斯艺术十日会演，演出取得了巨大成功。甚至在我们舞蹈艺术学校的首演芭蕾舞剧《小鸡》中，我还扮演过小鸡，剧中有一只母鸡妈妈，而我是最小的雏鸡。

在莫斯科十日会演结束后，我们被奖励去博波鲁依斯克郊外的少先队夏令营度假。在那里，我们还表演了芭蕾舞剧《小鸡》。人们许诺要给我们制作一个大大的蛋糕来犒赏我们。6月22日那天，人们烤制了蛋糕……

作为和西班牙的友好象征，当时的我们都戴着船形帽，这是我最喜欢的头上装饰物。当孩子们叫喊："打仗了！"我立刻把它戴上。可在去明斯克的路上，我把它给弄丢了……

回到明斯克，妈妈在门口拥抱了我，然后，我们跑到车站。在飞机轰炸下我们失散了。我没有找到妈妈和妹妹，我自己一个人坐上了车。早晨火车停靠在了克鲁普卡赫，不再前进。人们下车，走进村子里的人家，而我很害羞，因为没有妈妈，只有我一个人。傍晚，我鼓足勇气走进一户人家，请求人家给点水喝。他们给了我牛奶。我从杯子上抬起头，看着墙壁，发现上面——是我年轻的妈妈，穿着洁白的婚纱。当我喊出"妈妈"时，老爷爷和老奶奶开始询问我："你是从哪里来的？你叫什么名字？"这样的奇遇只能在战争中发生——我巧遇了自己的叔祖父，爷爷的弟弟，我从来没有见过他们。当然，他再也不让我离开了。真是奇迹啊！

我在明斯克跳"小鸡舞"，现在我却需要照看它们，为了不让鹰隼把它们叼走。小鸡——我还无所谓，可是我怕鹅。我害怕一切东西，甚至害怕公鸡。我鼓起勇气，赶着鹅去放牧。公鹅非常聪明，它知道我怕它，嘎嘎叫着，从后面用嘴巴啄我的衣服。我必须在我的新朋友们面前使出各种招数，他们从小就不怕鹅，不怕公鸡。我还很害怕雷雨。如果我看到下起暴雨，连想都不想，就跑进第一户遇到的人家。没有比打雷更可怕的声音了。要知道我是经历过大轰炸的……

我喜欢农村里的人们，他们善良，他们都称呼我"孩子"。我还记得，我对一匹马很感兴趣，喜欢赶着它，爷爷允许我这样做。它打着响鼻，甩动着尾巴，最主要的——它很听我的话：用右手一扯，它就知道，应该往右转弯，如果是向左一拉缰绳——它就会往左。

我请求爷爷："你骑马带着我去找妈妈吧。"

"等战争结束了，到那时我再带你去。"

爷爷整天皱着眉头，很严厉。

293

我制订了逃跑计划，女伴把我送到了村子外。

在车站，我爬上一列取暖货车，被赶了下来。我又爬上了一辆不知干什么的汽车，坐在角落里。想起来就后怕：一个德国男人和女人坐上了汽车，还有一名伪警察跟着他们，我坐在那里，他们没有碰我。一路上问我："在哪里上学？上完了几年级？"

当他们知道，我在芭蕾舞蹈学校上学，都不相信。我立刻就在车厢里给他们展示了自己的"小鸡舞"。可我学过外语吗？

从五年级我们已经开始学习法语，一切还鲜活地存在记忆中。德国女人用法语问了我一个问题，我回答了她。他们很惊讶，在村子里遇见一个小姑娘，已经五年级毕业，她在芭蕾舞蹈学校上学，甚至还知道法语。而我也了解到，他们是医务人员，是受过教育的人。他们错误地以为，我们都是野蛮人，还没开化的人。

我到现在还觉得可笑：自己害怕公鸡，可是当我看见游击队员——他们戴着毛皮高帽，扎着武装带，佩戴着红五星，背着步枪："叔叔们，我很勇敢。请把我带走吧。"在游击队里，我的理想完蛋了，我蹲在厨房里，削土豆。您能想象得出我内心的反抗！在厨房值勤了一个星期，我就找到指挥官："我想成为一名真正的战士。"他给了我一顶带红色带子的平顶羊皮帽，我想立刻要一把步枪。我不怕死。

回到妈妈身边时，我戴着卫国游击二级勋章。我回到学校，忘记了一切，和小姑娘们玩棒球，骑自行车。有一次骑车摔到了弹坑里，弄伤了皮肤，当我看见流血，我没想到战争，而是想到了自己的芭蕾舞蹈学校。我现在怎么跳舞呢？很快季娜伊达·阿纳托利耶夫娜·瓦西里耶娃就要回来了,我却把膝盖弄伤了……

只是我没能返回舞蹈学校。我去工厂上班了,妈妈需要我的帮助。可我还是想学习……我的女儿上了一年级,而她的妈妈还在上十年级,在夜校里上课。

丈夫送了我一张歌舞剧院的票。整场演出中,我都坐在那里哭……

"我冲着天空开枪……"

阿妮娅·帕甫洛娃，九岁。
现在是一名厨师。

哎哟，心灵会疼痛……又要疼起来了……

德国人把我拖进板棚里……妈妈在后面追着，不断撕扯着自己的头发。她哭喊着："你们想怎么着，就冲我来吧，只要别动我的孩子。"我还有两个弟弟，他们也哭喊着……

我们出生在奥尔洛夫州梅霍瓦亚村，他们驱赶着我们，步行到了白俄罗斯。从一个集中营到另一个集中营……当他们想把我抓到德国去时，妈妈整理好自己的衣服，把最小的弟弟交到我的手上，我就这样得救了。我被从名单上划掉了。

唉！今天一整天，整个晚上，都会心神不定。受过的伤害，激动不安……

那些狼狗撕咬着孩子……我们坐在被扯碎的孩子旁边，等着他的心脏停止跳动。等到大雪覆盖了一切的时候……春天来临前，这就是他的墓地……

1945 年……胜利以后……妈妈被派遣到日丹诺维切修建疗养院，我也跟着她去了，就这样留在了那里。我在疗养院工作了四十年……我从第一块石头奠基就在那里,亲眼看着一切慢慢升高。人们发给我一支步枪,十个俘虏的德国士兵,我押着他们去劳动。第一次押送的时候,一群村妇包围了我们:有的拿着石头,有的举着铁锹,还有的拎着棍子。

我提着步枪绕着俘虏奔跑,边跑边喊:"婶子大娘们!请不要碰他们……婶子大娘们,我为他们都签下了保证书。我要开枪啦!!"于是,我冲着天空开枪。

村妇们哭着,我也哭了。而德国人呆站着,不敢抬起眼睛。

妈妈一次也没有带我去过军事纪念馆。有一次她看见我在读报纸,上面有枪毙人的照片,她立刻抢过去,骂了我一通。

直到如今,我们家都没有一本关于战争的书。而妈妈早已不在了,留下我一个人生活……

"是妈妈抱着我上了一年级……"

英娜·斯塔罗沃伊托娃,六岁。
现在是一名农艺师。

妈妈吻了吻我们,就走了……

破窝棚里就剩下我们四个人:最小的弟弟、堂弟、妹妹和我——最大的,七岁。我不是第一次一个人留下来,我学会了不再哭泣,学会了让自己安静。我们知道,妈妈是侦察员,她被派去完成任务,而我们需要耐心等待她。妈妈从农村把我们领回来,我们如今和她一起生活在游击队员的家庭营地里。这是我们期盼已久的!现在——我们真是幸福。

我们坐着,倾听着:树木喧哗,女人们在不远处洗衣服,骂着自己的孩子们。突然,传过来一阵喊声:"德国人!德国人!"所有人都跑出了自己的窝棚,招呼着自己的孩子,往树林深处跑去。我们往哪里跑呢,就我们自己,没有妈妈?万一妈妈知道,德国人来了,她往我们这里跑呢?因为我是最大的,所以我命令:"大家别出声!这里很黑暗,德国人找不到我们。"

我们躲藏了起来。四周一片寂静。有人往我们的窝棚里望了一眼,用俄语说:"谁在里面,快出来!"

声音很平静,我们钻出了窝棚。我看见一个穿着绿军装的高个子男人。

"你有爸爸吗?"

"有。"

"他在哪里?"

"他在很远的地方,前线。"我说。

我记得,那个德国人甚至笑了起来。

"那你的妈妈在哪里?"他接着问。

"妈妈和游击队员们去侦察了……"

另外一个德国人走近我们,他穿着黑色衣服。他们相互交谈了些什么,这个穿着黑色衣服的人,向我们做了个手势,应该往哪里走。那里站着妇女和孩子们,他们都是没来得及跑走的。黑衣德国人用机枪瞄准我们,我明白,他现在要干什么。我甚至没有来得及叫喊,没有来得及拥抱最小的弟弟……

我在妈妈的哭泣声中苏醒了过来。是的,我觉得,我是睡着了。我坐起身,看到:妈妈一边挖坑,一边哭泣。她背对着我,而我没有力气喊叫她,只有力气看着他。妈妈直起身子,稍稍休息了一下,向我转过身来,大叫了一声:"英娜契卡!"她向我跑过来,一下抱在了怀里,一只手抱着我,另一只手抚摸着。万一别的孩子还有活着的呢?没了,他们都已经冰冷僵硬了……

当我被治好伤,我和妈妈数了一下,我身上一共有九处子弹伤。我学会了数数:一个肩膀上——有两枚子弹,另一个肩膀上——有两枚子弹,这一共是四枚。一条腿上有两枚,另一条腿上有两枚子弹,这一共是八枚。脖子上还有一处。总共是九处。

战争结束了……是妈妈抱着我上了一年级……

"小狗,可爱的小狗,请原谅……"

嘉丽娜·费尔索娃,十岁。

现在已退休。

当时我的理想就是——逮住一只麻雀,把它吃掉……

小鸟很罕见,但是有时候,它们会出现在城市里。甚至所有人在春天看到它们,都会这样想,跟我想的一样。没有气力的人们心里想的都是食物,因为饥饿,我内心里感受到的是不断的寒冷,可怕的内在的寒冷,甚至在阳光灿烂的日子。不管你穿上多少衣服,还是感到冷,晒不暖和。

非常渴望活下去……

我讲讲列宁格勒吧,当时我们就住在那里。我说说列宁格勒的封锁。饥饿摧残着我们,久久地折磨着我们。九百天的封锁……九百天……当时好像觉得一天就非常久。您想象不到,一个饥饿的人觉得一天是多么漫长。一小时,一分钟……你久久地等待着午饭时间,然后是晚饭。封锁时期的定量标准到了一天一百二十五克面包。这是对于那些不工作的人。凭着抚养证……从这种面包里都往下滴水……需要把这一块分成三份——早饭、午饭和晚饭。只能喝开水,白开水。

在黑暗中……从冬天的（我记得最多的就是冬天）凌晨六点，我就去面包店排队，一站就是几个小时，漫长的几个小时。等到轮到我时，街道上就又黑了。点亮蜡烛，售货员切这些面包块。人们站着，盯着，每一个动作……用火热而疯狂的眼神……所有这一切都是在悄无声息地进行。

有轨电车也不开行。没有水，不能供暖，没有电。但是最可怕的是——饥饿。我看见一个人，他在咀嚼纽扣，小小的和大大的纽扣。人们都饿疯了……

有一段时间，我的耳朵听不见声音了。那时候，我们吃过猫……我给你讲讲，我们是怎么吃猫的。后来我失明了……又给我们弄了条狗来。这才算是把我救了。

我不想了……想不起来了，当想到，怎么可以吃掉自己的猫和自己的狗时，我才恢复了正常。普通的人，都成了往事。我没有注意到这一时刻……紧随着鸽子和燕子的消失，在城市里，猫和狗也开始突然消失了。我们家里什么也没养，我们没有养它们，因为妈妈认为：这是件很需要负责任的事，特别是在家里养一条大狗。但是妈妈的女友不能吃掉自己家的猫，把它给了我们。于是，我们就把它吃了。我又开始能听见了……我的听觉突然就失去了，早晨还能听见，而傍晚妈妈对我说什么，我就没反应了。

过了一段时间……我们又快饿死了……妈妈的女友又把自己的狗送来了。我们又把它给吃掉了。如果不是这条狗的话，那我们就活不下来了。当然，活不下来。这很清楚。人们已经开始因为饥饿而浮肿。妹妹早晨不想起床……那条狗很大，很听话。两天时间妈妈都不能下手……犹豫不决，怎么办？第三天她把狗拴在厨房的暖气片上，把我们赶到了街上……

我记得这些肉饼……我记得……

非常渴望活下来……

我们常常聚在一起，围坐在爸爸的照片前。爸爸还在前线。他寄来的信很少。"我的女孩们……"他给我们这样写信。我们给他回信，但尽量不让他为我们担忧。

妈妈储存了几块糖，用小小的纸袋子。这是我们最珍贵的储备。有一次，我没忍住，我知道糖放在哪里，我爬上去，拿了一块。过了几天，又拿了一块……后来……过了不长时间——又是……很快，妈妈的口袋里什么也没有了。空空的袋子……

妈妈病倒了……她需要葡萄糖，还有白糖……她已经不能起床了……大家商量后决定——动用我们储备的小口袋。我们的宝贝！我们珍藏着它，就是为了这一天用上！妈妈一定会康复起来的。姐姐开始寻找，可白糖没了。整个家都被翻遍了。我和大家也一起寻找。

傍晚的时候，我承认了……

姐姐打我、咬我、挠我。我请求她："你杀了我吧！打死我吧！要不我该怎么活？！"我想死。

我给您讲的只是几天里发生的事，可封锁一共持续了九百天。

九百个这样的日子……

我们的爷爷也虚弱到了极点，有一次倒在了街道上，他已经快要告别人世了。可这时身边路过一位工人，工人的食品供应要好一些，也强不了多少，但是好一些……不管怎么说……这位工人停下来，往爷爷的嘴里倒了些向日葵籽油——这是他自己的那份口粮。爷爷走回家里，告诉了我们，他哭着说："我甚至都不知道人家的姓名！"

九百天……

人们，都像影子一样，缓慢地在城市里移动。像是在睡梦中……在深深的梦境中……也就是说，你看见了，但是你想，你是在做梦。这些缓慢的……这些漂浮般的运动……仿佛人不是在地面上行走，而是在水面上……

嗓音都因为饥饿而改变了，或者完全地失声了。让你不能够凭借声音判断出——这是个男人，还是个女人呢？凭穿着打扮也分辨不出来，所有人都裹着破衣烂衫。我们的早饭……我们的早饭就是一块壁纸，老壁纸，但是上面还有糨糊。苦涩的糨糊。就是这些老壁纸……还有白开水……

九百天……

我从面包店走出来……领到了一天的口粮。这一丁点儿玩意儿，这点可怜的东西……这时，迎面突然跑来一条狗。它追上我，嗅着——它闻到了面包的气味。

我明白，我们要走运了。这条狗……是我们的大救星！！我领着这条狗回家……

我给了它一块面包，它就跟着我走。到了家门口，又给了它一块，它舔了舔我的手。我引着它进了我们的楼道……但是，它不太想爬上楼梯，每上一层，都停顿一下。我把我们的整块面包都喂了

303

它……一块接一块……

就这样,我们上到了四楼,而我们家在五楼。这时,它定住了,不肯往上走。它看着我……好像感觉到了什么。它明白了。我抱住它:"小狗,宝贝,请原谅我……小狗,宝贝,请原谅我……"我乞求它,央求它。它走了。

太渴望活下去了……

人们听到……收音机里在广播:"封锁被打破了!封锁被打破了!"没有比我们更幸福的人了。没有再比我们幸运的了!我们挺住了!!封锁被打破了……

沿着我们的街道,走着我们的战士。我跑向他们……想拥抱他们,却没有力气。

在列宁格勒有许多纪念碑,但是缺少一个,有一个纪念碑应该树立。人们把它给忘记了。这就是应该给封锁中的狗竖立的纪念碑。

可爱的狗,请原谅我们……

"她跑向一边,喊叫着:'这不是我的女儿!不是我的!'"

法伊娜·柳茨科,十五岁。
现在是影院工作人员。

每天我都在回忆,但是我活着……我怎么活?请您给我解释解释……

我记得,都是黑衣服的宪兵队员,一身黑……戴着高高的大檐帽……甚至他们的狗都是黑色的。一切都闪着光。

我们紧紧贴着母亲……他们并不是把所有人都打死了,不是整个村子。他们抓住那些人,都站在右边,在右边。我和妈妈也站在那边……他们把我们分散开了:孩子们——单独分到一边,而父母们——分到另一边。我们明白,他们马上会把我们的父母打死,而把我们留下来。那里有我的妈妈……我不想没有妈妈活下去。我请求到她身边去,我哭着。他们竟然答应了……

而她,一看到……立刻叫喊起来:"这不是我的女儿!"

"妈咪啊!妈……"

"她不是我女儿!不是我女儿!不是我的……"

"妈——咪——啊!!"

她的眼睛里不是充满了泪水，而是鲜血，满眼都是血水……

"这不是我的女儿！！"

他们不知把我拖到了哪里……我看到了，他们先是开枪射击孩子们。开枪时，父母们看着，遭受痛苦的折磨。他们打死了我的两个姐姐、两个哥哥。他们打死孩子们后，开始向父母们开枪。我已经看不到妈妈了……妈妈，也许，倒在了地上……

一个女人站着，手里抱着吃奶的孩子，孩子在用瓶子喝水。他们首先向瓶子开枪，然后是孩子……最后才是开枪打死母亲……

我很吃惊，为什么这之后我能幸存下来？一个小孩子竟然活了下来……我是怎么长大的？我早已经长大了……

"难道我们是孩子？我们是男人和女人……"

维克多·列信斯基，六岁。
现在是动力工程中等技术学校校长。

我去走亲戚。姨妈叫我夏天去她那里玩……

我们住在贝霍瓦市，而姨妈住在贝霍瓦郊区的科姆纳[1]村。在村子的中央坐落着一排长长的房子，有二十多家是公社社员的房子，这便是一切，我来得及记住的。人们都说：战争爆发了。应该回到父母身边。姨妈没有同意："等战争结束了，你再回去。"

"战争很快就要结束了吗？"

"当然，很快就会。"

过了一段时间，父母步行来到了这里："贝霍瓦都是德国鬼子。人们都跑到了农村里避难。"我们就都留在了姨妈家。

冬天的时候，游击队员来到了家里……我要一把步枪。这些人是妈妈的侄子，我的表哥。他们笑了起来，把步枪给我，枪太沉了。

房子里一直散发着毛皮的味道，温暖的胶水味。父亲给游击

---

[1] 科姆纳：俄语也有"公社"的意思。

员们缝制皮靴。我请求他，给我也缝制一双皮靴。他说，等一等，我的活儿太多了。我记得，我比画给他看，我只需要一双小小的皮靴，我的脚很小。他答应了……

对父亲最后的印象，是在街道上他被驱赶着走向一辆大汽车……鬼子用棍子敲打着他的脑袋……

战争结束了，我们没有了父亲，也没有了房子。我十一岁，我是家里最大的。还有两个孩子，弟弟和妹妹，他们都很小。妈妈办了贷款，我们买了一栋老房子，房顶都坏了，如果下雨的话，让人没处藏身，到处都是窟窿。漏下的雨水滴滴答答。十一岁的时候，我自己安装上了窗户，往房顶上铺了麦秸。搭建了一间板棚……

怎么样？

第一根原木是我自己滚动过去，安放好的，第二根，是妈妈帮忙。再高一些，我们已经没有力气够到。我就这样做：在地面上把原木的四面削皮，砍出角来，等着女人们去田野里干活。早晨，她们来齐了，一下就把木头抬了起来，我把原木再刨去一些，放进角里。到黄昏的时候再削平一根原木。等她们收工回来，再抬起一根……就这样把墙建了起来……

村子里有七十多户人家，总共只有两个男人从前线回来，一位拄着双拐。妈妈对我说："孩子，我的孩子！"晚上，我往哪里一坐，就能在哪里睡着。

难道我们是孩子吗？在十到十一岁的时候，我们已经是男人和女人了……

"请别把爸爸的西服给陌生的叔叔穿……"

瓦列拉·尼奇波连科,八岁。

现在是一名公交车司机。

  这已经是1944年的事儿了……

  当时的我,大概已经八岁了吧?我觉得,应该是八岁……我们早已知道,我们的父亲没了。别人还在等,等到了死亡通知书,但是仍然在等。我们手里有了可信的纪念章、证书。父亲的朋友辗转寄来了他的手表。这是他留给儿子的……留给我的……这是父亲在死前请求他这样做的。这块表到现在我还珍藏着它。

  我们一家三口靠妈妈微薄的工资生活,日子穷得叮当响。妹妹生病了,被确诊为开放性肺结核。医生对妈妈说:应该多做些好吃的,增加营养,要吃乳脂黄油、蜂蜜,应该每天——都吃点乳脂黄油!对于我们来说,这无异于黄金。一块金子……难以置信的东西……按照市场上的价格,妈妈的工资只能买三个小白面包,而用这些钱当时只能买两百克黄油。

  我们还留着一件爸爸的西服,非常好的西服。我和妈妈拿着去了集市,找到了买主,很快就找到了,因为这件西服简直太漂亮了。这是父亲在战争开始前新买的,他都没来得及穿。西服一直挂在衣柜里……崭新的……

买主问了价钱,讨价还价后,把钱给了妈妈,而我的哀号声整个集市上都能听见:

"请别把爸爸的西服给陌生的叔叔穿!!"

甚至有一个警察朝我们这边走了过来……

经历过这些之后,谁敢说,儿童没有参与过战争?谁……

"我在深夜哭泣：我快乐的妈妈在哪里？"

伽丽娅·斯帕诺夫斯卡娅，七岁。
现在是设计技术员。

记忆是有颜色的……

战争前，我记得一切东西都是运动的，变换着色彩。色彩通常都是鲜艳明亮的，而战争，保育院——一切都好像静止了，变成了灰暗的颜色。

我们被转移到了后方，全都是儿童，没有妈妈。我们走了很久，不知为什么走了非常久。给我们吃的是饼干和巧克力油，看得出来，人们都没来得及准备好其他的路上吃的东西。战争之前，我喜欢吃饼干和巧克力油，非常好吃。但是，在路上吃了一个月，我一辈子都不想再吃它们了。

整个战争期间，我都盼望着妈妈快点来看我，我们一起返回明斯克。我经常梦见街道，我们家附近的影剧院，我还经常梦见有轨电车的铃声。我的妈妈非常好，性格非常开朗，我和她就像一对好朋友。我不记得爸爸，家里早就没有爸爸了。

后来，妈妈终于找到了我，来到了保育院。这简直是太出乎意料了。让人欣喜若狂！我跑向妈妈……打开门……那里站着的是一个军人：皮靴、裤子、船形帽、军便装。这人是谁？这个人原来是我的妈妈，我简直高兴极了！这是妈妈，还是个当兵的妈妈！

她是怎么离开的，我记不清了，我哭得非常厉害，大概正是因为如此吧，我不记得了。

我再一次等着妈妈到来，等啊等啊。我等了三年。妈妈再来时已经穿上了裙子，穿上了便鞋。那种高兴劲儿用语言无法表达，你一下子就好像被什么抓住了，我什么也看不见，眼前只有妈妈——这是天大的喜事！我看着妈妈，但是没有发现，她少了一只眼睛。妈妈——好像变成了某种怪物……在她身上什么事情都不会发生……这是妈妈！从前线回来后，妈妈伤得非常厉害。这已经是另一个样子的妈妈了。她很少笑，她不再唱歌，不再开玩笑，也不再像从前那样了，她经常哭。

我们返回了明斯克，生活非常艰难。我们没有找到自己的家，我曾经那么热爱的家。我们的影剧院不见了……我们的街道也不见了……代替它们的——是成堆的石块瓦砾……

妈妈总是闷闷不乐的，不逗人笑，也很少聊天，大多时间都是沉默不语。

我在深夜里哭泣：我快乐的妈妈在哪里？而早晨醒来后我会微笑，为了让妈妈猜不到我流泪的原因……

"他不让我飞走……"

瓦夏·萨乌里琴科,八岁。
现在是一名社会学者。

战争结束后,很长时间我都被同一个噩梦所折磨……

梦是关于我杀死的第一个德国人的。他是我亲手杀死的,而我没有看见死人。或者是我梦见自己要飞,可是他不让。我刚刚要飞起来……飞啊……飞啊……他就追赶上来,和他一起掉落下去,滚落到一个不知什么坑里。或者是梦见我刚刚想站起来,正要起来……可他不让……因为他,我不能飞走……

反复都是这同一个梦……它纠缠了我十年……

在我杀死这个德国人之前,我已经看到过许多……我看见过,他们怎样在街道上枪杀我的祖父,在我们家的井里杀死我的祖母……在我的眼前用枪托砸着妈妈的头……她的头发都变成了红色……但是当我射击这个德国人时,我没来得及考虑这些。他受伤了……我想从他手里夺过步枪,人们告诉我夺过他的枪。我当时十岁,游击队已经指定给我任务。我悄悄跑向他,看见我的眼前是一支手枪,德国人两只手握着它,在我的面前晃来晃去。但是他没来得及开枪,我就已经把他……我不害怕,把他杀死了……在战争期间也没有再想他。周围有许多死人，我们就生活在死人中间，甚至大家都习惯了。只有一次我害怕了，我们到了一个村子里，村子早已被烧毁了。早晨烧的，傍晚时我们才到。我看到一个烧死的女人……她全身漆黑地躺在地上，可双手是白色的，像活着的女人的双手。当时我是第一次害怕了，我想叫喊，勉强才忍住。

没有，我没有当过孩子，我不记得自己是小孩子。尽管……我没有怕过死人，深夜或傍晚经过墓地的时候还是害怕。躺在地上的死人，不吓人，吓人的是那些埋在土里的。儿童的恐惧……保留了下来。尽管……尽管我想，孩子们什么都不怕……

白俄罗斯解放了……德国人的尸体到处都是，我们把自己人挑出来，埋葬在公墓里，而他们的尸体在露天里躺了很长时间，特别是在冬天。孩子们跑到田野里去看死人……就在那里，不久前，我们还经常玩"打仗"或是"哥萨克打土匪"的游戏。

我很惊讶，过了许多年我才做这个打死的德国人的梦……这让我有些意想不到……

而这个梦纠缠了我十年……

我有一个儿子，已经是成年人了。当他还是小孩子的时候，头脑里冒出的一个想法折磨着我——我打算告诉他……给他讲讲战争……他也不止一次地问过，我都是当即就转移了话题。我喜欢给他读童话故事，我想，让他有自己的童年。他长大了，而我依然不想和他讲战争的事。也许，不知什么时候我会告诉他自己的梦。也许……我不自信……

这会破坏他的世界。没有战争的世界……人们没有看到，人怎么杀死人，这完全是另外的一种人……

"大家都想亲吻一下'胜利'这个词……"

阿妮娅·科尔宗,两岁。
现在是一名畜牧工作者。

  我记得战争是怎么结束的……1945年的5月9日……
  妇女们跑进幼儿园:"孩子们,胜利了!胜——利——啦!"
  大家又是笑,又是哭。又是哭,又是笑。
  大家都亲吻我们。陌生的女人们……她们边吻我们,边哭……不停地亲吻着我们……扩音器打开了,所有人都收听广播。而我们这些小孩子,一个词也听不懂,我们只知道,欢乐从高空飘落下来,从扩音器的黑色盘子里。有的孩子被大人抱在了手上……有的自己爬了上去……人们像台阶一样,一个一个爬上去,只有第三个或第四个人才能够到黑色的盘子,亲吻着它。然后,换成别的人……大家都想亲吻一下"胜利"这个词……
  晚上放了焰火,天空照得通明。妈妈打开窗子,哭了起来:"女儿,这些你要记一辈子……"
  当父亲从前线回来时,我很怕他。他给我糖果吃,请求道:"叫我啊,叫爸爸……"
  我抓起糖果,拿着它,藏到了桌子下面,叫:

"叔叔……"

在整个战争期间,我都没有爸爸。我是和妈妈、姥姥一起长大的,还有姨妈。我想象不出来,爸爸在我们这个家里会干什么呢?

他可是背着步枪进的家门啊……

"我穿着父亲的军便装改成的衬衫……"

尼古拉·别廖兹卡,生于1945年。

现在是一名出租车司机。

  我是1945年出生的,但是我记得战争,我熟悉战争。

  母亲常把我关在另外一个房间里……或者把我打发到街上,找男孩子们去玩……但是我还是能够听到,父亲的叫喊声,他喊叫了很久。我紧贴在两扇门的缝隙上向里偷看:父亲两只手抱着受伤的大腿,不停摇晃;或者在地板上蹭来蹭去,用拳头敲打着:"战争!该死的战争!"

  疼痛过后,父亲会把我抱在手上,我抚摸着他的腿,问:"这是战争在疼吗?……"

  "是战争!这个该死的家伙。"父亲回答。

  我还记得……邻居家有两个小男孩……我和他们是好朋友……他们在村子后面被炸弹炸死了。这已经是后来,大概,是1949年的事了……

  他们的母亲,阿妮娅大婶,冲向埋葬他们的土堆。人们把两个孩子挖了出来……她哭号着……即便这时,人们都没有喊叫……

  上学的时候,我穿着父亲的军便装改成的衬衫,觉得自己很幸福！所有的男孩，只要他的父亲是从战场上回来的，都穿着用父亲的军便装改成的衬衫。

战争结束了，可父亲还是因为战争死了，因为受的伤。

我不应该什么都不想。我看见了战争。我经常会梦到战争，在梦里我会哭，因为明天就会来人把我们的爸爸带走。家里总是散发着新鲜的军用呢绒的味道……

战争！该死的战争……

"我用红色的石竹花装饰它……"

玛丽阿姆·尤泽弗夫斯卡娅,生于1941年。
现在是一名工程师。

我生于战争年代。战争后长大。

就是这样……我们等待着爸爸从战场上归来……

妈妈对我简直无所不用其极:她给我剃光了头,擦上煤油,抹上油膏。就连我都十分憎恨自己,我很害羞,甚至没到院子里玩过。在战争结束不久的那些年,我全身长满了虱子和疖子……我简直没法救了……

这时,我们收到了这样一封电报:父亲复员了。我们去火车站迎接他。妈妈把我好好打扮了一番,在头顶上扎了一个红色的蝴蝶结。这蝴蝶结到底扎在了什么上面——我始终没搞明白。并且,她一直在提醒我:"别挠。别挠。"可是瘙痒实在是难以忍受的啊!讨厌的蝴蝶结,眼看就要掉下来。可是头脑里却想着:"万一父亲不喜欢我呢?要知道,他可是从来也没有见过我呢。"

但是,接下来发生的事情,还要更糟糕。父亲看到了我,第一个跑向我。可是,这时,一瞬间,也就是那么一瞬间的工夫……我立刻感觉到了……用皮肤,全身的皮肤……他好像推开了我一下……就那么一下……我觉得受了委屈，痛苦得让人难以忍受。当他抓住我的胳膊的时候，我用尽全力撞到了他的前胸上。我鼻子里突然闻到了煤油的气味。要知道，这种气味已经伴随了我一年，我都已经闻不到它了，我已经习惯了。可此时此刻，我又闻到了。也许，这是从父亲身上散发出的好闻的陌生的味道吧。他与我和饱经沧桑的妈妈比起来，显得是如此英俊。这直接刺痛了我的内心深处。我扯掉蝴蝶结，把它扔到了地上，用脚踩着它。

"你这是干什么？"父亲吃惊地问。

"还不是随你的脾气。"妈妈一下都明白了，笑着对父亲说。

她握着父亲的两只手，两个人就这样走着回了家。

深夜我叫妈妈，请求她把我抱到她的床上去睡。我从来都是和妈妈一起睡觉的……整个战争年代……但是妈妈没有回应，好像是睡着了。我没有人可以诉说自己的委屈。

睡醒了以后，我下定决心，我要去保育院……

早上，父亲送给我两个玩具娃娃。而我到五岁之前从来没有过真正的布娃娃，都是自己用奶奶的旧衣服碎布片缝制的。而父亲带回来的布娃娃，眼睛会睁会闭，胳膊和腿都会活动。其中有一个甚至好像会说"妈妈"。对我来说，这简直太神奇了。我非常珍爱它们，甚至害怕把它们带到院子里玩。

我当时身体很弱小，爱生病。我一直很倒霉，不是额头蹭破了，就是踩到了钉子上。要不就是扑通跌倒，摔得昏迷不醒。孩子们玩游戏的时候都不太情愿要我。我想尽了办法，想取得他们的信任。我甚至都开始巴结讨好杜霞了，她是院子看门人的女儿。杜霞长得很结实，活泼，所有孩子都喜欢和她玩。

她要我把布娃娃带到院子里玩，我没有坚持住。真的，我没有立刻答应，还稍微犹豫不决了一会儿。

"我再也不和你玩了。"杜霞威胁我说。

这句话立刻对我起了作用。

我把那个会"说话"的娃娃带了出来，但我们和她没有玩多大工夫。不知什么原因，大家吵了起来，到后来发展成了像群鸡似的掐架。杜霞抓起我的布娃娃大腿，摔到了墙壁上。布娃娃的头掉了下来，从肚子里掉出来一枚扣子。

"你，杜霞，简直是个疯子。"所有的孩子都哭了起来。

"凭什么她来指挥？"杜霞脸上流着泪说……"就因为她有爸爸，就什么都可以。她有布娃娃，有爸爸——都是她的。"

杜霞没有父亲，也没有布娃娃……

我们把第一棵圣诞树放在了桌子下面。那时我们住在爷爷家，住得很拥挤。因为房间这么狭窄，空余的地方也只能是在大桌子下面了。于是，就把一棵小圣诞树放到了桌子下面。我用红色的石竹花装饰它。我清楚地记得，这棵小圣诞树散发出新鲜干净的气息。这种清香无论什么都比不上。无论是奶奶煮的玉米面粥，还是爷爷的皮鞋油。

我有一个玻璃珠子，这是我的宝贝，可是无论如何都无法为它在圣诞树上找一个地方。我想把它放上去，从任何一个方向都能看到它闪光，最后总算把它放到了最顶端。我躺下睡觉时，就摘下来，藏好。我担心，它会消失……

我睡在一个洗衣盆里。这个洗衣盆是锌皮的，上面布满了像霜花纹样的青斑。洗完衣服后，洗了被单内衣后，它还散发着草木灰的味道，当时肥皂还很少见，只能用草木灰清洗。我喜欢这个盆子。我喜欢用额头抵着冰冷的盆沿，特别是当生病的时候。我非常喜欢摇晃它，就像摇篮一样。如果它发出吱嘎吱嘎的声音，大人听到就会骂我。人们都很珍爱这个洗衣盆。这是我们从战前留下来的唯一的东西。

突然我们要买床了……床板上镶嵌着闪光的球……它们让我惊得目瞪口呆！我爬到它的上面，一下子掉到了地上。怎么会这样！难道！我不相信，怎么可以在这么漂亮的床上睡觉呢。

爸爸看到我坐在地上，把我抱起来，紧紧地抱在怀里。我也紧紧地贴着爸爸……搂着他的脖子，就像妈妈搂着他一样。

我记得，他幸福地笑了……

"我永远等待着我们的爸爸……一生都在等……"

阿尔谢尼·古京，生于1941年。

现在是一名电工。

在胜利日[1]，我刚满四岁……

清早起床后我就对大家说，我已经五岁了，不是快五岁，而是五岁了。我想成为大人。等爸爸从战场上回来，我就已经长大成人了。

在这一天，主席召集了所有女人："胜利啦！"他亲吻了大家，亲了每一个人。我当时和妈妈在一起……我非常高兴，可妈妈却哭了。

所有的孩子都聚集到一起……在村子后面点着了德国汽车的橡胶轮胎。

他们叫喊着："乌拉！乌——拉！胜利啦！"他们敲打着德国人的钢盔，那都是在此之前从森林里搜集来的。他们敲打着，像敲鼓一样。

我们住在窑洞里……我跑向窑洞……妈妈在哭泣。我不明白，

---

[1] 胜利日：指1945年5月9日。

为什么她今天要哭,而不高兴。

下起雨来,我折了一根柳条,测量着我们家窑洞附近的水洼儿。

"你在干什么?"有人问我。

"我测量一下——看是不是个深坑,要不然等爸爸回来,会掉进去的。"

邻居们都哭了,妈妈也在哭。我不懂他们所说的,什么叫——失去了音信。

我久久地等待着爸爸,一生都在等……

"在天之涯……在海之角……"

瓦丽娅·波林斯卡娅,十二岁。
现在是一名工程师。

    那些布娃娃……最漂亮的……它们总会让我想起战争岁月……

    在爸爸活着时,妈妈活着时,我们都不提战争的事。现在,他们都已经不在人世了,我时常想,家里有老人,多么幸福啊。在他们活着的时候——我们都还是孩子。甚至战争结束之后,我们也还是孩子……

    我们的爸爸是一名军人。我们住在别洛斯托克郊区。对我们来说,战争的第一个小时,第一分钟,就是从我们这里开始的。睡梦中听见什么低沉的声音,好像炸弹的爆炸声,但有些不太习惯,接连不断的轰鸣声。我醒来,跑到窗前——在我和姐姐上学的方向,戈拉耶沃镇营房上空,整个天空都燃烧起来了。

    "爸爸,是暴风雨来了吗?"

    爸爸说:"快离开窗口,是战争。"

    妈妈给他收拾行李箱。每逢有警报总会把父亲叫去。好像没什么不寻常的……我想睡觉……我倒在床上,因为什么都没明白。我和姐姐躺到很晚才起床——去看了电影。在战争之前的岁月,"去看电影"完全不像现在这样。电影只在周末才会放映，片子也不是很多：《我们来自喀琅施塔得》《夏伯阳》《如果明天就是战争》《快乐的小伙伴》。在红军的食堂里组织大家看电影。我们这些小孩子，从来没有错过一次看电影的机会，所有影片几乎都能背诵下来。我们甚至会给屏幕上的演员提词，提前说出来，打断他们。当时，不管是村里，还是在地方都没有电，靠发电机发电放电影。发电机一响，大家都跑过去，在屏幕前抢占地方，要不就自己随身带着凳子。

电影会演很长时间，一集放完了，所有人都耐心地等待着，放映员安装好下一集的片盘。要是新片子还好，如果是老片子，它会不时地扯断，要等粘好了，要等晾干了。不然的话，胶卷会烧起来——那就更倒霉了。如果是发电机熄火，那简直是最麻烦的事。经常会遇到这样的事，电影还没来得及放映完。

口令响了起来："第一队——到出口！第二队——集合！"

如果警报响起来，放映员就跑出去。当电影换片的间隙时间过长，观众们等得不耐烦，开始骚动起来，吹口哨，叫喊……姐姐爬上了桌子，大声宣布："我们开个音乐会吧。"就像人们当时所说的，她自己非常喜欢朗诵。词记得不是很牢，但爬到桌子上却从来没有害怕过。

这是在幼儿园里养成的性格，当时我们住在戈梅利郊外的军营里。等大家安静后，我和她就开始唱歌，在大家的喝彩声中，我们唱了《我们的装甲车坚固，坦克飞快》。战士们高声跟着合唱，食堂的窗玻璃都抖动起来：

火焰熊熊，火光闪耀，

我们的战车投入愤怒的战斗……

就是这样，1941年的6月21日……战争前的夜晚……九点多，大概是，我们正在看电影《如果明天就是战争》。电影放映结束后，我们很久都没有散去，父亲勉强把我们找回家："你们今天还睡不睡觉了？明天是——休息日。"

……当一阵阵的爆炸声响起，厨房窗子上的玻璃碎了，我完全清醒过来。妈妈把半睡半醒的弟弟裹到小被子里。姐姐已经穿好衣服，爸爸没有在家里。

"姑娘们，"妈妈催促着，"快点。边境上发生了挑衅事件。"

我们跑向树林：妈妈气喘吁吁，她抱着弟弟，一直在重复着："姑娘们，别掉队……姑娘们，快跟上……"

不知为什么，我记得，火光刺痛着眼睛，天气非常非常晴朗，小鸟们在歌唱，这有些像飞机轰鸣的声音……

我浑身颤抖，后来为自己不停地发抖而觉得很羞耻。我时常想，要向阿尔卡季·盖达尔[1]的《铁木尔和他的队伍》一书中勇敢的战斗英雄学习，可是突然我发抖了。我抱过小弟弟，摇晃着他，甚至小声地给他唱起《小小的姑娘》这首歌曲，这是我们的电影《守门员》中的"爱情"歌曲。妈妈经常唱这首歌，它对我当时的心情

---

[1] 阿尔卡季·彼得洛维奇·盖达尔（1904—1941）：本姓戈利科夫。苏联著名儿童作家、苏联国内战争和卫国战争参战者。

和状态很有帮助。我当时……也在恋爱！不知道按照科学的解释，按照书上关于少年心理的说法，是怎么回事，但我已经开始恋爱，相思有一段时间了，我同时喜欢上了几个小男孩。但在当时，最喜欢一个——最边上的维佳，他上六年级。六年级和我们五年级在一个教室里上课。第一排桌是五年级，第二排是六年级。我无法想象，老师们是如何上课的。我都没注意听课，我脖子都不扭，始终盯着维佳！

我喜欢他的一切：尽管他的个头不高——比我还稍微矮点。我不仅喜欢他有一双蔚蓝蔚蓝的眼睛，就像我爸爸的眼睛一样，我还喜欢他博览群书——不像阿里克·波杜布尼亚克，弹人脑奔儿那么疼，尽管他很喜欢我。维佳特别爱读儒勒·凡尔纳！和我一样。在红军图书馆有他的全集，我都读完了……

我不记得，我们在树林里坐了多久……渐渐听不到爆炸声了。四周一片寂静。女人们放松地叹息着说："我们的战士把敌人打退了。"但是突然……在寂静的间隙……突然听到了飞机掠过的引擎声……我们都奔跑到路上。那些飞机飞向了边境的方向："乌拉！"但是，这些飞机上有什么东西好像"不是我们的"，飞机的翅膀不是我们那样的，连叫声也不像我们的。这是德国人的轰炸机啊，它们一架架翅膀连着翅膀飞过，飞得又慢，又沉重。让人觉得，因为它们，整个天空都被遮挡住了光明。我们开始数，总也数不对。已经过了很久之后，在战争年代的简报中，我看到过这些飞机，但印象中，不是那样的。拍摄的图片是和飞机平行的水平。而当时，你是从下面仰视的，透过茂密的树林，况且还是少年的眼光——简直是一幅恐怖的画面。后来，我经常梦见这些飞机。但梦是连续的——这一片黑铁般的天空慢慢压下来，向着我，压下来，压下来，压下来。我一身冷汗地惊醒，打着寒战。太可怕了！

有人说，桥梁被炸毁了。我们吓坏了：爸爸怎么办啊？爸爸不能游过来啊，他不会游泳。

现在我也不能说清楚……但是我记得，爸爸跑到我们跟前说："得把你们转移到后方。"他给了妈妈一本厚厚的装满相片的相册和一条暖和的棉被："快裹上，风太凉。"我们只随身带了这些东西。大家都慌慌张张地赶路。什么证明啊，身份证啊，钱啊都没带。我们还带了一锅肉丸，是妈妈为休息日准备的，还有一双弟弟的鞋子。而姐姐——太神奇了！——她最后一分钟随手抓了一个袋子，里面竟然是妈妈的一条绉绸连衣裙和一双鞋。这是怎么回事。纯属偶然。也许，是妈妈和爸爸想在周末去做客吧？谁也已经想不起来了。和平的生活一刹那就消失了，推迟成了遥远的计划。

我们就这样转移了……

我们很快到了车站，可在车站上等了很久。大家都在颤抖，嘈杂不堪。关了灯。人们在焚烧文件和报纸。找到一个路灯。它的光线映出坐着的人们整齐的影子——像一堵堵墙、一块块木板。他们一会儿静止，一会儿移动。此时，给我的感觉是：德国人占领了城堡，我们的人都当了俘虏。我决定尝试一下——自己是不是能够忍受得了刑讯。我把手指头伸到箱子中间，往下挤压。我疼得叫了起来。妈妈吓了一跳："你这是干什么啊，女儿？"

"我担心自己坚持不住刑讯拷打。"

"快得了吧,小傻瓜,哪来的刑讯?我们的人不会让德国鬼子得逞的。"

她抚摸着我的头,亲吻着我的头顶。

我们的车队一直在炮火中前进。只要一开始轰炸,妈妈就扑到我们身上:"要是死,大家就一起死。或者炸死我一个人……"我看见的第一个炸死的人,是个小男孩。他躺在地上,看着天空,我呼唤着他。叫啊,叫啊……我不明白,他已经死了。我当时有一块糖,我把这块糖给了他,想让他能够站起来,可是他没有……

轰炸中,姐姐小声地对我说:"轰炸停止了,我要听妈妈的话。我要永远听她的话。"真的,战争结束后,托玛[1]非常听话。妈妈回想起,战争前一直都是叫她"淘气鬼"的。而我们的小托利克……他在战争爆发前已经走得很好了,也会说话了。但是此时他突然不再说话,始终耷拉着脑袋。

我看见,我的姐姐是怎么样突然头发变得花白的。她有一头长长的黑发,它们变白了。一晚上的时间……

火车启动了。塔玛拉去哪儿了?车厢里没有。我们看见,塔玛拉怀里抱着一大束矢车菊跟在火车后面奔跑。那里是一片辽阔的田野,麦子比我们的个头还高,长满了矢车菊。她的面庞……她的面庞至今仍在我的眼前浮现。黑色的眼球瞪得大大的,奔跑着,一声不吭,甚至"妈妈"都没有叫,奔跑着,默默地。

妈妈几乎疯了……她从火车上蹿起来向过道跑……我抱紧了托

---

[1] 托玛,以及下文提到的托姆卡,都是姐姐塔玛拉的爱称。

里克，两人都叫喊着。这时出现了一名士兵……他把妈妈从门口推开，跳了下去，赶上托姆卡，一下子抱起她，扔上了车厢。早上我们发现，她的头发白了。有好几天，她一句话也不说，我们藏起了镜子，后来她偶尔看了一眼别人的镜子，哭了起来："妈妈，我已经变成老太婆了？"

妈妈安慰她："我们给你剪掉，还会重新长出黑色的来。"

这件事之后，妈妈说："好了。再也不许你们离开车厢了。打死就打死。我们要是能活下来，就认命吧！"

当时大家都喊叫："飞机！大家都快下车！"——她把我们藏到床垫下，而这时有人赶她下车，她说："孩子们都跑出去了，我不会走。"

应该说，妈妈经常会提到"命运"这个奇妙的词。我总是问她："什么是命运？是上帝吗？"

"不是，不是上帝。我不信上帝。命运——是生活的道路，"妈妈回答，"孩子们，我永远相信你们的命运。"

在轰炸的时候我非常害怕……怕得厉害。后来，我们到了西伯利亚，我还恨自己的胆怯。偶然有一次，我扫了一眼妈妈的信……她是写给爸爸的。我们已经在自己的生活中试着写信了，我打算看看妈妈是怎么写的。而妈妈正好写到，塔玛拉沉默不语，轰炸的时候，瓦丽娅哭了，很害怕。对我来说，这已经足够。1944年的春天，爸爸来看望我们，我不敢抬起眼睛看他——我觉得害臊。太可怕了！但是和爸爸的相见是后来。到这次见面还早着呢……

我记得一次深夜里的空袭……一般来说，很少晚上有空袭，火车跑得飞快。而在此时，却来了空袭。火力凶猛……子弹射到车厢顶上噼啪作响。飞机轰鸣着。飞射的子弹划出一条条光线……弹片划出的光线……我身边的一个女人被打死了。我是后来才知道的，她被打死了……但是当时她没有倒下，没处倒，因为车厢中到处挤满了人。女人站在我们中间，呻吟着，她的鲜血流到了我的脸上，暖和的，黏糊糊的。我的背心和我的短裤都让血浸湿了。当妈妈用胳膊够到我，她喊叫了起来："瓦丽娅，你受伤了？"

我什么也不能回答。

这之后，我发生了某种转变。我知道，这之后……是的……我停止了颤抖。我已经无所谓了……不再害怕，不再疼痛，不再遗憾。我变得有些呆滞，无所谓。

我记得，我们没有很快到达乌拉尔。有一段时间我们停在了萨拉托夫州的巴兰达村。我们被送达那里正好是晚上，我们都在睡觉。凌晨，六点，牧人甩动着鞭子，所有女人都站起身，抓住自己的孩子，叫喊着跑到了街上："轰炸啦！"她们叫喊着，直到来了代表，说，这是牧人在轰赶牛群。当时大家立刻镇静下来……

吊车的轰鸣声一响起，我们的小托利克就吓得浑身颤抖。他片刻都不放我们离开自己身边，只有当他睡着的时候，我们才敢外出。妈妈带我们到了军事代表办事处，想打听一下父亲的消息，请求援助。军事委员问我们："您说丈夫是红军的指挥官，请给我看看您的证明。"

我们没有证明文件，只有爸爸的照片，爸爸穿着军装。他拿起照片，半信半疑：

"也许，这不是您的丈夫呢。您怎么证明？"

托利克看见他拿着照片不给我们："把爸爸还给我……"

军事委员笑了起来："对于这个'证明'我不能不信。"

姐姐头发花白，妈妈给她剪掉了头发。每天早晨大家都检查她长出了什么样的头发——黑色的，还是灰白的？弟弟安慰她："别哭，托玛……别哭，托玛……"长出来的头发仍然是灰白的。小男孩们嘲笑她，欺负她。她从来都不摘头巾，甚至在上课的时候。

放学回到家。家中找不到托利克。

"托利克呢？"我们跑到妈妈上班的地方。

"托利克在医院里。"

我和姐姐拿着蔚蓝色的花环走过大街……从向日葵下钻过……弟弟的蓝色海魂衫。妈妈跟着我们，她说，托利克死了。在太平间门口妈妈站住了，她不能走进去。她犹豫不决。我一个人走了进去，立刻认出了托利克——他全身光溜溜地躺着。我没有流一滴眼泪，我——像木头人一样麻木。

爸爸的信追到了西伯利亚。妈妈整晚都在哭泣，怎么告诉爸爸，儿子死了。早晨我们三个把电报送到了邮局："女儿们活着。托玛头发白了。"爸爸猜到，托利克不在了。我有个女友，她的父亲去世了，我总是在自己信的末尾写道——她请求我这样写："爸爸，问候你，也代我的女友列拉问候你。"大家都想有爸爸。

很快就收到了爸爸的来信。他写道，自己长时间从事地下特殊任务，生病了。在医院里，人们告诉他，只有家庭能医治好他的病，等看到家人，他的病就会减轻。

333

我们等了爸爸好几周。妈妈从皮箱里掏出自己的衣物……绉绸的连衣裙和鞋子。我们都有过约定——不卖掉这件裙子和这双鞋，无论多么困难。这有些迷信。我们担心：如果我们把它们卖掉，爸爸就回不来了。

透过窗子听见了爸爸的声音，我都不能相信，难道这是我的爸爸？我不信，还能看见爸爸，我们已经习惯了等待。对于我们来说，爸爸是应该等的人，是只能等待的人。在那一天，课也不上了——整个学校的学生都包围了我们家。他们等待着，爸爸从家里出来。这是第一个爸爸，从战场上回来的第一个。我和姐姐两天都没上学，人们源源不断地来到我们家，问长问短，留下了些纸条问："爸爸是什么样的？"我们的爸爸很特别——他是苏联英雄——安东·彼得罗维奇·波林斯基……

爸爸，就像那时我们的托利克，他不想一个人待着。不能一个人，他一个人时就会很不舒服，他总是拉着我。有一次，我听见……他跟不知谁说，游击队员们到了一个村子，看到大片新鲜的、翻过的土地。他们就站住了，站在土地上面……一个小男孩穿过田野跑过来，叫喊着，他们全村子的人在这里被枪杀了，都埋到了这里，所有人。

爸爸看了看，他看见——我快要倒下了。他再也没有当着我们的面讲述过战争……我们很少谈论战争。爸爸和妈妈确信，这样可怕的战争再也不会发生了。他们很久都坚持这一点。当然，我和姐姐从战争中幸存了下来——我们买了布娃娃。我不知道，为什么。也许，因为我们的童年都没有玩够。童年的快乐。等我上了大学，姐姐知道，对于我最好的礼物，就是布娃娃。姐姐生了个女儿，我去看望她们："送个什么礼物呢？"

"布娃娃……"

"我问，给你什么礼物，不是说给你的女儿。"

"我说的就是，给我个布娃娃吧。"

我们的孩子长大了——我们都赠送给他们布娃娃。我们给所有人的礼物都是布娃娃，所有熟人。先是我们亲爱的妈妈去世了，然后是我们的爸爸。我们感到，立刻感到，我们是最后的证人。在天之涯，在海之角……我们是最后的见证者。我们的时代就要结束了。我们应该说出这些……

我们的话也将是最后的……

权作结束语

童年结束于这样的时刻：

你不再相信有圣诞老人；
你走路开始绕过水洼儿；
你总是不能拿起遥控器关掉电视，去给妈妈打电话；
你深夜跑进卫生间，不用再担心，有什么会吃掉你；
你已经不相信，伸长手臂就可以够到月亮……
你扯女同学的小辫子，她不哭，而是在笑……

摘自今天的谈话。